JN283326

切り刻まれた暗闇 Killing Fear（上）

アリスン・ブレナン 著　崎浜祐子 訳

ゴマ文庫

Killing Fear by Allison Brennan
Copyright ©2008 by Allison Brennan
Japanese translation rights arranged
with Allison Brennan,
c/o Trident Media Group, LLC
through Japan UNI Agency, Inc., Tokyo

無条件にわたしをいつくしみ、どんなことでもできると言い続けてくれた、
祖母のフローレンス・ライリー・ホフマンに。おばあちゃん、さびしいわ。

謝辞

いつものように多くの人たちの助けを借り、この小説をできるだけリアルに描いた。もし事実に関して誤りがあれば、その責任はすべてわたしにある。

最初に、サンクエンティン刑務所の死刑囚房で働いていた、元カリフォルニア州刑務官ジョー・エドワーズ。刑務所についての情報を提供してくれ、疑問が生まれたときには質問に答えてくれて大変ありがたかった。ジョーの妻であるエリザベス・エドワーズは、パイプ役を務めてくれただけでなく自分自身のしっかりとした考えと体験を話してくれた。おふたかた、どうもありがとう！

犯罪精神医学専門の精神科医であり作家メアリー・ケネディは、今度も敵役に関して非常に多くの質問に答えてくれ、犯人がリアルで冷酷な男であり続ける手助けをしてくれた。カリフォルニア州矯正局のセス・ウンガーの、刑務所システムについての情報は役立った。ディスカウント・ガンマート・アンド・インドア・レンジの経営者ジャビー・グレイは、銃器に関する法律の変更や銃の安全な扱い方、そして射撃練習場の経営の方法について、わたしに理解させようと尽力してくれた。そしてサンディエゴ郡保安官事務所のマーティ・フィンクは、鑑識課員についての質問に即答してくれた。

全米ロマンス作家協会の「死の接吻」分会のすばらしい作家たちは、膨大な数の質問に答え、締切りの時には大いに助けてくれた。

しばしば家以外の場所で執筆をする時に、スターバックス、ＢＪのレストラン、チリーズ、エルクグローヴ・ビール工房といった、エルクグローヴ市のお店は、わたしを何時間もねばらせてくれた。

バランタイン社のみんな、とくにシャーロットとデーナに。わたしたちはすばらしいチームとして、まとまったわね。トライデント・メディア・グループのみんな、とくにキム・ホエールンに。最初からわたしを信じてくれてありがとう。

いつもわたしを助け、サポートしてくれたママ、ありがとう。そしてダンと子どもたち。執筆時のわたしの奇行と締切にがまんしてくれたことに、とても感謝してる。みんな愛してるわ。

切り刻まれた暗闇（上）

Killing Fear

登場人物

ウィル・フーパー	サンディエゴ警察殺人課刑事
ロビン・マッケナ	元ストリッパー。クラブ「第八の大罪」のオーナー
セオドア・グレン	企業の法廷弁護士。 4人のストリッパー殺しで有罪判決を受ける
カリーナ・キンケード	サンディエゴ警察殺人課刑事。ウィルの相棒
ベサニー・コールマン	ストリッパー。最初の被害者
ブランディ・ベル	ストリッパー。第二の被害者
ジェシカ・スアレス	ストリッパー。第三の被害者
アナ・クラーク	ストリッパー。第四の被害者
トリニティ・ラング	事件記者
ハンク・ソラーノ	射撃場のオーナー。元警官
シェリー・ジェフリーズ	グレンの妹
ジュリア・チャンドラー	グレンを起訴した検事補
マリオ・メディナ	ボディガード。セキュリティ会社を経営
ジェニー・オルセン	グレンの信奉者
サラ・ローレンス	グレンの信奉者
フランク・スタージェン	ウィルの元相棒
ジム・ケージ	サンディエゴ警察鑑識課現場班主任。 カリーナの元恋人
ハンス・ヴィーゴ	FBIエージェント。犯罪プロファイラー

プロローグ

七年前

セオドア・グレンは被告人席のテーブルに一人ですわっていた。自分の前で両手をゆるやかに組んで、陪審長が廷吏に白いカードを渡すのを見守る。その折りたたまれた白い紙片には彼の運命が書かれていた。廷吏はそのまま紙片を裁判長に手渡した。裁判長は何も言わず、表情も変えずに紙片を見た。

セオドアは心配していなかった。陪審を味方につけたと自信があった。つまるところ彼は弁護士であり、それもそんじょそこらの法律家ではなく、財産のある成功した弁護士なのだ。だから当然、自分を弁護するのに自分以上の人間などいなかった。陪審が審議に丸々数日を要したという事実は、メンバーの中に理にかなった疑問を抱く者がいるということだった。仮に評決が無罪に行き着かなければ、陪審は評決不能になる。

セオドアは、蔑みが顔に出ないようにして陪審員たちを見つめた。

どいつもこいつも哀れな連中だ。どうにか暮らしを立てて、流されるままに退屈で凡庸な人生をだらだらと生きている。権威に従い、支配者（ビッグ・ブラザー）にこうしろと命じられたとおりに動く。ぼく

と同等の陪審だって？　とんでもない。十二人全員のＩＱを合わせたところで、ぼくにかなうもんか。

髪を青く染めた最前列の老女がセオドアを見つめていた。こいつらには年齢制限という条件がないわけか？　もしあの老女が八十歳に一日足りないなら……だが、老女がセオドアを有罪だと思っていないのはあきらかだった。人殺しだと思っている相手をじっと見つめる女はいないだろう。

後列にいる、かわいそうに胸のふくらみがほとんどない小娘――陪審員ナンバー８。その娘は、セオドアが殺（や）ったと考えていた。彼女は視線をじっと裁判長に据えている。

ビッチ（くそあま）め、殺してやる。おまえにぼくを裁けると思っているのか？

前列のおかま野郎――イヤリングをつけ、きちんとしたシャツにタイトなパンツ姿だ――はセオドアを凝視していた。この男には、陪審選任手続きの時から見覚えがあった。検事が、被害者はエキゾチック・ダンサーで、お金のために服を脱いでいたと知っても公正でいられるかと訊ねた時に、男はあの鼻にかかった声で答えた。「ぼくは誰かを、その人の個人的な生活スタイルの選択によって判断したりすることはありません」

こいつは有罪に投票したのか、それとも無罪か？　どうでもよかった。異議を唱える陪審員が一人いれば済むことだし、彼には最前列のあの老女がついている。

彼はずっと正しかった。無実の人々だけが、自分の弁護のために証言するのだ。だから、無実だと見られるために証言台に立つ必要があった。

偽証もしたし、真実も述べた――どちらも同じくらい真摯に。

四人の犠牲者のうち三人と、以前につき合いがあったと説明した。それらの関係は友好的に終わった。何の恨みもないし、それは彼女たちも同じだ。それを裏付ける証人もあらかじめ連れてきてあった。

この裁判全体でもっともスリリングだったのは、うるわしのロビン・マッケナを証言台に立たせて彼の質問に答えさせたことだ。ロビンは検察側の証人で、警察の描いた人相書からどのようにセオドアを見分けたかについて証言した。人相書といっても、ブランディが殺されたあとで、ほとんど目が見えない自称目撃者の記憶に基づいて描かれたものだった。ロビンは、セオドアがいつ、誰と寝たかについても法廷で証言した。女性問題は地球上で最大のゴシップネタだ。だが彼は、ロビンに偽りの言葉を撤回させてやった。

「質問がありますか、ミスター・グレン？」裁判長は、はっとするほど美しい検事補――ジュリア・チャンドラーという名の厄介なビッチ――がロビンへの尋問を終えるとセオドアに聞いた。ジュリア・チャンドラーは慎重に対処していた。なぜかといぶかるまでもない。ロビンは今にも逃げだしそうに見えた。暗赤色の髪はより黒っぽく、蒼白い肌はより白く、ハシバミ色の瞳は白目が充血しているせいでいつもより緑色がかっている。

近づくにつれてロビンが緊張するのをセオドアは見守った。にやけそうになるのを抑えこみ、彼女の顔から目をそらさずにいた。実に美しい。肉体のどの部分をとっても、非の打ち所がないと言えるほどに申し分ない――しなやかな髪、みずみずしい赤い唇、張りのある乳房、すんなりと長い脚――。

彼という完璧な雄のための完璧な雌だ。だが、このビッチは自分のほうが優れていると思っている。自分のほうが上だと。むろん笑止千万ではあるが、その態度はセオドアをいらだたせた。ロビンは彼のことを悪く言った。ロビンは自分のほうが聡明であるかのように彼を見た。彼より聡明な人間などいやしない。

ロビン・マッケナに言わなかったことがある。彼女たちが死んだのはおまえのせいだって、わかっているかい？　この先ずっと、おまえのきれいな顔に浮かんだふるいつきたくなるような恐怖の表情をよろこんで記憶しておくよ。おまえを殺したあともね。

「ロビン――」彼は口を開いた。

「異議あり」地方検事補が声を張りあげた。「証人をミズ・マッケナと呼ぶという勧告に従っていただきたい」

「認めます。規則はご存知ですね、ミスター・グレン」

「失礼しました、裁判長」セオドアは叱責にいらだった。どうしてこんな低級な法律家たちに証人への質問の仕方を指図されなきゃならない！

「ミズ・マッケナ」声をかけると、相手が椅子の奥まで体をずらしたのに気づいた。できるだけ遠ざかろうとしているのだ。ロビンは怯えていた。彼の実体にうすうす感づきながらも、彼が実際にどれほどのことをしてのけられるかはおそらくわかっていない。ロビンもいつかわかるだろう。その時には、恐れるべきものを知るはずだ。

「あなたは、ぼくがベサニー・コールマンとつき合っていたと証言しましたね」

ロビンはうなずいた。

裁判長が言った。「記録を取っているので返事ははっきり声に出して言ってください」

「証言しました」ロビンはほつれ毛を耳にかけた。メイクアップを最小限に抑え、カールしたゆたかな赤毛を軽くシニヨンにまとめて、自分を健全に見せようと努めている。だがセオドアは、この女が健全とはほど遠いことを知っていた。金（かね）のために体をさらしているのだ。彼女はプリマバレリーナのように優雅に、コールガールのように蠱惑的に舞った。〈ＲＪ〉のストリッパーの中では文句なしに最高のダンサーだったが、セオドアに見向きもしなかった唯一の人間だった。

ビッチ（くそあま）め。

「ミスター・グレン、質問をどうぞ?」裁判長が言った。

セオドアはロビンに対する欲求不満を封じこめた。怒りではなかった。彼の信念は、〝キレるな、冷静でいろ〟だ。それでも、ロビン・マッケナのことを考えるたびに、ロビンが踊るところ、努めて彼を避けようとするところを見るたびに、奇妙な感情の高ぶりに襲われた——それはなじみのない感覚で、落ち着かない気分にさせられた。

彼は全人生をかけて、感情というものを探し求めていた。ロビン・マッケナのことを考えるたびに抱く感情——彼が定義できずにいる内なるもの——は尋常ではないようで、思っていたほど落ちつきのいいものではなかった。

ロビンを殺せばこういった感覚も消え去るだろう。

セオドアは訊ねた。「ベサニーとぼくは、彼女が殺される八カ月前に別れました。覚えていますね?」

「はい」ロビンは歯を食いしばるようにして答えた。

「ベサニーから、ぼくを恐れていると聞いたことがありますか?」

ロビンは答えない。

「返事をしてください」セオドアが言った。

「ありません」

「では、ブランディとぼくが別れた時、彼女からぼくのことを恐れていると聞きましたか？」

「いいえ」

「では、ジェシカは？」

「いいえ」

「つまり、ぼくがつき合った女性は誰も、命を脅かされてはいなかったわけですね？」

「そうとは言えません」

「だが、ぼくがつき合った女性は誰も、命を脅かされているとはあなたに言わなかった」

ロビンは唇を噛んだ。「はい」

「あなたはなぜ、ブランディが殺されたあとで回ってきたあの曖昧な人相書を見て、あの人物はぼくだと警察に言ったのですか？」

「あれはあなただったからです」

セオドアは手を伸ばしてテーブルから人相書のコピーを取りあげた。法廷の奥にちらりと目を向けると、こちらを見ているウィリアム・フーパー刑事と目が合った。片目をつぶってみせて、刑事が怒りの表情を浮かべるのを楽しむ。

おまえのことは全部知ってるよ、セオドアは思った。

陪審に人相書を掲げて見せる。「あなたがぼくを見分けたというのは、この人相書ですね」

「はい」

「これだと、この部屋にいる三十歳から四十歳の男性全員に当てはまるように見えますね。ぼく、地方検事、前列に座っている陪審員お二人」手を振って陪審員席を示す。「ぼくを逮捕した刑事とも言えそうだ」

彼は、ロビンがウィルに目を向けるのをじっと見ていたが、すぐに視線をそらせた。セオドアにはよくわからない何らかの感情が、さっとロビンの顔をよぎったのだ。ロミオとジュリエットのあいだには何かあったのか？　熱烈な情事が消滅したとか？

そう考えると楽しかった。

「ミズ・マッケナ、あなたはぼくが好きですか？」

ロビンはぎくりとして彼を見つめ、わずかに内面の激情をのぞかせた。情熱はウィリアム・フーパーにではなく、彼に向けられるべきなのだ。

「いいえ、好きではありません。あなたはわたしの友人を殺しました」

「その件は陪審にゆだねましょう。ともかく、答えははっきりしました。あなたは一度もぼくに好意をもったことがないわけですね？」

「ありません」

「なぜです？」

「異議あり！」検事が飛びあがった。

「却下します」

セオドアは重ねてロビンに訊ねた。「なぜ、あなたは一度もぼくに好意をもったことがないんでしょう？」

ロビンは眉をひそめた。「わかりません」

「アイスクリームのようなものだ、ちがいますか？　チョコレートが嫌いだという人だっていますからね。理由がわかっているわけじゃない、ただ、おいしいとは思えないわけです」

「あなたがわたしを見る、その目つきが好きではありませんでした」ロビンは静かに言った。「あなたは毎晩舞台に上がり、大勢の男性の前で服を脱いでいますが、彼らがあなたを見る、その目つきが好きではないわけですか？」

「わたしが気づいてないだろうと思ってあなたがわたしを観察している時の、その目つきが嫌いなんです」そういったロビンの声には力強さが戻っていた。

「ミズ・マッケナ、実際のところ、あなたがこの曖昧な人相書からぼくを見分けたのは、単にぼくのことが嫌いだからなのではないですか？　ご友人が殺されたことで誰かに責めを負わせたかった、それにはぼくが都合がよかった」

検事が「異議あり！」と叫んだが、ロビンは身を乗りだして言葉を続けた。「彼女たちを殺したのはあなただとわかってるわ。その人相書であなたを見分けたのは、それがあなただからよ。わたしは警察に聞かれたことを答えた。その絵のような人物で思い当たるのは、セオドア・グレン――」

「静粛に！」裁判長が小槌をたたいた。

「あなたは彼女たちを殺してほくそ笑んでいたわ！」ロビンが叫んだ。

「静粛に、ミズ・マッケナ」裁判長が言った。

セオドアは笑みを浮かべた。まっすぐウィリアム・フーパーを見ると、刑事は硬い表情をして怒りを押し殺している。真実が浮上したことでセオドアに怒りが向けられていた。

地方検事――かっこつけのブライス・デスカリオ――みずからが、証人との打ち合わせのために十分間の休廷を裁判長に求めた。そうだとも、ジュリア・チャンドラーがせっせと仕事をこなし、デスカリオが栄光を受けとるのだ。

だが、セオドアは望むものをすでに手に入れていた――ロビン・マッケナの反応だ。ベストまであと一歩だったとはいえ、彼女との関係はまだ終わっていない。

断じて。

セオドアは評決が読みあげられるのを待つあいだ、記者席に目を向けていた。小柄で色っぽいトリニティ・ラングがすごい勢いでノートに書きつけている。聡明な恋人がここにもうひとりいた。トリニティがテレビのニュースで彼の事件について報道するのを毎晩のように見ていた。セオドアの罪状をいくつか取りあげて、それらをたどっていた。人気取りか、あるいは査定のために彼女がそういうことをしようと気にならなかったが、難問を持ち出してきていた。たとえば昨晩のように。

「グレン裁判の鍵となる証拠は、アナ・ルイザ・クラークの殺人現場で見つかったＤＮＡです。看護学生でエキゾチック・ダンサーでもあるこの二十三歳の女性は、四月十日の早朝、死んでいるのをルームメイトに発見されました。グレンは四人の犠牲者のうち三人とつき合っていたことを認めましたが、ミズ・クラークとの関係は否定しています」

不利な証拠といってもすべて状況証拠だった。彼はバカではない。尻尾をつかまれるような痕跡を残したりしていない。幸運にも最初の犯行現場の証拠は、警察がしくじってくれたおかげで無効になった。そして、ベサニーを殺した直後にミスを犯したことは自覚していた。セオドア・グレンが同じミスを二度くり返すことはあり得なかった。

ということは、誰かが彼を嵌めたのだ。

廷吏が言った。「被告人、起立を願います」

セオドアは立った。ジュリア・チャンドラーと、バカな地方検事も立ち上がった。

「陪審は評決に至りましたか？」裁判長が訊ねた。

「はい、裁判長」陪審長が答えた。

裁判長は廷吏に評決を渡し、それは続いて書記に手渡された。「書記が評決を読みあげます」

書記は始めた。「起訴状の訴因の一、二〇〇一年二月二十日、ベサニー・コールマンの第一級故殺について、われわれ陪審は被告セオドア・グレンを有罪としました。起訴状の訴因の二……」

耳ががんがんと鳴った。書記の声がはるか遠く、より深くてひそやかなところから聞こえてきて、有罪という言葉だけが毎回頭の中に轟々ととどろく。

彼が有罪だと言う。陪審は彼に殺人の罪ありと宣告した。四件の殺人について。

ばかな。

「起訴状の訴因の四、二〇〇一年四月十日、アナ・ルイズ・クラークの第一級故殺について、われわれ陪審は被告を有罪としました」

セオドアはテーブルの前にすっくと立った。ただ一人で。凄まじい怒りが湧きあがる。激情があふれるにまかせた。なぜなら激情を感じることなどめったになく、怒りが押し寄せるや、その機に掴まえるのだ。

長々と刑務所にいるつもりはなかった。上訴裁判所もある。おれはシステムそのものをよく知っているのだ！　その知識を活用し、ひとひねりして、最終的には再び自由を手にするつもりだった。そうして、彼の敵に回った人間全員を――哀れな人間どもをひとり残らず――殺してやる。

　さっとふり向いてウィリアム・フーパーをにらみつけた。くそ生意気なおまわりめ。文字どおりの女好きだ。フーパーはセオドアの顔に厳然たる事実を見た――セオドアは彼の醜い秘密を知っていて、思い知らせようとしていると。フーパーは厳しい顔つきになり、あごを突き出すようにしてセオドアをにらみ返した。

　おまえの秘密は知っているよ、セオドアは声を出さずにそう言うと、にやりと唇の両端をゆがめた。

　小槌が打ちおろされた。「ミスター・グレン、判事席のほうを向いてください」

　セオドアはくるりと回って、ロビン・マッケナと向きあった。公判のあいだじゅう常にロビンのすわる場所を把握していた。一番奥の席だ。身を隠そうとしていた。特に、彼の反対尋問を受けたあとは。あの日、ひどい打撃を受けていながら、ロビンが法廷に戻ってきたことをセオドアは評価していた。

　ロビンは彼から身を隠すわけにはいかないのだ。今も、この先も。

　片手をあげ、人さし指でロビンに狙いを定めると、銃で撃つまねをした。

　小槌が再び響きわたる。「廷吏！」

ウィリアム・フーパーがさっと立ちあがって通路を走った。「このやろう！　ちっとはおとなしく――」

小槌が続けざまにふり下ろされた。「刑事！　すぐにわたしの部屋まで。三十分間休廷します。廷吏、ミスター・グレンを待機させなさい」

セオドアはその三十分間を有意義に使った。死んでもらうべき人間の名前をすべて覚えこんだのだ。

1

現在

親愛なるロビン

毎日おまえのことを考え、毎晩おまえの夢を見ている。おれのためだけに踊るおまえの完璧な裸体があまりに鮮明に目に浮かぶので、おまえに送りこまれたこの人里離れた刑務所の中で毎朝目覚めるたびに、自分のベッドの足もとでおまえに会っている気分だよ。

必ず襲ってやる。だが、それがいつ、何時になるかは、おまえには知りようがない。最高のひとときを楽しみにしているよ。おれの顔の隣におまえの顔を見る時を。おれに屈服したおまえの目に真実を見る時を。

セオドアは手紙をたたんでズボンの尻ポケットにしまうと、サンクエンティン重罪刑務所の東ブロックにある運動場の壁にもたれかかった。運動だって？　男たちはたいていグループに分かれて話をしたり、口論をしたり、禁止されているタバコを吸ったりしている。寒い時期はタバコの煙が息に見えるから吸いやすいのだ。

挫折。大半の男たちが浮かべている表情がそれだ。惨めったらしい人生の残りを過ごすよう運命づけられた場所は、悪臭のただよう崩れかけた刑務所だった。小便、カビ類、臭いとしか言いようのない悪臭は、さらに悪いことに、内部にまで浸透していた。だが、このもの悲しいほどせまい運動場では、空気に潮の味がしてカモメの声が聞こえ、自由が思い出された。

自由は、あばずれストリッパーと、彼女が乳繰りあっていたおまわりに奪い取られていた。霧が湿った毛布のように運動場にたちこめている。重苦しく、尋常ではない――セオドアはこの地域全体を嫌悪した。サンディエゴの太陽、暖かい浜辺、日中の陽射しが恋しかった。上訴審はほんの二カ月先であり、法廷でどういうことになろうとも、セオドアはもう刑務所に戻るつもりはなかった。

ロビン宛の手紙を引っ張り出してびりびりと破った。**あの嘘つき女め、必ず思い知らせてやる！**

地面の上に散っていく紙片を見ていると、大地が前後に激しく揺れはじめた。彼は地面に投げだされた。この三十二秒間で覚えていることといえば、圧倒的ともいえる轟音がほとんどだった。地震がこれほど騒々しいものだとは考えたこともなかった。

耳を聾するばかりの轟音は地震のためだけではなかった。有罪判決を受けた囚人とサンフランシスコ湾を隔てる高さ六メートルあまりのコンクリート塀が崩落したのだ。

東ブロックの塀の外の専用通路には、六名の看守が二二三口径のミニライフルを運動場に向けて立っていた。だが、セオドア・グレンがまっすぐ立っていられないなら、彼らだって立っていられるわけがない。それを当てにした。

あたりにはもうもうと砂塵が立ちこめて肺が焼けるようだったが、セオドアは勢いよく起きあがると移動を始めた。崩落したコンクリート塀は見えているよりもっと規模が大きいと感じた。囚人たちがひっくり返った地面のど真ん中に、崩れ落ちるコンクリートの重みに引っぱられてさらに塀が崩れ、少なくとも看守の一人が巻きこまれた。

施設に響きわたるサイレンは無視した。自由はほんの十数メートル先——コンクリートの瓦礫の向こう——にあった。塀の向こう側の看守塔が見えない。あれも崩壊したのだろうか？　そうであってほしい。崩壊してないなら、撃たれずにすむほど大勢の囚人が逃げだしていることを願った。

長く尾を引くサイレンの音がほとんどしなくなった頃、不規則な銃声が聞こえた。専用通路に響く怒声に意識を向けた。顔をあげると、通路南端にいる看守の姿がかろうじて見えた。その男はびっこを引いていたが、職務を果たせるようだ。ほかの看守はどこだ？　塀の向こう側へ転落したのか？　六メートルの高さから落ちても死にはしないだろうが、動けなくなっていることは考えられた。

崩れた外塀の山を用心深くのぼりはじめた。塀に埋めこまれていた有刺鉄線がそこら中にあった。頑丈な靴で足は守られていたが、有刺鉄線に切り裂かれそうで手を使えなかった。瓦礫の山を乗り越えるとしても、切り傷を作りたくなかった。出口はひとつしかないからだ。サンフランシスコ湾。

後ろに何人かついてきているようだが、前にも二人いた。看守のねじ曲がった片腕が見えた。緑の制服は砂塵に埋もれている。崩れたコンクリート塀に巻きこまれたらしい。死んでいるのか？　おそらくは。コンクリートの小山をのぼって前進をつづけながら、あたりにライフルが落ちていないか見まわした。銃はどうやら死んだ看守と一緒に埋もれたようだ。

専用通路のずっと向こうのほうから、止まれとセオドアに命ずる声がした。ためらうこともなく、崩れた外塀をのぼりつづけた。看守がもう一人、瓦礫のてっぺん近くにいた。死んではいないが怪我をして頭から血を流していた。しきりに頭を振って意識をはっきりさせようとしながらも、すばやくライフルをつかんだ。ライフルは不安定にあちこちへ揺れていた。どうやらはっきりと目が見えていないらしく、片目が血に染まっている。狼狽したような表情を浮かべていた。怯えているのだ。

その時、さっき彼に止まれと命じた看守が、専用通路の向こう側で瓦礫に閉じ込められているのがわかった。倒れた壁の重みで通路の一部が崩れ、崩落していた。ほかの看守はどこにいるのか？　砂塵と霧のせいで見通しが悪く、見えているものに確信がもてなかった。

「止まるんだ！」看守がまた叫んだが、銃はセオドアの背後に向けられていた。後ろに何人くらいついてきているのだろう？　なぜ看守は撃とうとしないのだ。倒れている同僚に当てるのを恐れているのか？

　拡声器を通じて命令がとどろいた。「伏せろ！　うつ伏せで両手は頭の後ろだ。さもないと撃つ」

　警告は無視した。看守が一人追ってきたが、外回りの監視が装填しているのは非致死性のゴム弾だ。背後で叫び声や悲鳴が上がる。

　怪我をしている看守のところまで来ると、男の震える手から容赦なくライフルを奪い取った。おまえさん、さっさと発砲しときゃよかったのに。セオドアは引きつった笑みを浮かべた。ライフルを仕入れるや、落下した看守の頭を二回撃った――バン！　バン！

　男は意識を失って、というよりおそらくは死んでどさりと倒れた。セオドアはライフルを手に、瓦礫の向こう側へ斜面を下った。

「こいつ！　なんでわざわざ殺した！」

　看守が追ってきたと思い、ふり向いて発砲しようとした。だがそこにいたのは、囚人のトマス・オブライエン――つい最近、死刑囚の社交場（カントリークラブ）である北側の隔離収容棟から移送されてきた収監仲間――だった。オブライエンは手に切り傷を負いながら、同じように斜面を下った。

この信用のおけない囚人にライフルを突きつける。先週、オブライエンが東ブロックに足を踏み入れた時から、この男を猜疑の目で見ていた。

弾が音を立てて横をかすめた。看守の携帯武器を回収する時間があればよかったのにと思ったが、ピストルは死亡した看守の下半身とともに瓦礫に埋もれていた。囚人仲間を殺す代わりに、ふり返って応戦する。援護射撃だ。

足の下で大地がうねった。余震だ。

セオドアは踏んばったが、オブライエンは倒れた。彼らを追ってきた看守もよろめいている。銃声が周辺にこだまし、セオドアは短いが見通しのいい一帯をジグザグに走り抜けた。

主要監視塔があるあたりにさっと視線を走らせる。

塔はなかった。

サイレン、怒声、銃声が渦巻いていた。セオドアは走った。前を行く囚人二人が海に飛びこんだ。そのあとに続く。

北東に向かって泳いだ。サンフランシスコからも津波からも遠ざかろうと、リッチモンド－サンラファエル橋をめざした。橋までにたどり着ければ自由になれる可能性は高い。

冷水に手がひりひりした。両手とも傷だらけで、細かい切り傷に海水がしみて焼けつくように痛んだ。

ライフルは肩に背負うようにした。水の中では役に立たないが、乾かしてまた使うこともできる。運がよければ。

セオドアは泳いだ。後ろでパチャパチャと水音がする。ほかの囚人があとに続いているのだ。刑務所送りになる前に活動的で厳格なライフスタイルを確立していたおかげで、肉体的には強靭だった。この七年間、そのタフさを変わらず維持してきた。このサンフランシスコ湾で生き残る者がいるとすれば、それは自分だ。セオドアには自信があった。

逃亡する囚人の数が多いほど、逃げ切れる確率は高くなる。やつらは彼ほど速く泳げないはずだ。すでに先に飛びこんだ二人の囚人を追い抜いていた。

凍える海水は焼けつくようだ。季節は二月の初旬、すでに日の光はあせてきている。暗闇という援護とスタミナさえあれば、自由の身になれるはずだった。ずっとこのチャンスを待っていた。自由になれる最初のチャンスを。思えばこの七年を、上訴裁判に無駄に費やしてきたが、ただゆったりとくつろいで神の御業（みわざ）を待っていればよかったのだ！

声をあげて笑いそうになった。代わりに、サンフランシスコ湾の水の冷たさと痛みに対抗するように奥歯を噛みしめた。そして軽快なリズムを刻んで、三角波の立つ海を一心に泳いだ。

アドレナリンが血液にいきわたり、彼の肉体のすべての細胞を勢いづけた。これほど生を実感したことはなかった。

2

ロビン・マッケナは奥の間――常連客(VIP)用のラウンジ――にぐずぐずと居残っていた。片耳を、部屋の隅に置かれたプラズマ画面のテレビにそばだてている。通常なら、注目のスポーツ番組が放映されているはずだった。〈第八の大罪〉【訳注：キリスト教の用語で人間を罪に導くという〝七つの大罪〟に掛けてある】はテレビでスポーツ観戦ができるスポーツ・バーではないが、長年の常連客の要望を受けてテレビ中継を見てよいことにしてあった。その日、常連たちはむっつりしていた。ロビンがスポーツ専門のESPNから地元局にチャンネルを変えて、サンクエンティン周辺を襲った地震の報道に見入っているのだ。

ニュースは当初、複数の囚人が脱走した可能性があると報道した。東棟には何百人という死刑囚が収監されていた。よりにもよって、脱出を企てた一握りにセオドア・グレンが含まれることはないはずだ、たとえ実際に何人かが逃げ出したとしても――ロビンは自分にそう言い聞かせようとした。いまだ瓦礫に閉じ込められている人もいるのだ。遺体の回収とともに、人数調べが必要になるだろう。

だがセオドア・グレンはありきたりの囚人ではなかった。逃亡するだけの意思とスタミナのある者といえば、それはグレンだ。ロビンは執拗につきまとう恐怖から逃れられずにいた。それで、何度も奥の間に足を運んだ。本来なら、かき入れ時の土曜の夜であり、彼女はメインホール――音楽がビートをきかせ、人々がダンスや酒や見ること見られることを楽しんでいる――にいなければならないのだが。

ロビンはニュースから目を離すことができなかった。知っておく必要がある。

やがて、恐れていた最悪の事態が起きた。

「矯正省当局からの未確認情報によると、九十分前にサンクエンティンを襲った地震のあいだに、十二名の囚人が脱走したもようです。脱走者の氏名は特定できていませんが、大量殺人犯のヴィンセント・ポール・ポーターが、刑務所から一・五キロ北の入り江に泳ぎついたところで捕まりました。市民の一人が彼を捕らえ、当局が到着するまで拘束していたということです。また、サンディエゴで四人の売春婦を殺したセオドア・アラン・グレンが、負傷した看守を殺し、そのまま逃亡しているということです」

いや、いや、いや!

グレンの顔写真が、主な身体的特徴とともに大きく画面に映し出された。頭髪は茶色、目はブルー、身長約百九十センチ、体重八十六キロ、タトゥなし。

セオドア・グレンはルックスがよかった。あの当時、誰もがそう感じたし、少なくとも〈R

J〉の踊り子たちは全員がそう思っていた。それなのになぜ、ロビンだけが彼の暗黒面を見ることになったのか？　もう何年も前のこと、グレンに見つめられるたびにロビンは心の中が凍りつくような気がした。ブランディは、彼に対するロビンの恐怖には根拠がなく、ロビンのことは単に心配性な友人と思っていた。ブランディはけらけらと笑ってロビンをからかった。

「あんたみたいに上品ぶったストリッパーに初めて会ったよ」

ロビンは上品ぶっているわけではなかったが、踊り子たちが常客とデートするのは好きではなかった。客と踊り子のあいだにある一線が消され、ビジネスと神秘性だけが存在すべき場所に馴れあいが生じてしまう。ストリップは職業であって、人生ではない。ロビンは金のためにしているのであって、注目を集めるためではなかった。

グレンに関する解説は曖昧で、ぱっとテレビに写真が映し出され、ごくふつうの、だがハンサムな四十代の男を見せただけに終わった。青い目の氷のような冷たさも、魂があるべき場所の冷え冷えとした空虚さも伝わることはなかった。人々が口々に言うのが聞こえるようだった。

「誰かを傷つけるような人には見えないねえ。裁判では真実を話したんじゃない。罪なき人々が刑務所に行くからね、ほら、あの事件、覚えてるかい、い……？」

彼は罪なき人間ではなかった。ロビンはそれを知っていた。だからセオドアが刑務所に連れ戻されるまで、心が安らぐことはない。彼はロビンの友人を四人殺した。そして、ロビンが餌食になるまで殺しつづけていたはずだった。

「あの子たちは売春婦なんかじゃなかったのに！」歯を食いしばるようにして口に出すことで、恐怖ではなく怒りに意識を向けた。**エキゾチック・ダンサーでもストリッパーでも何でも好きなように呼べばいいけど、彼女たちはお金のためにセックスしたりしなかったわ。**

セオドア・グレンが脱走した。あの男ならどんな非道なこと――怪我をした看守を平然と殺すような――でもやってのける。ロビンはつゆほども疑わなかった。

刺すようなジンのにおいが立ちのぼり、手にしていた二つのマティーニのグラスを取り落としたことに気づいた。ゴム製のマットを見下ろす。グラスの一つは揺れており、もう一つは軸が砕けていた。かがみこんで破片を拾い、ゴミ箱に捨てた。

あの男はメキシコに逃げ出すはずだわ。もしかしたらカナダか、また別の国かもしれないけど。とにかく、絶対こっちに向かったりしないはずよ。

そう思いながらも、それは希望的観測にすぎないとわかっていた。セオドア・グレンはサンディエゴに舞い戻って、法廷で宣言した脅しを実行するつもりでいる。

その昔、たびたびグレンから送りつけられた手紙のことを思い出した。うっかり最初の一通を開封して読んでしまったのだ。それ以降、封も切らず、目も通さずに手紙を焼き捨てた。

だが、彼女を殺すという約束を、グレンが忘れるわけがないとわかっていた。

「おおい、ベイビー、飲み物はどうした？」

常客の一人であるキップが、こぼれた酒と割れたグラスに眉をひそめた。

「ごめんなさい、キップ」ロビンは仕事用の顔になってゆったりと微笑んだ。切り替えは得意だった。

「あんたが手をすべらせるところなんて見たことないぞ。かつては棒（ポール）ダンスで、みごとな手さばきを見せていたものな」キップがウインクした。彼は、ロビンが〈ＲＪ〉を買い取ってストリップクラブから都会のナイトクラブに転換させたあとも、ずっと見離さずにいてくれた数少ない顧客の一人だ。つい先日、七十歳の誕生日を祝ったばかりだった。

ロビンは彼にあたたかい笑顔を向けて辛口のマティーニを注ぎなおした。

「あいつが戻ってくるって心配してるんじゃないだろうね？」

首を振って否定したものの、笑顔はかげった。

「ベイビー、警察がつかまえてくれるよ。やつはもしかしたらメキシコへ姿をくらますかもしれん。太陽がさんさんと照りつける海辺かもしれん。もしここへ来るようなことがあったら、わしが相手をしてやるから心配するな。あんたを傷つけさせたりするもんか」

肉の薄い、なめし革のようなキップの頬にキスをして、彼の前のコースターに飲み物を置いた。「わたしを救ってくれる白い騎士ね」

ロビンはふり返ると、またテレビを凝視した。メンローパークにある米国地質調査部の誰かが、今まで知られていなかった断層が地中深くでずれ、それが今回の地震の引き金になったようだと話していた。「今日の夕方、四時三十一分に起きた地震のマグニチュードは七・九、震源はサンクエンティン州立刑務所の敷地内でした」

サンクエンティン刑務所はかなり古いため、施設が何カ所か崩壊したことに専門家は驚いていなかった。

ニュースが終わり、ロビンはチャンネルをＥＳＰＮに戻した。だが、何のスポーツ中継をしていたにしろちょうどハーフタイムに入ったところで、番組は地震に関する情報を市民に流していた。

テレビを消して、ジンジャーを手招いた。彼女は一番売れっ子のホステスで、バーテンダー代理を務めることもできた。ロビンは、自分の代わりにカウンターに詰めていてほしいと頼んだ。「家に帰らなきゃ」

「どうかなさったんですか？」

七年前に何があったのか、みなが知っているわけではなかった。殺し屋に踏みこまれる人生を誰もが送っているわけではなかった。「片づけなきゃいけないことがあるの。閉店までに戻ってこなくても、大丈夫かしら？」

「いいですよ、でも――」

「ありがとう、ジンジャー。恩に着るわ」それ以上の質問をされる前に、あわただしくカウンター下の開口部をくぐり抜けて自分のオフィスに駆けこんだ。ジンジャーもすぐに悟るだろう。グレンのことが話題になれば新聞が別の話を採りあげ、ロビンの名前と写真がでかでかと紙面に載ることになるだろう。そういう事態を甘んじて受け入れるしかなかった。ロビンには切りまわすべき順調なビジネスがあり、残忍な悪党のせいでその仕事を台無しにするつもりはなかった。

今晩は気持ちを落ちつけるために一人の時間をとろう。その必要があった。自分のビジネスのために、そして気を確かにもっているために。

ロビンの人生にもう一度踏みこもうとしているのは、グレンだけではなかった。

オフィスで自分のバッグをひっつかむと、店の外の路地に出たかつてのいわゆる〝娼婦街〟は現在、それほどスキャンダラスではない〝ガスランプ地区〟と呼ばれている。再開発基金でこの地域は一掃・刷新されていた。ロビンはその基金を利用して〈ＲＪ〉を低俗なストリップの店から、しゃれた都会風のダンスクラブ兼紳士（ジェントルメンズ・バー）の社交場に一新した。十年前ならこの小路を一人で歩こうなどとは夢にも思わなかったろうが、今は警察が常駐しているおかげで、ドラッグも犯罪者もメインストリートから放逐されていた。

二ブロック歩いて五番街のほうへ曲がり、もう二ブロック歩くと、三年前に購入したロフトに着く。この通りにあった倉庫はすべて宅地開発業者が買い取って、一階は店舗に、上階は居住スペース（ロフト）に転換された。ロビンは最初の購入者の一人で、部屋は最上階の巨大なワンルームだ。天井までの高さはおよそ六メートル少々で、縦長の窓がいくつもあった。間仕切りを立てて陽の光がふんだんに入るよう工夫してあり、午前中は絵を描くことができた。ロビンは美術界で名を知られており、来週末には初めて大々的な個展を開くことになっていた。手すさびに始めた絵だが、描くことに大きな喜びを見いだしていた。大胆かつカラフルで生き生きとした絵はどれも、身近な風景を選び、それを特別なものにしてあった。

　ロフトの縦長の窓の奥に明かりがきらめいていた。日が暮れる前にタイマーのスイッチが入って明かりがついたのだ。こんりんざい暗い部屋に足を踏み入れるつもりはなかった。
七年前、ロビンが足を踏み入れた暗い悪夢はこの夜、セオドアの脱走とともに再開した。

　部屋に入るとドアをロックしてかんぬきをかけた。心臓が激しく打っている。

「あいつがそんなに速くサンディエゴまで来るわけがないじゃないの」声に出して言う。猫のピクルス――ふわふわした白とグレーのぶち猫はかつてアナが飼っていた――がのどを鳴らして足もとにまつわりついてきた。抱きあげて顔を突き合わせた。ますます大きな音でのどを鳴らしている。

「そうね、わかってるわ。わたしがこんなに早く帰ってくるはずないものね」

ピクルスに餌をやっている時に、留守番電話が点滅しているのが目に入った。再生ボタンを押す。

録音が再生された。「一つ目の伝言、土曜日の午後七時」

すぐに母の声がした。「ロビン、わたしよ。今、ビーチにすわってパンナコッタを飲んでるところ。マウイは本当にきれいよ。一緒に来られたらよかったのに。あなたは働きすぎよ、お嬢ちゃん。もっと楽しまなくっちゃ。愛してるわ、じゃあね！」

ロビンは笑顔になったものの複雑な心境だった。マッケナはどんなものにもお金がかかるということがまったくわかっていない。衝動的にハワイへ出かけた母は湯水のように預金口座の金（かね）を使い、おそらく滞在中に限度額一杯までクレジットカードを利用するだろう。母を一度ならず経済的混乱から救出していなかったなら、これほど気にかけずにすむのだが。

「ミズ・ロビン・マッケナ、こちらはサンディエゴ警察のディアス巡査です」

次の伝言が流れはじめると、ロビンは凍りついた。

「こんな遅い時間に電話をして恐縮ですが、本日夕方、サンクエンティン州立刑務所周辺で地震が発生し、セオドア・グレンが脱走しました。刑務所の運動場にいた時に外塀が崩壊したのです。それで、グレンが現在行方不明で逃走中と思われることを、念のため、彼の起訴に関わった人々全員に連絡しています。もし何か質問がありましたら、619―555―1100まで電話をください」

消去ボタンを押した。そうすれば今日の夜が消去されるとでもいうように。グレンが逃亡したことなど知らなかったかのように！　こんな連絡をくれてもそれがいったい何になるというの？　どこの誰にどんなメリットがあるというのよ？　あの男が誰かを獲物にする気になれば、必ず方法を見つけ出すはずだった。

猫を撫でながらロフトを突っ切って寝室に向かった。寝るためのスペースは、アンティークの黒いシルクの間仕切りを三枚使って、ロフトの残りの部分と区分けしてあった。ピクルスをベッドにのせて横にすわると、ぼんやりとサイドテーブルを見つめた。恐怖が心に染みわたる。味わううちにそれは毛穴から洩れだしていき、髪がぞわぞわしてきた。

どうしてわたしなのよ？

自己憐憫にふけることは滅多になかった。七年前も、自分を恐怖に対峙させざるを得なかった。母と一緒に故郷に帰って姿を消し、永遠に身を隠すほうが簡単だったかもしれない。だが、そうはしなかった。メディアと向き合い、法廷と相対して、セオドア・グレンを投獄するのに一役買ったのだ。

「なぜあなたはぼくを好きではないのでしょう、ミズ・マッケナ？」あの男は言った。

あんな質問にどう答えろと言うのだ？　ロビンは彼の悪魔性を感じとっていた。心の底で認識していた。彼女を見つめるあの目つき、彼女をすくみあがらせるあの態度。冷酷で無情な。あの男は一度もロビンに残忍な言葉を投げたりしなかった。何一つロビンにはしなかったのだ。ただ見ているだけ。だが、しだいに恐怖はつのっていった。ばかげてるわ――あの当時、ロビンは少なくともそう思った。

ベサニーが殺された時、ごく自然に犯人はグレンだと確信した。その後グレンは、まるで二人が秘密を共有しているかのようにロビンを見つめた。彼女を包みこもうとするような、慰めようとするようなその態度から感じとれた。何というか――不気味だった。一風変わっていて、異様だった。自分でも理解できていないことをどうすれば説明できるだろう？

銃をしまったのは、去年、グレンの最初の上訴が棄却された時だ。過去とは訣別すべき時期だったし、そもそも銃の重みは絶えず彼女に、銃器携帯許可証をもっている理由を思い出させた。

グレンは彼女の友人四人を殺した罪で有罪宣告された際、ロビンを殺すと法廷で宣言した。ねめつけられて身の毛がよだつ思いをしたあの日、この男は機会がありしだい実行するだろうとロビンは確信した。

絶対にそんな機会が訪れないようにしなければならなかった。グレンがサンディエゴに舞い戻るようなことがあれば、自分で身を守る必要があった。むざむざと餌食になるつもりはなかった。彼に勝たせるわけにはいかなかった。

サイドテーブルの引き出しを開けてみる。中にあるのは拳銃、ベルト用のホルスター、そして弾薬の箱。九ミリ口径銃をとりあげて、手のひらにおさめる。

この一時間こらえてきた恐怖に今にも押しつぶされそうだった。

まるで、昔のアパートメントに引き戻されたかのように。闇に沈んだあの部屋に。あの時、部屋に入りながら、ついているはずの明かりが消えているのをいぶかしく思った。ピクルスが足にまとわりついた。猫は濡れていた。あのにおい。ああ、神さま、あの金属的な、じっとりとしたようなにおい！　予測をしながらも一歩を踏み出した。何かにけつまずいて倒れた。ぬるぬるして、むかつくようなにおいを放つ混乱のまんなかに。それはアナの血だった。そこらじゅう血だらけで、ロビンは血にまみれていたのだ。

両手に頭をうずめて、ロビンは身を震わせた。七年間、恐怖とともに生きながら、何とか折り合いをつけてきた。極小化してきた。みずからを奮い立たせて仕事に取り組み、騒々しい客と渡り合い、踊り子たちを保護し、そしてビジネスを切りまわしてきた。こそこそと身を隠したりはしなかった。大学時代に護身術を習っていたが、アナが殺されたあとはさらに磨きをかけた。拳銃を手に入れて、使い方を覚えた。

一年前、銃を片づけ、射撃練習場に通うのをやめた。人生を切り開くべき時がきたのだった。ようやく、夜ごとに心を凍らせたおぞましい恐怖に打ち勝ったのだ。

その恐怖が戻ってきた。

ドレッサーに近づいて一番上の引き出しを開け、お気に入りの革ベルトを引っ張り出す。それにホルスターを通した。拳銃をチェックしたが、その必要がないことはわかっていた。毎月第一土曜に掃除して弾倉を装填しなおし、安全装置を確認してあった。銃とともに育ったわけではなかったが、銃がそばにあると心が和んだ。

セオドア・グレンがあのドアから入ってくることがあれば、ためらいも後悔もなく引き金を引くだろう。

自分にも人が殺せるという考えにぞっとした。どういう人間が彼女をそんなふうにしたのか？　恐怖はいったい何を生み出したのだろう。

3

ウィル・フーパー刑事は特別捜査班のミーティングに備えて、地下からセオドア・グレンに関するファイルを回収してきた。

コージー署長は、ウィルが日曜日の朝一番にミーティングを開いてくれと主張するのを聞いて、こいつは気がふれたのかと思いながら、セオドア・グレンが国境に向かっているはずだとやり返した。ウィルは強硬に、小賢しいグレンは脅しを実行するためにサンディエゴに舞い戻ると言って譲らなかった。

署長は確信がもてないまま、グレンに脅された人間全員に連絡を入れるよう命じた。同時に、予防措置として特別捜査班を召集することにも同意した。

コージー署長の思惑はともかく、セオドア・グレンは彼を投獄した人々を必ず殺そうとするはずだとウィルは固く信じていた。唯一の問題は、最初に狙われるのは誰かということだ。

パートナーのカリーナ・キンケードは、大部屋に入ってくるなりコーヒーポットに直行した。黒い髪はまだ湿っている。「まったくもう」カリーナはウィルを見るなり不平を言った。「あなたが電話してきたの、朝の四時よ」

「根性なしめ」

「消えうせろって言いたいところだけど、そんな元気もないわ」

「ゆうべ、遅かったのか？」

カリーナが目をぱちぱちさせた。「何だか似たような会話を最近交わしたような気がするんだけど？」

「きみには共寝をする相手がいて、おれにはいないからだよ」

「あなたが低調だとこっちまでとばっちりが来そうね。モニカはどうなったのよ」

「何か月も前の話だ」

「ニコルは？」

「彼女のことまで知ってるとは驚きだな。おれたちが組む前の話だぜ。おかげさまで円満に別れたよ」

「ジムのところにいるかわい子ちゃんはどうよ。デートに誘ってみたら？」

「ダイアナかな？　かわい子ちゃんだって？　このあいだ聞いたら、彼女、きみより年上だぜ」

もうたくさんというようにカリーナは手を振った。「どうでもいいけど、彼女、あなたのこと好きだと思うわ」

「ダイアナとは何年か前につき合った」

「あらそう、なのに、まだあなたに恋わずらいしてるわけね。まったく、わたしには理解できないわ」

ウィルはかぶりを振った。「そいつはちがうな。ダイアナとはうまくいかなかった。おれたちはみんな、きみほど運がよくないってことさ」

「その点に関してはあなたも異論はないわけね。でも、どれだけ頼まれたってニックをあなたと分け合うのはごめんですからね」

ウィルは目をぐるりとまわすと、段ボールの箱を勢いよく開いた。

「何が入ってるの?」カリーナはそう言いながら金属のクリップで髪をうしろにまとめ上げた。

「グレン事件にまつわる書類一切だ。証拠だけは保管所だがね」

「どうしてこの箱は保管所じゃないの? 事件は七年前に解決したのに」

「去年の上訴裁判の時に目を通す必要があったんだ。それに、グレンがもう一度上訴すると思ってたから記憶をはっきりさせておきたくてね」

「あなたったらこの事件に取り憑かれてるのね。覚えてる、わたしたちは彼はつかまえたのよ?」

この〝わたしたち〟は警察の総称だ。というのも、ウィルと前パートナーのフランク・スタージェンが殺人の捜査をして、企業の法廷弁護士だった裕福なセオドア・グレンを最終的に逮捕した時、カリーナはまだパトロール警官だったのだ。

「取り憑かれてるわけじゃないさ」

ここで白状するつもりはなかったが、実はいまだ、この事件の夢を見ることがあった。もし誰かが専門的見地から見れば、それは悪夢と呼ばれるものであることはわかっていた。

セオドア・グレンは犠牲者をいたぶることを楽しんでいた。ウィルは遺体を検分し、グレンが四人の犠牲者にしたことを知り、拘留されたグレンの取り調べをして――絶えず心の中で捜査を再現していた。

問題は、単に非人間的な殺人や、流血騒ぎ、あるいはグレンの病んだユーモアではなく――取り調べ中のグレン本人だった。

けちくさい盗っ人から冷酷な殺人者に至るまで、犯罪者はたいてい嘘をつく。もしくはほかに責任転嫁する。「あたしのせいじゃないよ」「あいつが欲しがったんだ」「殺すつもりはなかったんだ、手に負えなくなっちまって、あれは事故だったんだよ」などなど。

セオドア・グレンには後悔の片鱗も見られなかった。共感のかけらも感じられなかった。殺人現場の写真を見た彼は、退屈そうな科学者程度の興味しか示さなかった。鑑識課員の写真の取り方にケチさえつけた。

「採光が悪いな。もう少しレンズの絞りが開いてたらカーペットに染みた血がはっきり見えた

ろうに。あんたたちはこいつを証拠と呼ぶのかい？」

ウィルはこれまでに残忍な殺人者と何人も対峙してきた。反社会性人格障害とも対決した。声をかけるや発砲してくるギャングのリーダーとやり合ったこともあった。

だが、セオドア・グレンは典型的な殺人者からかけ離れていた。生い立ちは絵に描いたように完璧だった。上流中産階級の出身で、子供時代に暴力の徴候は認められない。両親と話をした後も、彼らが愛する息子の尻をたたいて叱っているところなど想像できなかった。それ――しつけ不足――が問題だったのか？　しつけが過ぎると虐待となり、しつけされずにいると小賢しい子供は乱暴になる。

セオドア・グレンのような人間はなぜ人を殺すのか。特定の原因を探し、それに責めを負わせるのは人間の性（さが）だ。だが、真実は単純だった。彼には良心が欠落していた。グレンの顔に、口調に、傲慢さに、ウィルはそれを感じとった。このひとでなしは、殺すことが楽しくて、異常行為をしおおせることが楽しくて、人を殺していた。スリルを味わうためだけだったのか？おそらくそうだろう。ウィルは萎縮してはいなかった。だが、グレンが大半の人殺しとはちがうことはわかっていた。

グレンの殺人にまつわる別件も彼を悩ませていた。

ロビンだ。

わが身かわいさから、ロビン・マッケナのことは考えたくなかった。今のようにロビンのことを思い浮かべるだけで、相反する感情が湧きあがる――愛情と情欲、怒りと後悔、恐れと愛着――。ウィルはロビンのことで取り返しのつかないまちがいを犯してしまった。事件においても。自分の人生においても。

今回は、ロビンに警告しなければならない。二度と会いたくはなかったが、同時にたまらなく彼女と愛を交わしたかった。抱きしめたかった。そばにいたかった。

短く刈り込んだ茶色い髪に手を走らせる。

「どうしたの？」手際よくファイルを分類していたカリーナが言った。

「どうもしない」

「フーパー、何年あなたと一緒にいると思ってるの？」

「マジに答えるなら、過去がじわじわと忍び寄ってきてる気がしてね」

「グレンは遠からずつかまるわ。州の警官がみな彼を捜してるんだから」

「その前に何人死ぬことになるだろう」ウィルは緊張した。やつはロビンを狙うつもりだ。彼女を守らなければ。ロビンがグレンの手にかかるかもしれないと思っただけで、額に汗が噴き出した。

彼女を守るだと？　部屋に入れてもらえれば御の字だというのに。もう関わりたくないと、ロビンに明言されていた。自分が言ったことやしたことを思えば、責めることはできなかった。

コージー署長がやってきてコーヒーを注いだ。「始めてくれ、フーパー。手短に頼む。記者会見に出ねばならんわ、デスカリオは保護を求めて喚いてるわ、おまけにＦＢＩまでお出ましなんでね」

「ＦＢＩが？」

「カリフォルニア・ハイウェイパトロールがＦＢＩのサンフランシスコ支局と協力体制を取ってるんだ。北部はどえらいことになってる――橋は崩壊、ライフラインは停止、略奪横行だそうだ。普段から頭のいかれてる奴らが、大規模な自然災害のあとは殺気立つんだ。ＦＢＩは人を派遣してコミュニケーションを円滑にし、方策を共有しようとしてるんだろう」

「署長の意向に従いますよ」ウィルは答えた。「騙し討ちさえなければ、事情通がいるのは役に立つかもしれませんね」

「どうなるかようすを見て、あとで知らせるよ」

ウィルは写真と資料がつまった箱を抱えて、特別捜査班の本部に指定した取調室に向かった。セオドア・グレンが被害者の女性たちに何をしたか、この件に取り組むメンバー全員に正確に知っておいてもらいたかった。

部屋には四人の警官がいた。署長の計らいで、さしあたってウィルの下で働く面々だ。一時間もすればシフト交代の時間になって文句を言うことになるだろうが、とりあえずはウィルとカリーナ以外に四人――一人は女性だ――がセオドア・グレン事件にかかり切りになる。

「これから二十四時間のうちに片づけるべきことが山ほどある」ウィルはそう言うとディアス巡査を見た。「証人を含め、グレンの起訴の関わった人間全員に連絡がついたか？」

「まだ途中です。昨晩のうちに半分ほど連絡がつきましたが」

ロビンと話をしたのか聞きたかったたが、ぐっとこらえた。ディアスならきちんと仕事をやり遂げてくれるはずだ。

「引き続き頼む。勤務交代する前に、個別に話ができなかった人物のリストを提出してくれ」

「了解しました」

さっと室内を見まわした。ディアスを除けば、グレンが野放しになっていた七年前に捜査班にいた者はいなかった。

「セオドア・グレンの背景に簡単に触れておく。七年前、やつは通称娼婦街にあった〈ＲＪ〉で働いていた四人のストリッパーを殺害した。そのクラブはもう存在していない。数年前の大々的な再開発の際に売却されて改装された。グレンは一年ほど〈ＲＪ〉に通っており、被害者のうち少なくとも三人とつき合っていた」

犯罪現場の写真を取りだし、マグネットでホワイトボードに貼った。一枚目は華やかな若い女性のスナップを拡大したものだ。二十歳、ブロンド、まばゆいばかりの笑顔。

「ベサニー・コールマン、グレンの最初の犠牲者だ。証人によると、以前に三カ月ほどグレンとつき合ったことがあり、その後円満に別れたということだ」ベサニーの遺体の写真を貼りつけた。顔から足に至るまで、長さ一、二インチの浅い切り傷が肌に四十カ所以上もつけられて、見る影もなかった。切り傷は苦痛を伴うが、命にかかわるわけではない。最終的にベサニーに苦痛をあたえることに飽きると、のどを切り裂いた。

「グレンは最初から容疑者だったの？」

「一応リストには載っていた。ベサニーは殺される前年、七人の男とつき合っていて、グレンが最後の恋人というわけではなかったんだ。現場には証拠がいくつか残されていて、鑑識がそれを分析しているあいだにブランディ・ベルが殺害された。ベサニーが殺された十四日後だ」

ウィルはブランディの写真を貼りつけた。人工的なプラチナブロンド、こちらもまた輝くような笑顔、ぱっちりした茶色の瞳。「ブランディ殺害に関しては目撃者がいた。通りの反対側に住む老婦人が聞きこみで訪れた警官に、ブランディのメゾネット型アパート（デュプレックス）から出ていった男の人相風体を告げている。そこから、ロビン・マッケナ——彼女は被害者の友人で同僚だ——が、クラブの常連客でベサニーともブランディともつき合いのあったセオドア・グレンを割り出した」

「遺体の傷のぐあいがちがって見えるんだけど」カリーナが口をはさんだ。「ベサニーの遺体の傷は血まみれで見るも無惨だけど、ブランディのほうはまるで洗浄したみたい。グレンは殺害のあとで被害者たちを洗ったのかしら？」

「鋭い読みだが、ちがう」そう答えたウィルのあごに力がこもる。最終的にのどを切り裂かれる前に、ブランディが遭遇した苦痛を想像したのだ。「やつはブランディの体に漂白剤をかけたんだ」

「証拠隠滅のために？」

「それも考えられる」ウィルはいったん口をつぐんだ。「漂白剤は、被害者がまだ生きているあいだに全身の傷にくまなく注がれてた」

カリーナが、黒板を爪でひっかく音を聞いたかのように身を震わせた。被害者にとっては、生きたまま全身を焼かれるも同然だったはずだ。証拠になりそうなものを滅するという付加利益もあった。

ウィルは先を続けた。「われわれはロビン・マッケナの面通しによる確認でグレンをしょっ引き、取り調べをして裁判所命令のＤＮＡ鑑定を行った。殺人者は最初の犯罪現場にＤＮＡ——頭髪を三本——を残していた。争った際にベサニーがグレンの頭皮から引き抜いたものだ」

ウィルは大きく息をついた。すべてが完全にぶちこわしになったのは、まさにこの箇所だった。

「われわれはやつを押さえた。拘留して、DNA鑑定をした。この件は地方検事局に送致された。すぐに、この事件は却下された」

「なぜですか？」新参入の警官の一人が聞いた。

「科学捜査員が別の殺人事件現場から直行していたんだ。現場で採取されたDNAは汚染された。頭髪のサンプルが、別件の毛髪のサンプルとごっちゃになってね。デスカリオ検事はどっちも放り出したよ。われわれにはDNAのほかに、セオドア・グレンと殺人を結びつけられる物証がなかった」

「証人は？」カリーナが言った。

「検事はその老婦人に信頼がおけるとは思えなかったようだ」ウィルは首を振った。「認めるのはくやしいが、その点はデスカリオが正しかった。老婦人は八十歳で、面通しをした時にグレンを特定できなかったんだ。その証言をもとにした人相書の識別では――陪審は誰もやつを有罪にしなかっただろう。釈放するしかなかった」それは人生で最悪の日だった。刑務所にぶち込むべき殺人者だとわかっていながら釈放するしかなかったのだから。あのひとでなしが浮かべた勝ち誇ったような気取った表情は絶対忘れないだろう。

「二つの殺人事件はどこから結びついたの？　最初の犯行現場のDNAは役に立たなくて、二つ目の現場では漂白剤が使われたわけでしょう、どうやって関連性を見いだしたわけ？」カリーナが興味深げに聞いた。

「手口が似ていた。同種のナイフによる小さいが苦痛をあたえる多数の切り傷、両手両足のしばり方、両刃の刃物でのどを切り裂いていること。それから、被害者は二人とも同じクラブの踊り子だった」ウィルは言葉を切った。「やつは、ベサニー・コールマンの時にへまをやらかしたと自覚したにちがいない。だからブランディ・ベルの殺害現場では漂白剤を使った。尻尾をつかまれるような証拠を残したとしても、漂白剤を使えばＤＮＡのサンプルはどれも使い物にならなくなるからな」

後列にいた警官の一人が首を振りながら嘆くように言った。「科学捜査のいろんな番組のせいで、殺人者は前より賢くなってるんですね」

ウィルは肩をすくめた。「たぶんな。ただ、この事件は七年前に起きたってことを思いだしてほしい。当時、ああいうたぐいの番組は、今ほど犯罪者や陪審に衝撃をあたえていなかったはずだ」

次に、ジェシカの写真を貼った。濃い色の髪と目の持ち主だ。「見てのとおり、やつには特定のタイプというのがない。ベサニーとブランディは白人で、ジェシカはラテン系だ。彼女たちの共通項は、外見が美しいことと、みな〈ＲＪ〉のストリッパーだったという点だ」

「それと、ある時期まではみな、グレンとつき合ってたんじゃない？」カリーナが言った。

「最後の犠牲者のアナ・クラークを除いてな」

「グレンが人殺しだとわかっていたなら、警察はなぜ張り込みをしなかったわけ？」

「していたんだ、だが――」そのことには触れたくなかった。かつてのパートナーを公に批判するつもりはなかった。過ぎたことだ。フランクはもはや警官ではない。これ以上評判を傷つけるまでもなかった。

「とにかく」今の質問を聞かなかったかのように先を続けた。「ブランディが殺された一カ月後のジェシカの殺人事件では、やつにははっきりしたアリバイがなかった。当時、われわれはやつを嗅ぎ回って取り調べに引っぱりだした。だが、やはり確実な証拠がなかった。そしてジェシカの一週間後、やつはアナ・クラークを殺した。尾行を振り切ったんだ」

アナ・クラークの写真を貼った。黒髪、青い目、磁器のような肌。実に愛らしい。その死にざまは？　犯罪現場の写真を貼りつけた。命を奪われた彼女は、めった切りにされた遺体となり、もう一人の犯罪犠牲者として警察の事件のファイルに載っていた。

ウィルは深呼吸をした。ロビンがこうなる可能性もあったのだ。そして、グレンは当初からロビンを狙っていたと、ウィルは内心信じていた。

「これはまたひどいわね。いったい何があったの？」

「アナのルームメイトが帰宅して、暗がりで遺体につまずいたんだ」ウィルは、ロビンが闇の中で足をすべらせてアナの血の海に倒れるところを思い浮かべて、胃が飛び出しそうな気がした。そのほんの数分後に彼が現場に到着した時、ロビンはアパートメントで飼い主の血に濡れそぼった猫を抱きしめ、小さくなって震えていた。「実際のところ、現場全体が損なわれていた。だが、やつはこのとき不注意だった。遺体には漂白剤がかけられていたが、こぶしの中からやつの毛髪が何本か見つかったんだ」

「性的暴行は？」ぱらぱらとファイルを繰って報告を読んでいたカリーナが聞いた。

「ない。やつは被害者を殺す直前に、レイプしたり性交したりしなかった。殺害の数週間から数カ月前には、どの被害者とも合意の上でセックスをしているが、おそらくアナ・クラークはちがうだろう。アナは同性愛者だった。彼女がグレンと合意してセックスをしたとは思えない」

「グレンって、ありきたりの連続殺人犯のようには思えないわね」カリーナが言った。

「ちがうね。やつは聡明だ。それもとびきり。セオドア・グレンを見くびるんじゃないぞ」

「これからどうするつもり？」カリーナが訊ねた。

ウィルはディアスのほうを見た。「きみは証人への警告の電話を終わらせてくれ。残りの者は市街を分担して、聞きこみにあたってほしい。モーテル、ホテル、それからウイークリー・マンションもな。ありとあらゆる人間にグレンの人相書を見せるんだ。みながやつを探しはじめたら、そうそう隠れてはいられないはずだ」

「グレンが国外へ脱出せずにここへ来ると、本当に思ってるの？」

「やつは必ず現れる」

トリニティ・ラングは、記者会見でコージー署長がセオドア・グレンの逃亡に関して愛想よく通り一遍の報告をするのと、そのあとのサンディエゴ警察の返答に注意深く耳を傾けていた。CNNやFOXニュースの方がもっと実のある情報を流していた。署長の背後に目を向けると、ウィル・フーパー刑事が一見、のんきそうに立っている。彼は人の群れを観察していた。グレンを探している？　聴衆に探りを入れている？

警察が、把握していながら発表していない情報には、どんなものがあるのだろう。

トリニティ・ラングは事件記者として名を馳せていた。フリーランスから出発して、毎月一回自分の番組をもつ花形記者にまでなった。彼女の番組には、上は司法長官から下は最小規模の警察署長に至るまで、すべての主要管轄区の職員が出演し、視聴率は伸び続けていた。ニューヨークから勧誘の声がかかるのも時間の問題だった。

本音を言うとトリニティは、セオドア・グレンがのこのことサンディエゴに現れるとは思っていなかった。裁判を綿密に追い、欠かさず傍聴し、留置所でグレンの取材までした。グレンは愚かな犯罪者ではなかった。だが、ひょっとして彼が姿を見せるようなことがあれば、誰よりも先にその場にいて自分がニュースを報道したかった。

そのためには、警察がつかんでいる内容を知ることだ。だが警察の発表はいつだって、彼らが把握している情報の一部にすぎない。

トリニティはさっと手をあげた。署長は別の記者を指した。

「いやなやつ」手をあげたままつぶやく。

「コージー署長」記者が言った。「セオドア・グレンが逃亡した今、用心するように娼婦たちに呼びかけていくわけですか？」

ばかね。グレンは娼婦を狙ったことがないのに。この駆け出し記者が宿題をしてこなかったのは明らかだった。

署長は途方にくれたように見えた。「グレンが狙うのは、彼が以前に関係をもった女性たちです。われわれの最大の懸念は、裁判の時にグレンに威嚇された特定の人々です。裁判に関わった人全員に連絡をとっていますが、それがスタートになります。あらゆるチームが警戒態勢を入っており、カリフォルニア・ハイウェイパトロールやＦＢＩとは緊密な連携を保ちつつ、セオドア・グレンの動静がはっきりしだい追跡します。最初に申し上げたように、グレンは昨夜遅くにフレズノで目撃されており、二〇〇四年式の白いホンダアコードを盗んだと思われます」

はいはい、そのとおりよ。トリニティは目玉をぐるりとまわした。ばかな質問のせいで同じことのくり返しばかりだ。今度はあげた手をひらひらと振った。

また、別の記者が指名された。何だっていうのよ。じっとウィルを見て視線をとらえようとした。ウィルは彼女のほうを見るとにやりとかすかに笑ってから、また署長に注意を戻した。

ウィル・フーパーが、わたしに発言させるなと署長に言ったのかしら？

ようやく指名を受けた。トリニティは質問した。「コージー署長、特別捜査班の責任者は誰ですか？　それから、特別捜査班はサンディエゴ市民を守るためにどういう手を打つことになりますか？」

署長はウィルをふり返った。「特捜班の責任者は、サンディエゴ警察で二十年のキャリアがあるウィリアム・フーパー刑事です。彼は最初の捜査も担当しており、七年前にはグレンの逮捕で活躍してくれました」

ほかの記者が指名される前にトリニティは言葉を継いだ。「グレンがサンディエゴに向かっていることを現実に示唆するものはありますか？」

「ありません」署長はそう断言すると、ちらりとウィルを見た。どういうこと？

ウィルがマイクをとりあげて口を開いた。「セオドア・グレンが賢ければ、国外へ逃れようとするはずです。サンディエゴ郡の全警官——州の全警官——が彼を追っています。グレンは逃亡の際に、怪我をしている看守を平然と殺しているのです。

「だが、グレンはそこまで賢いわけではない」ウィルは続けた。「やつの頭にあるのはたった一つ、自分が有罪宣告を受けたということだけです。今頃は復讐をもくろんでいるでしょう。だからグレンはサンディエゴに向かっています。やつが姿を見せないか目を光らせていてもらいたい。外見を変えているかもしれません。それでも、サンディエゴの全市民が注目していれば、あらたな犠牲者が出る前にグレンを逮捕して死刑囚監房に送り返すことができるのです」

セオドア・グレンはウィルを憎んだ。擦りきれた古い安楽椅子（レイジーボーイ）に悠々と体をあずけて記者会見のもようをニュースで見ていたが、あのおまわり風情に愚か者呼ばわりされるのは苦痛だった。

フーパーは彼が天才であることをよく知っている。ブランディのメゾネット型アパート（デュプレックス）から出るところを目撃されたのが唯一の誤算だった。カーテンが揺れるのに気づいた時に、さっさと押し入ってあの老婆を殺しておくべきだったのだ。正直言って、あの老婆にあれほど遠くまで見えているとは思いもしなかった。老婆がいつも双眼鏡で近所の家々に出入りする人間を見張っていたなどと、彼が知るはずもなかった。

ニュースであの人相書を目にしたが、たいして似ていなかったので気にもしなかった。どの男のようにも見えたのだ。

そうしたら、あのご立派なロビン・マッケナのあまが、彼があの人相書の男だなどと言いだした。ついてなかった。そんなことが起きるはずはなかったのに。あの雌犬にどうして結びつけることができたのか、驚き、そしてむかついた。きっと当てずっぽうを言ったのだ、ただ彼が気に入らないというだけで。その点については、最初っから、みごとなほどはっきりさせていた。

ロビン。目を閉じると、あの完璧な肢体がまぶたの裏で形をなす。舞台上の彼女の動きが、流動的なエネルギーが、正確に、流れるように、音楽と調和する。烈しいほどに彼女がほしかった。ロビンの双眸には、これまで目にしたことのない何かがあった。知性と教養。それは彼自身の知性と教養を反映していた。ロビンはあの境遇や、ストリッパーという立場におさまる人間ではなく、本人もそれを自覚していた。彼に負けず劣らず自信家だった。落ち着きと優雅さ。ロビン・マッケナのすべてが夢の舞いであり、動作やイメージの一つひとつがロビンの表現だった。ちょうど彼のように。グレンの望みは、ただロビンに触れてもらうことだけだった。二人が同種だということに、なぜ彼女は気づかなかったのだろう?

だがロビンは彼に合流せずに敵対した。人相書を見てこれは彼だと警察に証言するずっと前に、ロビンは彼を興奮させた。彼が危険だとベサニーに告げることで。グレンがベサニーを殺す一年前に、ロビンは彼女に警告しようとしていたのだ。

頭がよくて冷酷なビッチめ。

彼は罠にかかった。ロビンの哀れなルームメイトを殺してはいないのに、その殺人でも有罪を宣告された。

彼を嵌めるためにビッチ自身がルームメイトを殺すことがないと、どうして言えるだろう？ロビンはどうあっても彼と距離をおこうとした。だが、彼女が人を殺せるほど冷酷で無情であることを、グレンは確信していた。二人は似たもの同士であり、彼がロビン・マッケナを始末する前に、彼女はその事実に気づくのだ。

グレンにはターゲットのリストがあり、そのうち順番に始末していくつもりだった。血は水よりも濃く、始末すべき人間は大勢いた。

妹は、彼に不利な証言をしてはいけなかった。その裏切りゆえに苦しむことになる。ロビンのことは急ぐ必要はない。彼がほかの人間に復讐するのを、まず見せるのだ。自分も彼に狙われていると気づくだろう。気づけば、傷ひとつないあの肌の下でかぐわしい恐怖がただれていく。

ロビンが部屋の片隅でうずくまっているところを想像して、笑みを浮かべた。もうすぐ楽にしてやるから待っているがいい。なぜならそのつもりでいるから。だが、憐れみをかけるつもりはなかった。

ジェニー・オルセンが食べ物を載せたトレーを手に、大儀そうにリビングルームに入ってきた。太ったうすのろ女だが、牝牛のようでなければ美人と言えたかもしれない。だがジェニーはこの七年のあいだ、刑務所にいるグレンに誠実に手紙を書きつづけて、彼のためならどんなことでもすると伝えてきていた。

日曜の早朝、グレンは彼女の玄関に姿を現して助けを求めたのだった。

「お気に召すといいんだけど」ジェニーが喜びに顔を輝かせて言った。

愚かな女め。

食べ物を味わった。チキンとライス、人参にブロッコリ。ここ数年では最高の食事だった。素朴で味わい深い家庭料理。

「おいしいよ」正直にそう言うと、微笑んで彼女をよろこばせた。

ジェニーはまぶしいほどの笑顔になって丸々と肥えた手をこすり合わせた。「ほかにほしいものはあって？　ビールとか？」

「赤ワインはあるかな」ビールは大嫌いだった。この貧乏白人のところではろくでもないワインにしかお目にかかれないだろうが、なにせ七年間、一滴も飲んでいないのだ。

ジェニーは困惑していた。「ご、ごめんなさい。でも、スコッチならあると思うわ。父が亡くなる前に飲んでたものだけど」

「そいつをお願いしよう」

ジェニーはダイニングルームの食器戸棚に歩いていった。五十年代に建てられたこの軽量ブロック造りの小さな家は清潔ではあったが、がらくたがあふれかえっていた。こまごまとした装飾用の小物。さまざまなガラス製品。部屋に入ってくるすべての人に彼女の人生が展示されているのだ。

不慣なことだ。

ジェニーは前かがみになってもたもたと探していた。取りだしたボトルは、実のところ悪くない代物だった。「これでもいいかしら？」

「注いでくれ」

スコッチが注がれ、ひと口すすった。「なかなかいいね」

グレンは自分の一挙手一投足が見つめられていることを気にもかけず、食べて飲んだ。ジェニーは彼を崇拝していた。大きくて柔和な目やおもねるような態度にそれが見てとれた。この女はこれっぽっちも恐れていないのか？　自分が殺されるかもしれないとはつゆほども疑っていないのか？

グレンは昨日逃げおおせたことに驚いてはいなかった。逃亡中、本当に危なかったのは、サンフランシスコ湾の極寒の水中で過ごした数時間だけだ。勝利をおさめたのは、運のおかげでもあり、頭のよさのおかげでもあった。グレンはさっさと逃亡者の集団から抜け出していた。愚かなほかの男たちは遠からず殺されるか捕まるかのどちらかだったからだ。やっとの思いで岸にたどりつくと、幸運なことに、そこは雑貨店からほんの数メートルしか離れていなかった。刑務所に入る前はキーなしで車のエンジンをかける方法など知りもしなかったが、獄中でさまざまな知識を得ていた。二度目の挑戦でエンジンがかかり、首尾よくトラックを手に入れた。再び、アドレナリンが放出されるあのなじみ深い陶酔――自分は利口であること、それから今、危機に瀕しているという恍惚感――を味わった。

さらなる幸運は、盗んだトラックにスーツケースがあったことだ。白のTシャツとスポーツ用ジャケットを引っぱりだした。囚人服をお払い箱にしてどこにでもいる〝ふつうの市民〟に見えるようになるにはじゅうぶんだった。

まず北へ走り、それから湾沿いに東に向かってから、ハイウェー99で南に下った。信号が多く、必要なら脇道にそれることが可能だからだ。フレズノで車を替えた。その頃にはピックアップトラックの持ち主から盗難届が出されていてもおかしくなかった。三時間後にはグレープヴァイン近くの州間高速道路5号線に乗り、ロサンジェルスに向かって丘を上っていた。目に立つ警察の動きはなかった。制限速度をほんの数キロ上回る程度のスピードを保ったまま、徹夜で車を走らせたおかげで、彼の故郷まで、ジェニー・オルセンの自宅まであと一時間のところまで来た。彼女は刑務所のセオドアに手紙を書いてきた大勢の女の一人だ。彼のためになんでもすると言っていた。

今のところ、その言葉に嘘はなかった。

4

月曜の朝、ロビンは射撃場に来ていた。おおかた六年のあいだ、週に二回、足繁く通った場所だ。開場にはまだ十分ほどあったので、駐車場に止めた車の中で弾倉を抜きとり、銃と一緒にキャリーケースにきちんとおさめた。射撃場は長いあいだ、ロビンにとって第二のわが家も同然だった。オーナーのハンク・ソラーノは以前警官だった男で、今、ロビンが銃について知っている知識はすべて彼から教わったことだった。

逃げた囚人の一人が当局に再逮捕され、もう一人はサンフランシスコ湾で溺死したということだったが、まだ大勢が野放しになっていた。セオドア・グレンもその一人だった。

七年前、ロビンの人生は激変した。もはや市井の一市民ではいられなくなった。殺人のあとも裁判のあいだも、名前や写真、そして全経歴が地方紙に派手に採りあげられた。二年後、〝ガスランプ地区〟にあるビルを購入した。当時の事業オーナーたちは、通りの名前もいわゆる〝娼婦街〟から〝ガスランプ地区〟に変えて一帯のイメージチェンジを図ろうとしていた。ロビンはそれをはっきり理解していたわけではなかったが、とにかく話に乗った。そして〈第八の大罪〉がオープンすると、メディアはこぞって彼女を採りあげた。

「もとストリッパーきわどいクラブのオーナーに」

店の女の子たちはストリップをしないことなど関係なかった。その子たちとほぼ同数のルックスのいい青年を雇っていようと、目新しくて革新的なことを店で試みようと、二年後に経営が黒字に転じようと、関係なかった。メディアが採りあげたのは、過去のことだけだった。いわく、ロビンはかつてストリッパーだった、悪名高いセオドア・アラン・グレンが四人のエキゾチックダンサー――ロビンの友人で、気にかけていた女性たち――を殺害して死刑宣告を受けた、それだけだ。

グレンの手口は決まっていた。つまり、犠牲者たちとはあらかじめ合意の上で性的関係をもち、二人の関係が終わって何カ月も経ってから、彼女たちの自宅に押し入り、拷問して、殺すのだ。アナはグレンと寝たことはなかったが、いずれにせよアナは殺された。

正義は遅々として行われず、このうえなく痛ましいことだった。それでも最終的には正義が実行されたのではなかったか？　ベサニーとブランディ、ジェシカとアナの報復はなされた。グレンは遅かれ早かれ死ぬ運命だった。刑務所にいる限り、彼はロビンに手出しはできない。刑務所にいる限り、ロビンは彼の存在をほとんど忘れていられた。

少なくとも四十時間前に、地震の際にグレンが刑務所から逃げたと聞かされるまでは。

「ああ、神さま」ロビンはそうつぶやいて車の天井を見あげた。「どうしてこんな目に遭わなきゃいけないの」

両手で顔をこすってから深呼吸をした。グレンはなぜ、サンディエゴに戻るという危険を冒すのだろう？　みなが彼を捜しているというのに。姿を見るなりわたしが銃をぶっ放すとは思ってないのだろうか？

だがそれは、今、ロビンが怯えていないということではなかった。もう何年も恐怖の中で生きてきた。夜眠る時は明かりをつけているし、ほぼ毎晩、悪夢を見て目が覚めた。目覚めると、両手を染めたアナの血の、鉄のようなにおいがした。あの恐ろしい夜以来、平和な気持ちで丸一日を過ごしたことはなかった。

その過去が、そっくり戻ってこようとしていた。メディアはすでに、友人四人の事件について採りあげていた。ロビンの名前と写真が、再びあらゆる新聞やテレビをにぎわすのも時間の問題だった。以前〈ＲＪ〉と呼ばれていたクラブは娼婦の隠れ家だった、などという不確かなうわさでメディアが一般大衆をじらすまでのことだ。

かぶりを振りながら駐車場の向こう側に目を向けると、ハンクが中からドアのロックを解除するのが見えた。彼はロビンの車に気づき、ガラス越しにこちらを観察していた。わたしだとわかったかしら？　むろんわかっただろう。一度警官になれば常に警官だと彼に聞かされたことがあった。「**ギャングどもが入門の度胸だめしなんぞしなけりゃ、おれはまだ警官だったろ**

うよ」

　ロサンジェルスのパトロール警官だったハンクは、手下の忠誠心を試すギャングのテストで標的にされ、あやうく路上で死ぬところだった。今は片足を引きずっており、左手の指が三本欠けているが、いまだ弾薬の装塡は指が十本あるロビンより速かった。

　ロビンが車から出るのをハンクは見守っていた。ロビンは何気ないふうを装い、極力平静な顔をしていたが、内心早く射撃場で銃を撃って、腕が落ちていないか確認したくてうずうずしていた。

　ハンクが彼女のためにドアを開けてくれた。「久しぶりだな」

　ロビンはうなずき、満面の笑顔を浮かべた。あの当時とんでもない事件に巻き込まれはしたが、ごく少数とはいえすばらしい友人にめぐりあえた。暗雲の裏の希望の兆しだった。「元気そうね、ハンク」

　ハンクはしっかりロビンを抱きよせて軽く背中をたたいたあと、少し身を離してロビンの顔を注意深く見つめた。「あんたは本当に元気なのかな？」

「準備はオッケーよ」

「射撃は自転車に乗るようなもんだと思ってるんだろう」

　ロビンはにやにや笑った。「正解ね」

「パーフェクトを逃すに二十ドルだ」

「言ったわね」

ハンクはキャビネットから弾薬の箱をいくつか引っぱりだすと、アシスタントに受付をまかせて、ロビンと一緒にレンジに向かった。ロビンはすべてのセーフティチェックを、何一つ抜かすことなくスムーズにこなした。

「最後に銃を掃除したのはいつだ？」

「今月の第一土曜日よ。忘れたことはないわ」

「ふむ」

「知ってる？」ロビンが言った。

「知らんやつはおらんだろう」

ロビンはターゲットをセットすると、ボタンを押してそれを送り出した。撃つ。もう一度。早撃ち。

ひとつ逃した。

「んもう」ハンクに二十ドル札を渡しながらつぶやいた。

「すごいじゃないか、お嬢ちゃん。そこまで腕を落とさずにいるとは思ってなかったよ」

「前回はパーフェクトだったのに」

「それでもたいしたもんだ」

「あなたに教わったおかげよ、恩に着るわ」

「そんな必要はないね。さて、仕事に戻るよ。あんたもテクニックを磨くといい」

「わたしのテクニックは完璧だわ」ロビンはおどけて言った。

ハンクは茶色の目を輝かせながらにやりと笑った。「わかってるさ。ただ、べっぴんさんが銃を撃つところを見ていたいんだ。好きなだけいるといい」


ウィルはディアス巡査から、ロビンの留守番電話にメッセージを残しただけで本人と話をしていないと聞くと、心配でたまらなくなった。さっさと自分が出向いて直接話をするべきだったのだ。捜査について、また警察が把握していること――たとえどれほど乏しかろうと――について、彼女はウィルからじかに話を聞く権利があった。ウィルにその仕事を命じられた部下からではなく。

新しいロフトにはいなかったので、ロビンを探してクラブに向かった。店は閉まっていたが、ウィルが身分証明を見せると、退職祝いの昼食会を準備していたアシスタントマネージャーが、ロビンはソラーノ・ガンマートにいると教えてくれた。彼女はさも嫌そうに鼻にしわを寄せていたが、それがロビンのせいなのか、銃のせいなのか、あるいはその両方のせいか、ウィルにはわからなかった。

ウィルはモダンな造りのダンスクラブをざっと見渡した。ミニマリストの手法で、ふんだんに使われているのは光沢のあるメタルと良質のアクリル、黒と白と銀色。嵌めこみ型の照明は色とりどりで、点灯されると部屋に立体感を醸し出す。鮮やかな色彩が散っているのはそこに掛けられた大きな壁画だけ。力強い大自然に触発された風景には、渓流の大胆な緑と青、日没の目の覚めるような赤とオレンジが使われている。一見すると素朴だが、この絵には目を引き、想像力をかきたてるものがあった。

ロビンは商売を繁盛させていた。ウィルは彼女の表立ったキャリアを、ビジネス面でも芸術面でも追跡してきた。そうせずにはいられなかった。ロビンが問題なくやっていっているか確認したかった。彼女は順調に、自分の夢を生きていた。ビジネスを立ち上げ、来週には初めて大がかりな個展を予定していた。

ウィルは去年、彼女の絵を一枚買った。一見すると、暑い夏の日の海の絵だった。シンプルだが活力があった。浜辺に描かれた人間はつけ足しのように見えた。だが、離れたところからよく見てみると、自分たち二人が描かれているのがわかった。手をつなぎ、沖で跳ねるイルカを見ているのだ。

その絵は自宅のリビングルームに飾った。絵を見るたびにちがったものが見え、もっとちがった感情に揺さぶられた。そして、自分のしくじりが思い出された。

ソラーノ・ガンマートはダウンタウンからほんの数分のところにあった。ドアを開けて中に入ると、火薬や洗浄溶剤に混じって金属のにおいが鼻をついた。右を向いて窓をのぞくと、ロビンが一番奥のレンジにいるのが見えた。こちらに背を向けている。初老の男――細身で身長百八十センチ、白髪まじりの黒髪――もまたロビンを見ていた。ロビンは標準ターゲット――近距離、至近距離、遠距離――をこなしているところで、みごとな腕前で標的を撃ち抜いている。

胸が苦しかったが、自分の感情をあまり細かく分析したくなかった。ロビンを形容するには、美しいなどという言葉では物足りない。上背があって見事な曲線を描く体から、高く高く足が繰り出された。彼女なら麻のずだ袋をまとっていても車の流れを止めただろう。長くてゆたかな暗赤色の髪を波うつポニーテールにして、高い頬骨がくっきりときわだって見えた。鼻筋の通った優美な鼻、たっぷりとしたみずみずしい唇、壊れそうにほっそりとした首筋。

だがロビン・マッケナは壊れてしまいそうな女性ではなかった。鋼鉄の芯とそれにふさわしい姿勢を兼ねそなえていた。何をするにしても、情熱的に取り組んだ。情熱的に愛し、情熱的に憎んだ。

ウィルは知っていた。ずっとその両方を受けとめる立場だった。

ロビンを見ているうちに、まだ彼女と話をする心構えができていないことを悟った。口が乾いていた。望みはただ、彼女の前に膝をつき、あれほど傷つけてしまったことを謝りたかった。後戻りする道はなかった。

ああ、神よ、どれほどそれを望んだことか。彼女を抱きしめ、自分のベッドに連れ戻して、愛を交わし、交わされたかった。彼女を見ていると、あらゆる思い出と感情が、希望と恐れがもどってきた。

ドアが開いて射撃場のオーナーが受付に出てきた。「何かご用ですか?」

ウィルは湧き起こった反応を踏みつぶし、自分の感情と職務のあいだに距離をおく必要があった。たとえほんの数分であろうと。ロビンのクラブのアシスタントマネージャーが、彼女がここに戻るのは昼時だと言っていたから、顔を合わせるのはその時でいい。

「ちょっと見せてもらってたんですよ。これまで来たことがなかったもので」

オーナーはウィルを上から下まで眺めた。「大勢の警官がうちで撃ってますよ。わたしはまっとうな運営をしています。こんな体になるまでは、警察に十二年間奉職していました」

かすかに片足を引きずる程度ではあったが、カウンターを回って歩いてくるとはっきりわかった。

「たしかにまっとうな射撃場ですね」ウィルは手を差しのべた。「サンディエゴ警察のウィリアム・フーパー刑事です」

「ハンク・ソラーノです。ロサンジェルスのランパート署にいました」

「何があったんですか？」

「ギャングから六発食らったんですよ。相手が下手くそだったおかげで内臓はどれも無事でしたが、左膝は全部プラスチックと金属になっちまった」

「あの女性は誰です？」

ハンクはウィルから視線をそらさなかった。「ご存知のはずだ」うちとけたようすでスツールに腰を下ろしたが、その視線は探るようにウィルを見ていた。

ウィルはかすかに笑った。「ここに来ていると聞いたんですよ。悪い知らせを伝える必要があるのでね」

「あいつが刑務所から逃げたことを彼女が知らないとでも思ってるんですか？」

「いい指摘ですね」とりわけ人のいるところでロビンと話したくなかった。心を立て直して強化する必要があった。

「町中で目撃されたんですか？」ハンクが訊ねた。誰のことを話題にしているのか、ウィルに名前を告げるまでもなかった。

「今のところはまだ」

「彼女はわたしが鍛えました。みごとな腕前です」

「おっしゃるとおりですね」そしてそのことが色々な意味でウィルを悲しませた。

「彼女に紹介しましょうか？　新しい情報があれば——まあ、なかったとしても——気が晴れるかもしれない。ずっと地獄を味わっていますからね」

「知っています」ウィルは相手をじっと見た。「セオドア・グレンを逮捕したのはぼくですから」

　ふいにハンクの表情が硬化した。ロビンはこいつに何を話したんだ？　この男と深い関わりをもったのか？　感情的に？　肉体的に？　嫉妬が駆け抜けたが、それを押し殺した。ロビンのことで何か言う権利はなかった。今はもう。七年前ならちがったろうが。

「あんたはここに立ち寄らなかったということにしよう」そう言ったハンクの声は低く、怒りを押し殺しているせいで震えていた。

「それがいい」ウィルはドアに向かった。

　ハンクが捨てゼリフをよこした。

「とっととやつをつかまえて、もう二度と彼女に人生に近づくな」

5

「お母さん、本当に気をつけてよ」シェリーは電話で母親にそう言いながら、そわそわと壁の時計を見やった。一時五十分。毎日午後二時に、四ブロック歩いて娘を学校へ迎えに行くのだ。鐘が鳴るのは二時十五分だが、六歳のアシュリーに待ちぼうけを食らわせて、ママはお迎えを忘れたのかしらと心配させるのはいやだった。

特に今日は。

「シェリーったら。セオドアはわたしたちを傷つけたりしませんよ。あの子には誰かを傷つけることなんてできないわ。あれは単に、とんでもない誤解だったのよ」

もう七年近くのあいだ、カールとドロシーのグレン夫妻は、同じことを言いつづけてきた。**何かのまちがいだったのよ。セオドアはハエ一匹殺したりしませんよ。何もかもが、どうしようもない誤解だったんだわ。**

そしてもう七年近くにわたって、シェリーは両親を納得させようとしてきた。ちがうのよ、お父さんとお母さんの息子は、わたしのお兄さんは、現実に四人の女性を殺した**の**。だから、警察が兄さんを逮捕するのは当を得たことだったし、わたしは兄さんに不利な証言をするのがまっとうなことだったのよ。

兄は底知れない暗黒面を、家族の中で彼女にだけさらけ出していた。

「お母さんは、兄さんにどんな恐ろしいことができるか知らないのよ。兄さんを家に入れちゃだめよ。もし家に来たら、警察に電話するって約束してちょうだい」

「警察はとっくに来ていますよ。通りにパトカーがとまってるのよ。まったく、ご近所にどう思われるかしら」

兄は断じて天使などではないと母を納得させようとしても無駄だった。「もうアシュリーのお迎えに行くわ。また夜に電話するから。お願いだから兄さんを家に入れないでよ」

「あの子はちゃんと自分から出頭しますよ。事実関係をはっきりさせたいと思ってるだけよ」ドロシー・グレンは言った。

不毛な会話はもうたくさんだった。「じゃあね、お母さん」シェリーは歯がゆく情けない思いで電話を切った。セオドアがどんな人間なのか――兄の本質的な人間性――を理解してもらいたいだけなのに。息子の良い面しか見えないのは両親のせいではなかった。カールとドロシーは愛情深い親だ。子供たちに必要なものをすべて与えながらも、甘やかしはしなかった。居心地のよい家、落ち着いた環境、トップクラスの教育。子供二人は大学教育を受け、セオドアはロースクールも出ていた。

なぜ両親は兄の内部の悪魔性に気づかないのだろう。シェリーは気づいた。彼女の全人生は、兄を包む卵の殻の上を歩いているようなものだった。検察側の証人に立つことは、心の浄化になった。兄が悪であることを以前から知っていたと世間に告げることは。兄は、傷つけることだけを目的に彼女をいたぶった。なぜなら兄にはそれができたから。

だが、シェリーの証言は大半が却下された。彼女の人生で最大の困難――何年も常用してきた麻薬と手を切るよりはるかに難しかったこと――は、あの法廷で兄と対決し、二人がずっと幼かった頃、兄からどれほどひどい精神的打撃を受けたかを陪審の前で話すことだった。兄は彼女の目の前で、彼女の子猫の首をへし折ったのだ。

兄は泣きながら、あれは事故だったのだと両親に言った。

だがシェリーは、兄が子猫のマフィンから命をひねり出すところを見ていた。骨が折れるぽきりという音を聞いた。かわいそうな子猫の小さな亡骸を裏庭に埋め、声をあげて泣いた。シェリーが泣いたのは、殺されるがままに死んだ小さな動物のためばかりではなく、誰も彼女の言うことを信じてくれないからでもあった。

いいいい
あれは事故だったの、セオドアは泣きじゃくった。
いいいいいい
お兄ちゃんはわざとやったのよ！、シェリーはわめいた。

兄はもののみごとに皆をたぶらかした。彼女を除いて。そして、彼女だけが本性を知っていることを楽しんでいた。兄にもてあそばれ、いたぶられて、シェリーはとうとう家を飛び出した。ただ、兄から離れるためだけに。以前から問題児という烙印を押されていたシェリーは、あちこちの青少年更正施設に出たり入ったりした。どこも楽しくなかったが、兄と暮らさないですむだけましだった。

裁判の時、セオドアは反論した。シェリーの供述は今回の事件には何の関わりもないと言って。裁判官は兄に同意した。シェリーの情報は、今回の殺人事件で身をもって体験したものか？　そうではなかった。だが地方検事局の感じのよい女性が、シェリーの証言は、セオドアの人格を供述するものであるから重要だと主張した。裁判官は同意しなかった。

セオドアは両親を証言台に呼んだ。両親は法廷で、セオドアがいかにすばらしい息子であるかを語った。成績はオールA。ロースクールを首席で卒業。思いやりがあり、思慮深く、自慢の息子だと。

「息子は問題を起こしたことがありません」父親は陪審に向かって言った。

検事は反対尋問を拒んだが、ミズ・チャンドラーがあとで、あの場合、両親を追いつめて証言を成立させないようにしたら、こちらはさらにダメージを蒙ることになったと教えてくれた。「ご両親は嘘をついてはいないのよ」ミズ・チャンドラーは言った。「お二人は自分たちの言葉どおりに信じこんでいるわ。だからわたしが何をしようと何を言おうと、それは陪審にひととでなしの印象を与えるだけになってしまうのよ」

あの時、シェリーはこれまでの人生で一番恐い思いをした。陪審は兄の無罪を宣言すると確信したのだ。誰がカールとドロシーのグレン夫妻の言葉を疑っただろう？　両親は善人だった。人がよすぎて、悪はどこにでもあることに気づかなかった。セオドアに有罪判決が下されるまでは、名前を変えてカリフォルニアから逃げ出すことをシェリーは考えていた。兄に見つけられずにすむところへ。

兄は彼女を殺すつもりだとわかっていたからだ。

二時二分。もう行かなくちゃ。学校までのたった四ブロックを車で行くなんてばかみたい。ガソリンの無駄づかいだし。歩くことは好きだから、いつもならアシュリーが学校のこと、先生や友達のことをノンストップで話すのを聞きながら、二人で仲よく歩いて帰るのだ。

だがシェリーは怯えていた。歩くより、車で行くほうがよほど安全に思えた。兄を見かけたらはねてしまいそうだ。

バッグをもつと、ガレージに向かった。機械的に手を伸ばしてガレージの扉の開閉ボタンを押した。

びくともしない。子猫の鳴き声がした。猫は飼っていなかった。もう一度ペットを飼うことなど考えられなかった。セオドアにあんな目に遭わされては。

となりの家の猫かしら。

「やあ、シェリー」薄暗がりの中で、セオドアが微笑んでいた。彼は二つの箱のあいだに体をねじ込んでいた。母との会話はすべて耳にしたにちがいない。

シェリーの顔が凍りつき、下唇が震えた。セオドアは彼女の顔をしげしげとのぞき込みながら、両手ですばやく猫の首をへし折った。ぼきりという音がびっくりするほど大きく響いた。

シェリーは目を見開き、恐れおののいて悲鳴をあげたが、声が裏返って切れ切れになり、ガレージの外に人がいたとしても届きそうにない。キッチンのドアに向かおうとした。

セオドアの反応は速かった。こんなことをすべきではないとわかっていても、妹をいたぶるのはいつだって楽しかった。動物を殺すことには何の喜びもなかったが、自分がもたらす反応を見るのが楽しかった。もう何年も前に、妹のふわふわした子猫を殺した時、妹の苦しみに大笑いした。だが、実際に一番おもしろかったのは、死んだ猫を掘り出して、妹のベッドに放りこんだ時だ。あの時の悲鳴は、今の哀れっぽいかすれ声よりもっとよかった。

シェリーの手がドアノブに届く前に、背後から抱えこんだ。妹は蹴ったり手に噛みついたりした。威勢のいいビッチめ。だが、弱すぎるし、遅すぎる。兄はいつだって数段強く、刑務所にいたおかげでさらに強くなっていた。強くなければ殺されるのだ。

シェリーは彼にとって何年ものあいだ、責めさいなむべき玩具だった。なのに、あの最悪の日、彼は妹に裏切られた。シェリーは、兄妹二人の私的なゲームを世間と分かち合った。兄は異常だと世間に触れまわった。最後に笑うのは自分だと考えた。勘違いなんだよ。

彼は異常ではない。もしかすると悪魔かもしれないとは自覚していたが、自分が思いきり楽しめることをするのは痛快だった。それが、異常だと？　冗談じゃない。その告発のせいで彼の気持ちは長いあいださ さくれだった。まるで自分がどこかがおかしいように感じられて。

兄に逆らったことを思い知らせてやらなければ。

妹の耳もとでささやく。「言いたいことだけ言って逃げられるとでも思ってたのか？　ばかめ。殺してやるって言ったろう？　おまえはここで死ぬんだよ」

セオドアは妹の首をへし折り、ずるずると崩れ落ちる体を抱えた。それからコンクリートの床に死体を落とした。死体のそばにひざまずいて両目をのぞき込んだ。焦点が失せて光が消えていく目が、最後に彼の姿を映し出したことに満足した。シェリーの顔は恐怖に凍りついたま ま、開いた口がかすかに動いて唇の端から血がしたたった。

立ちあがって、投げすてた猫を見つけた。それをシェリーの死体の上に放り投げた。

一人片づいた。

出ていこうとした時に、いい考えが浮かんだ。火あぶりのビッチのようにウィリアム・フーパーを逆上させるいたずらを。

まるで所有者であるかのように死んだ妹の家に入っていくと、さっさと仕事にかかった。ウィリアムへの伝言だ。惜しむらくは、ここに残ってやつの顔を見られないことだ。だがいつまでもぐずぐずしてはいられない。行くべき場所があった。まずは、サンディエゴ市街にある図書館だ。

七年前、セオドアはそこにあるものを残した。それを早く手にしたくてたまらなかった。フーパーがそれを見たら、激怒するはずだ。

一時間後、ロビンはあらたな自信を得て射撃練習場をあとにした。必要とあれば自分の身を守れそうだ。

帰る前にハンクに言われた。「ロビン、ボディガードを雇うことを考えたほうがいいかもしれん」

「そんなの必要ないわ」

「店のセキュリティの強化はどうだ？　あんたのとこで働く従業員はどうだ？　グレンはサディスティックな殺人鬼だぞ。あいつはあんたを苦しめたいんだ。それなら、あんたの身近な人間を痛めつけるのが一番じゃないか」

いい、いい、いい、いい。

前もそうだったように。

ロビンは咳払いをした。「誰か適当な人を知ってる？」

ハンクはローロデックスをざっと繰って一枚の名刺を引っぱりだした。「もっていくといい、まだあるから。ハンクに聞いて来たとマリオに言うんだぞ」

名刺には〝メディナ・セキュリティ〟という文字と電話番号が書いてあるだけだ。

「ありがとう」ポケットにしまって外へ出た。

雑用をいくつか片づけて、それから店に向かった。ほかにどうしようもなかった。家にこもって怯えながらただすわっている？　恐怖と不安にさいなまれていてはとても絵を描く気にもなれないだろう。

店ではその日、内輪のランチパーティが開かれていた。笑い声やしゃれたジョークがとっておきのダイニングホールから洩れ聞こえてくる。それこそが〈第八の大罪〉という店での楽しみ方だった。入り口で厄介ごとにはおさらばして、幸せなひとときを過ごしてもらう。

雰囲気は官能的でお色気ムードがたっぷりだが、ストリップはしていない。ただし、独身男女向けのパーティならそれもありだ。すべてはイメージ、外部に向けた世間用の装いだった。

ロビンも似たようなものだ。ロビン・マッケナの実像を知る者はほとんどない。そういうあり方が望ましかった。必要だった。

人生に男との交わりを持ちこむとしよう。まじめな話、男に何を期待できるというのだ？

まず、ロビンの父親にあたる男は母をはらませたあげく、子供に金を使いたくないから堕ろせと言った。次に、大学時代に初めてつき合った恋人は、ロビンがストリッパーだと知ると友人全員を引きつれてステージを見に来た。生活がかかっていたロビンは最高の演技をしたあと、その男と別れた。問題は、噂が信じられない速さで駆けめぐって、ロビンはストリッパーというだけで、キャンパスの男たちから尻軽女と思われたことだった。

ストリップを始めたのは、そもそも大学の学費を払うためだった。入学した最初の週に、大学の演劇部がキャストを一般公募していて、それに応募したところロビンは役をもらった。だがリハーサルが授業の時間とかち合うため、泣く泣くあきらめたのだった。すると製作部にいたダンスのインストラクターのブランディが、夜のアルバイトでストリッパーをしたらいいのにと言った。ロビンなら〈ＲＪ〉にぴったりだと思ったのだろう。「ＲＪは気前がいいんだ。ちゃんと仕事をしたら、ぎとぎとしたせま苦しい場所でウエートレスなんかしてるよりはるかに稼げるよ」

最初はそんなことができるとは思っていなかった。だが、自分にショーを演じる才能があることに気づいた。観客に見せたいと思うイメージを創りあげる才覚があったのだ。ロビンは必要なバリアをめぐらせて騒々しい野次や卑猥な視線から自分を守り、みごとな踊りを披露した。ロビンは高額のチップを稼ぎ、ＲＪも満足していた。というか、気難しい老人としてはかなりご機嫌だった。

初めての恋人に屈辱を味わわされてから、二重の生活には区別をつけていた。デートの相手には決してアルバイトの話はしなかったし、きちんと学校に通っていたので、仕事も持っていると思われることはあまりなかった。嘘をついているようで気が引けたが、自分の心を守る必要があった。幼稚な夢物語の中で、恋に落ちて、愛してくれる人にめぐり逢った時には、大学に通いながらストリッパーとして働いていることなど問題にならないと信じていた。

ショーンには一年以上も秘密にしていた。二人は愛し合っていた。プロポーズされたのは、ロビンが大学四年、ショーンが地元の病院で小児科医の研修医（レジデント）をしていた時だ。ロビンは愛されていた。きみを愛している、きみと結婚したいと言われた。だから、事実を話した。

「あばずれめ」

ロビンの耳にはいまだ、強烈な嫌悪と蔑みのこもった彼のつぶやきが聞こえた。

涙を押し戻した。わたしったら何を期待してたの？　彼女はお金のために男の前で服を脱いできた。大学の学費を払い、母に援助するための金（かね）ではあったが、ショーンにそっけなく指摘された——ほかにも仕事はあっただろう、何でわざわざ欲情した男に胸を見せる必要があるんだ。

どうすれば愛情がこれほど速く憎しみに変わるのか。

その時からずっと、ショーンは彼女の人生で最後の恋人だった。ロビンがほんの少しだけ、もう一度心が血を流す程度に心を開くまでは。

店の裏口を開け、廊下を通って奥の間に向かった。そこに彼がいた。ひとりですわっていた。ロビンの店の中に。彼女の店のカウンターに。

ニュースでウィル・フーパーの姿を見てはいたが、本人がその場にいるのとは雲泥の差だった。つばをのみ込むこともできず、身動きもできない。心臓のどくんどくんという音が耳に響き、目が乾いた。ウィルも同時にロビンに気づき、コーヒーマグを置いて立ちあがった。背が高く、身長は百八十センチ以上。すらりとして、ふるいつきたくなるほどセクシーだ。『GQ』のモデルにもなれるだろう。陽を浴びて色が抜けた茶色の髪はサイドを短く、トップを長くカットしてある。がっしりとした顎。濃い群青色の目。だが彼はセックスシンボルでもモデルでもなく、警官だった。彼ならわかってくれると思っていたのに信じてくれなかった警官。彼女が愛したようには愛してくれなかった警官。

ロビンは、自分という存在には、演技と対外的な仮面がすべてなのだと実感した。ロビンの内部の何かが、愛情や敬意や思いやりを求めているなどとは誰も考えていないのだ。男にとって彼女は単なる肉体であり、笑顔であり、ウインクだった。では、それは誰の過ちなのか？ストリップを選んだのは自分だった。責める相手は自分しかいなかった。

「やあ、ロビン」

バーカウンターの向こう側にまわって、頑丈なマホガニー製のカウンターを二人のあいだにはさんだ。冷蔵庫から水のボトルを取りだす。それを開けて半分ほど飲んだ。とどろく心臓を静め、熱い血を冷やそうとした。

傷つけられ、欺かれたのに、今なお彼に反応してしまう。重ねられた唇を覚えていたし、首筋に置かれた手を感じていた。彼の世界では自分がたった一人の人だと、彼の宇宙にいる唯一の女だと感じたこともあった。

演技だ。彼女のように。ウィル・フーパーは外側ばかり気にしていた。対外的な演技。彼が、自分以外の誰かや何かを気にかけているだろうか？

「外に出てあの異常な殺人鬼を捜すべきなんじゃないの？」

ウィルは歯を食いしばった。「おれは特捜班を率いて――」

ロビンが口をはさんだ。「記者会見を見たわ」店から出ていってほしかった。感情がことごとくむき出しにされ、不安があまりにも生々しい。彼の腕の中に身を投げ出し、抱かれて、触れられて、キスされて、愛を交わしている自分の姿が目に浮かぶような気がした。彼に抱かれていれば安心していられたのだ。心の底から。愛されていると。

だが、そんなことを自分に許すつもりはなかった。彼女のことをかけがえのない一人の人間として敬わず、愛さず、信じてもくれなかった男に、体を利用させるつもりはなかった。

「ロビン、頼むから――」

「出てってほしいの」

「話を聞いてくれ」

ロビンは首を振った。言い訳を聞くことはできない。嘘などほしくなかった。「自分の面倒は自分でみられるわ、ウィル。ずっとそうしてきたのよ。あなたがわたしの人生に踏みこんでくる前も、去っていったあともね。セオドア・グレンに対する準備はできてるわ。あいつをそのまま立ち去らせたりはしない」

ウィルはかっとなった。顔色がどす黒くなり、さらに歯を噛みしめた。ぐっと前かがみになったが、ロビンは微動だにしない。

「ばか言うな、ロビン！　冗談じゃないぞ、正義の味方（ローン・レンジャー）を気取るんじゃない。銃を持っててちょっと護身術ができるくらいで、あの頭のいかれた野郎から自分を守れると思ってるのか？」

ロビンはカウンターに手をついて身を乗りだした。「あなた、わたしのことを調べたの？」

「悪いか？　きみがどこに住んでるか、知る必要があったんだよ、周辺のパトロールを増やすためにね。きみの記録を当たってたら、どうにか銃器携帯許可証を手に入れたのもわかった。まあ、ないよりましだろう。だが、グレンがそれに備えているとは思わんのか？」

「あら、あいつを止められるのはあなただけ、全能にして最強のウィル・フーパーだけってわけね」ロビンは高らかに笑った。「アナの時はご活躍だったものね！」

言い過ぎた。ウィルの顔に書いてあった。ウィルはカウンターを押しやるようにした。傷つき、腹を立てて。ちょうどロビンのように。

罪悪感をぐっとのみくだす。アナの死に関しては、ロビンにもウィルと同じように責任があった。ロビンのほうが重いかもしれない。

ウィルが何を言おうとしていたのか、ロビンにはわからなかった。携帯が鳴って、ウィルがさっと背を向けたのだ。「フーパーだ」

一瞬おいて激しい口調で言った。「くそっ、何てことだ、場所は――？」ウィルは口をつぐむと、怒りと不安がない交ぜになった視線をちらりとロビンに向けた。「そっちに向かうよ。キンケード刑事に連絡して現場で落ち合うと伝えてくれ」

ウィルは電話を切ると、苦しげな表情でロビンを見つめた。「シェリー・ジェフリーズが殺された。グレンの妹だ」

6

シェリー・グレン・ジェフリーズの家は、サンディエゴ北部の郊外、エルカホンにあった。厳密に言えばサンディエゴ警察の管轄ではなかったが、現場に到着した警官は被害者の身許がわかるとすぐ、コージー署長に電話を入れたのだ。

ウィルはカリーナより先に到着した。ジェフリーズ家は上流中産階級地区にある二階建ての家で、周辺には似たような二階建ての家が集まっていた。樹木の大きさから見ると、住宅街ができて五年ほどか。

シェリー一家の住所は極秘扱いだった。グレンはどうやってシェリーの住む場所を突きとめたのか？

「フーパー刑事ですか？」制服警官が近づいてきた。「ケン・ブラック警部補です」

ウィルはうなずいた。「すぐに電話をくださって感謝しています」

二人は車寄せに立っていた。ガレージの扉は開いており、奥に見えるドア近くの床に遺体が横たわっていた。グレンはガレージで妹を待ち伏せていたのだ。いったいどれくらい？

「何があったんです？」ウィルはブラックに訊ねた。

「母親が学校に娘を迎えにこないので、校長が自宅に電話をしたのです。でも、誰も出ませんでした。通常はそういうことはしないのですが、母親は学校側に、娘の伯父が町に来ていて娘に危害を加える恐れがあると話していたのです。母親が家の電話にも携帯電話にも出ないので、校長は病院にいる父親に電話をしました」

シェリー・ジェフリーズの夫はたしか外科医だったはずだ、ウィルは思い出した。

警部補はつづけた。「父親は自宅を調べてほしいと警察に頼み、本人は娘を迎えに行きました。父親のアリバイは問題ありません。校長が電話した時、父親は、朝の十時から始まった手術にまだ関わっていましたから」

女性が殺された時は、まず配偶者や恋人を調べて除外するのがふつうだった。

「警察は現場に到着し、インターフォンに誰も出なかったので、家の周辺を調べました。ガレージの扉の窓から中をのぞくと人が倒れているのが見え、彼らは応援を要請してから、被害者の生死を確認するために中に入りました。すでに死亡していました。応援が来てから家を捜索しましたが、屋内は無人でした。ただ、殺人者はキッチンにメッセージを残しています」

その時、カリーナが車で乗りつけ、彼らに加わった。ウィルはざっと経緯を話した。そのメッセージを見たかったが、「まず遺体を調べよう」と言った。

シェリー・ジェフリーズはほぼ即死だった。首をへし折られ、なめらかなコンクリートの床の上、ミニバンの横にくずおれていた。バッグとキーが遺体のそばに落ちている。死んだ猫が遺体の上に載せられていた。ウィルは、シェリーの目の前でグレンは子猫を殺したと、彼女が証言したことを生々しく思い出した。この精神的な拷問はあきらかにセオドア・グレンの仕業だった。

シェリー・ジェフリーズの財布が、バッグから落ちたのか捨てられたのか、床に転がっていた。「遺体の写真はもう撮りましたか?」ウィルは訊いた。

「ええ」

手袋をはめて財布を拾いあげた。空だった。クレジットカードも現金も抜かれている。だがこれは強盗ではなかった。グレンは金が必要だったかもしれないが、それが目的で妹を殺したのではない。

妹を殺したのは、復讐のためだ。

「メッセージを見ようか」

一行は家の中に入っていった。キッチンでは鑑識のメンバーがまだ仕事中だったので、ウィルとカリーナはうしろに下がった。

「何よあれ」カリーナがつぶやいた。

ウィルはメッセージを見つめ、それがたった一人に向けられたものであると知った。

朝食用の小部屋の壁に、黒の油性マジックで書かれている。

ウィリアム、またもや出し抜かれた気分はどうかな。七年前、おまえがバッジを取りあげられずにすんだとは驚きだ。まあ、警察にはプロの倫理観などないも同然なんだろう。なにせ、証拠をでっち上げたり証人とナニしたりするんだから。

それで彼女を救うつもりか？　考えなおした方がいいぞ。

グレンはロビンを話題にしていた。

「ウィル、こいつは何が言いたいわけ？」

答えなかった。答えられなかった。これまで経験したことのない恐怖が全身を覆っていく。

メッセージは、反吐の出そうなグレンのゲームはまだ始まったばかりだと告げていた。あの時、ウィルがロビンのところに向かわなかったら――〈第八の大罪〉の外にパトカーをとめて――やつはすぐさまロビンを襲っていただろう。

「ウィル？」カリーナが穏やかに訊ねた。

聞こえないふりをしてカリーナに目で伝える。ここでは言えない。今はまだ言いたくない。

「救うって、誰をよ？」カリーナは怪しむようにさらに答えを要求した。「グレンは誰のことを言ってるの？　ここの娘？」

「ロビン・マッケナだ」ウィルははっきりと言った。「アナ・クラークのルームメイトで、彼女はグレンに不利な証言をしている。あるいは、ジュリア・チャンドラーかもしれないし、グレンがブランディ・ベルのアパートから立ち去るのを目撃した老婦人かもしれん」ただそう言ってみただけだった。グレンはロビンの話をしていると、ウィルは心の中で確信していた。

「今日、たしか彼女たちと話をしたんでしょ？」

「おれが会ったのはロビンとジュリアだ。ディアスが電話で連絡できなかったほかの証人のところには、パトロール警官を行かせた」そして、その朝、ウィルはシェリーと話したばかりだった。シェリーはもちろん脱走のことを知っていて、怯えていた。

「コナーがひっくり返りそう」

「警部補、うちの科学捜査員をご一緒させてもらってもいいでしょうか？」

「かまいませんよ。現場検証はたいてい、保安官事務所にお願いしてますから。うちのラボは最低限のことしかできないんですよ」

「ありがとう。すぐにチームを寄こすよう手配します」

ウィルは、法廷でシェリー・ジェフリーズに証言してもらうためにジュリアと三人で打ち合わせをしていた時に、シェリーから聞いた猫の話を決して忘れることはなかった。

「誰もわたしを信じてくれなかったわ。セオドアは完璧な子供だったの。成績はオールA。声を荒げたこともなかった。やさしくて礼儀正しくて。でも、わたしにだけはちがった。まるでジキルとハイドよ。彼は、わたしが飼ってた子猫の首をへし折ったの。そして、そのあいだずっとわたしを見ていた。わたしの顔を、わたしの反応を、わたしが苦しむさまを観察してたのよ。

「マフィンは埋めてやったの。泣きながら埋葬したわ。その夜、セオドアは猫を掘り出して、遺骸をわたしのベッドに入れたの。朝起きてみたら、ベッドの足もとに死んだ猫がいたのよ」

シェリーは優秀な証人とは言えなかった。証言台で取り乱してしまったうえ、彼女の情報は殺人に直接関わりのあるものではなかった。また、若い頃の非行歴や薬物使用歴が、裁判の十年以上も前のことですでに完全に立ち直っているにもかかわらず、不利にはたらいた。彼女の証言に対しては、グレンが異議ありと申し立てると、裁判官がことごとく承認した。シェリーが話した内容は、何一つ記録に残らなかった。証言が役に立ったのは、処罰審査の時だけだった。

そして、彼女は死んだ。

「どうやって住所を知ったのかしら」カリーナが口にした疑問は、まさにウィルが考えていたことだった。「裁判のあと、たしか彼女は引っ越したのよね」

考え得る唯一の答えが頭に浮かび、ウィルの胃がずんと沈んだ。「パトロール警官に電話して、すぐに両親の家を見に行かせてくれ」

年老いたグレン夫妻は生きていた。息子の姿を見てはいなかった。ウィルはそれを信じた。だが、シェリーが住む場所をグレンがこれほどすばやく探り出したのは、両親を通してとしか考えられない。本能がそう告げていた。鑑識課長のジム・ゲージに電話をした。ジムはちょうど、ジェフリーズ家の殺人現場に到着したところだった。グレン夫妻は息子の姿を見てい
なかったが、私服警官が家の玄関を見張っていたにもかかわらず、グレンには簡単に屋内に侵入することができたのだ。

夫妻は娘の死に打ちひしがれていたが、それでも、殺したのが息子だとは思っていなかった。彼らをそれ以上苦しめるのは忍びなくて、ウィルは強く主張しなかった。息子は凶悪殺人で有罪宣告されていたが、夫妻は自分たちの息子にそんな恐ろしいことができるとは決して信じないだろう。

家の検分に行っていたカリーナが戻ってきて、ついてくるよう身ぶりでウィルを呼んだ。

「裏口のマットの下に鍵があったわ。きっと老夫婦はいつも、マットの下に鍵を置いてたのよ」

さらに、グレン家のきちんと片づいたデスクの上に住所録があるのを見つけて、それを失敬

してきていた。「シェリーの現住所と電話番号が載ってるわ」

　ウィルはその二つについて夫妻に確認した。彼らは結婚以来四十二年間、この同じ家に住んでおり、四十二年のあいだずっと、鍵はマットの下に置いてあった。

「物が失くなったりしたことはありませんよ」ミセス・グレンは誇らしげに言った。「い、い、い、い、失くなったのは娘だけか」

　ウィルは夫妻に悔やみの言葉を伝え、鍵と住所録を持ち帰る許可を得た。それからジェフリーズ家の殺人現場に戻り、エルカホンの鑑識課員と話していたジム・ゲージに証拠を渡した。

「セオドア・グレンの指紋が見つかるはずだ」

「おそらく手袋をはめてるぞ」ジムが言った。

「気にしちゃいないさ。われわれがやつを犯人と見なしているのを知ってるんだから。すでに死刑の宣告を受けた男だ。やつにとって、これはゲームにすぎない。そのことを一瞬たりとも忘れないことだ。老夫婦はどちらもほとんど耳が聞こえない。彼らがすさまじい音量でテレビを見ているあいだに、家に入ってシェリーの住所を見つけ、こっそり出ていくことも可能だったと思う」

「どうしてこんなに早くここまで来られたんだろう」ジムが言った。

「ＦＢＩが盗難車両を追ってくれている。サンクエンティン北部のポイントサンペドロ・ロードでダッジラム（トラック）を盗み、フレズノでそれを乗り捨ててホンダに乗り換えたようだ。グレープヴァインの頂上、フレイジャー公園あたりでそいつがほぼガス欠になると、別のトラックを手に入れている。フォード・レンジャーだ。この時はきわどくて、車の持ち主に姿を目撃された。だから、ディズニーランドの近くで乗り捨てている。その後の足取りはＦＢＩにもよくわからないようだ。今朝の九時にフォードが発見されたが、その場所から半径およそ三キロ以内で六台の車が盗難にあっている」

「ということは、アナハイムでトラックを捨てて五時間でサンディエゴに着いているわけだ。そして妹の住所を突きとめ、殺害し、今なお逃走中ということか」

「今のところ、結果としてそうなるな」

7

「匿名の通報があって、脱走囚のロバート・グレゴリー・コーテズが逮捕されました。コーテズは、四十八時間前にサンクエンティン地震が起きた際に、ほかの十二人の囚人とともにサンクエンティン刑務所から脱走していたものです」キャスターが話していた。

「音量を上げてくれ！」ウィルは叫ぶと、つかつかと演壇に近づいた。そこには休憩所から特別捜査班の本部に運びこまれたテレビが置いてある。

警官がリモコンを操作すると、地元サンフランシスコのキャスターの声が大きくなった。

「……情報提供者の身許はあきらかにされていませんが、当局に近い人物が匿名の通報者について話したことによると、囚人を拘留した人物は実は別の脱走者だったということです。ドルー？」

「何だと？」ウィルは身を乗りだし、今日の午後ロビンとやり合ったことも、シェリー・ジェフリーズが殺されたことも、セオドア・グレンが市内に潜伏していることも一瞬忘れ去った。

画面はサンクエンティン刑務所の外に立つレポーターに切り替わった。刑務所の奥の一角では今も、地震後に発生した火事の煙が立ちのぼっている。

「はい、捜査にくわしい人物の話によると、ロバート・グレゴリー・コーテズは、サンクエンティンの北東およそ三十キロのバレーホで、電柱に縛りつけられているところを発見されました。匿名の九一一通報が囚人の居場所を知らせてきたもので、警察が現場に駆けつけたところ、叩きのめされて裸で縛りつけられているコーテズを発見したということです」

「ドルー、その通報者が誰なのか、警察には予測がついてるんですか？」

「いや、ジョーン、警察は、通報者や逮捕の件ばかりか、コーテズの状態についてもものすごく口が堅いんですよ」

「コーテズとポーターやダグラス・パークスの逮捕には、何か共通点がありますか？」

「ありますね。ただ、警察はコメントを拒んでいますが。しかし、パークスもコーテズも叩きのめされて、非常に人目につく場所に縛りつけられ、それから匿名の九一一通報が寄せられているんです」

「自警団でしょうか？」

「現時点では、警察は推測を拒んでいます。けれどもこれで、十二名の脱走者のうち三名が再逮捕されたことになり、この三名は現在、サンクエンティンと湾を隔てたアラメダ郡に移送されています」

カメラはスタジオに戻り、ジョーンが言った。「コーテズは、一九九八年に南カリフォルニアの静かな村、ラグナ・ニゲルにおいて、六人の少年を誘拐、殺害した罪で、致死注射による死刑を宣告されており……」

ウィルはつぶやいた。「やつらの二人が同じ方法で捕まってるわけか」

「偶然かもしれませんよ」警官は肩をすくめた。

ウィルはかぶりを振った。「賛成できんな」

カリーナが携帯電話で話しながら部屋に入ってきた。「コナーったら、ぞっとさせないでよ。彼女は手に入る最高のセキュリティ・システムを導入してるのよ」ため息をついた。「もう切るわ」

「何をもめてたんだ？」電話を切ったカリーナにウィルが聞いた。コナーは彼女の兄で、グレンを起訴した検事補のジュリア・チャンドラーと婚約している。

「ジュリアのことが心配なのよ。結婚するまでは、たとえ一時的だろうと同居させてもらえなくて。ジュリアは姪と同居してるからね。だから駆け落ちしたいんですって。母がひきつけを起こしそう」

「ジュリアの自宅近辺のパトロールは増やしてあるよ。仕事の行き帰りには、毎日警官が同行しているはずだ。できるだけのことはしてあるし、ジュリアは賢い。ばかなことをしでかしたりしないさ」

「コナーがどれほど心配性か、知ってるでしょう」カリーナがテレビに目を向けた。「何かあったの?」

「クズがまた一人捕まったんだ、電柱にくくりつけられて」

「最初のやつみたいに?」

「そうらしい。互いにいがみ合ってるとこっちに思わせたいんじゃないかな?」

「もっと変なことがあったわ」カリーナは小さなメモ帳をぱらぱらとめくった。「今日の午後は、連絡がつかなかったグレンの陪審二人の動向を突きとめたわ。一人はアリゾナに、もう一人は海を越えてイラクに引っ越ししてる」

「そいつは安全だろう、少なくともグレンからは。家族はどうなってる?」

「市内には一人もいないわね。陪審の面接の記録では、彼は陪審をつとめた時、大学の二年で、同時に予備役軍人でもあったの。内勤の巡査部長が、この人とアリゾナにいる陪審にいちおう警告のために連絡をとってくれるわ」

「おつかれさん」

「ロビン・マッケナにちゃんと会えたのか、ちっとも話してくれないわね。グレンの妹のことは伝えてあるの?」

ウィルは平然とした表情を保った。「連絡が入ってきた時、ちょうど彼女のところにいたんだ」

カリーナはじっとウィルを見つめた。「あなた、何か隠してるでしょ。それって、ジェフリーズ家に残されてたメッセージと関係あるわけ？」

ウィルは答えなかった。「これから、以前の相棒のフランク・スタージェンに会いにいこうと思ってたんだ。ディアスは昨日、彼と話せなくて伝言を残しただけなんでね」

「一緒に行くわ」

「その必要はないさ。もう八時をまわってる。なんで帰らないんだ？」

「あなたが何か隠してるって、はっきりわかったからよ」

「それなら来たらいい、おれはかまわん」ウィルは緊急直通電話（ホットライン）を担当している警官に向かって言った。「何か目撃情報が入ったら、おれの携帯に電話してくれ」

ウィルは自分の車――ポルシェ九一一の黒――を運転して、カリーナのところからほんの一・五キロほどのフランクの家に向かった。ポルシェは五年前、政府の競売で買ったものだ。国境での麻薬の手入れで差し押さえられたもので、ウィンは押収された時から目をつけていたのだ。かなりの金額だったが、それでも小売市場に比べれば安いものだった。

「来なくてもよかったのに」

「そうね」カリーナは一瞬間をおいた。「グレンが脱走してから、あなたの行動がおかしいんだもの」

「おれの書いた事件のファイルは読んだんだろう。あいつは病的な反社会性人格だ。かけらほどの良心も、かけらほどの罪悪感も持ち合わせちゃいない。あそこまで尊大な犯罪者にはお目にかかったことがないな。尊大すぎてあのアイリス・ジョーンズをクビにしてるんだぜ」

カリーナがさっとふり向いた。「彼女に電話した?」

「グレンの弁護人だぞ? 何でやつが彼女を――」ウィルの言葉がとぎれた。「くそっ、うかつだった。ディアスのリストにはなかったんだ。実際、彼女は一度もグレンの裁判に出廷したことがなかったから」

「たぶん知ってるとは思うけど、でも――」

ウィルは携帯を引っぱりだして指令係に電話し、ジョーンズの携帯の番号を手に入れた。

「アイリス・ジョーンズです」きびきびと几帳面そうな声がした。

「サンディエゴ警察のウィル・フーパー刑事だ」

「何のご用かしら、刑事さん?」

「サンクエンティンで起きたことは耳にしてると思うが」

「もちろん」

「セオドア・グレンが脱走して――」

「刑事さん」ジョーンズが鋭く口をはさんだ。「あの逃亡犯をわたしがかくまってると思うなら、とんでもないまちがいだわ。はっきり言っておくけど、あの男とは何の関係もないし、かくまうつもりもないし、弁護をするつもりも――」

「アイリス」ウィルが割りこんだ。「おれはただ、くれぐれも気をつけろと言いたかっただけなんだ。特捜班は設置されている、だが、あの事件の関係者全員に、じゅうぶん注意するよう連絡を入れているところだ」

沈黙が落ちた。「ありがとう」ジョーンズが静かに言った。「いきなり咬みついたりして悪かったわ。グレンはわたしを解雇した。わたしは彼の有罪判決には何の関わりもないと思うわ」

「おれたちにはわからないことを理由にきみを責める可能性もある」

「そんなことはないと――」そこで言葉がとぎれた。「刑事さん、わたしはめったに怯えたりしないの、でも、セオドア・グレンは怖いわ。注意を怠らないようにします」

セオドア・グレンは優越感に浸らずにいられなかった。もう何時間も警察署のすぐ外にすわっているというのに、誰も彼に気づかないのだ。変装が予想以上にうまくいったか――茶色の髪は白髪まじりにして、茶色の目をブルーに変えるために市販のコンタクトをはめた――、警察が思っていたよりはるかに抜けているかの、どちらかだった。

というよりも、警察は自分たちの管轄区域のど真ん中に、まさか彼がうろついているとは思っていないのだろう。シェリーを始末したあとは、モーテルに身を潜めているか、国外へ高飛びしたはずと決めてかかっているのだ。セオドアは情報を必要としていたが、容赦ない視線にさらされた場合、果たして今の変装で逃げ切れるかどうか確信がもてなかった——たとえばフーパーに姿を見られるとか。

そう考えると、ここにすわっていることがいっそう刺激的に感じられた。

セオドアはアドレナリンを渇望していた。子供の頃に万引きをしたのは何かが必要だったからでも、もちろん注意を引きたかったからでもなかった。ただ、店を選び、店員の目を盗み、防犯カメラを避けて、何か——キャンディであれ引き出しに入った釣り銭用の金であれ——をひっつかんだ時に、アドレナリンがどっと噴出するのを味わいたかったのだ。その遊びにもやがて飽きがきた。何回となく危険を冒しても、決して捕まらなかったからだ。彼はそれほど長けていた。

団体競技は、彼にとって心惹かれるものではなかった。挑戦はしてみた。だが、セオドアは誰よりもうまかったが、間抜けのコーチどもは全員に順番をまわさなくてはならないと言った。ボールに向かわずに逃げ出してしまう意気地なしの肥満児にまで。なぜそうするのかを理解できたのは、何年も経って、才能重視のチームを作れる年齢になってからだった。

セオドアは個人競技に進んだ。陸上だ。だが、参加したレースすべてに一着でゴールインして、熱は冷めた。自分が一番だといったん証明したら、もうめざすところはなかった。優勝トロフィーは十二個もいらない。

若い頃はスケートボードにはまり、次いでモトクロス、それからオートバイに興味が移った。両親は、頼めば何でも買ってくれた。特別だと思われていたからだ。関心を持ったことはすべて熟達の域にまで達した。

しくじると——最初はたいていしくじった——憤怒に襲われた。怪我をしなくても、失敗は肉体的に苦痛だった。頭蓋骨にナイフをねじ込まれて、できっこないと言われているようだった。望みどおりの高い評価と褒美を得られる力をつかむには、その失敗を克服するしかなかった。

だが最終的には、個人の達成感から得られるアドレナリンでは物足りなくなった。何度スカイダイビングをし、何度バンジージャンプで橋から飛びおりたことか。彼は国内をくまなく旅して、同一の満足感を得るためだけに、もっと大がかりで、もっと好ましくて、さらなる危険が求められるスリルを探し求めた。

人を殺すまでは。

あのストリッパーたちが最初ではなかった。最初はあの二年前で、偶発的なものだった。

コロラド州のロイヤル峡谷から初めてベースジャンプ【訳注：ビルやタワー、崖からパラシュート降下するきわめて危険なスポーツ】したのは、ロースクールに在学している時だった。あれほど心躍る経験はこれまでの人生で一度もしたことがなかった。パラシュートの紐を引くまでの自由落下、その間に味わった病的高揚感は何週間も持続した。その後のどんなジャンプも、あれほど緊迫感のあるスリルをもたらしてはくれなかった。もうバンジージャンプには戻れなかった。あんなものはもはや子供だましに感じられ、その代わりに、ほかのさまざまな場所でベースジャンプを試した。だが、最初と同じくらい彼を充足させてくれる場所はなかった。あの恍惚感を得られずに終われば終わるほど、いっそう心はつのった。

それである週末、自分が一番だという昂奮をもう一度得るために再びロイヤル峡谷を訪れて、飛びおりた。

あの昂奮は戻ってこなかった。家の二階から飛びおりた方がましだった。ロイヤル峡谷からは一度飛んだことがあり、それがどういうものかはわかっていた。なのに、二度目は何も感じなかったのだ。なんにも！　まるで子供に戻ったような感じで、ほかの子供たちが楽しげに笑い、嬉しそうに遊んでいるのを見ていても、彼らはいったい何を楽しんでいるのかがわからないのだ。

その頃、セオドアが峡谷で完璧な着地をした直後に、ダーク・ロフトン――以前一緒に飛んだことがあるイヤミなやつ——が声をかけてこなかったら、ロフトンは今も生きていただろう。「いい着地じゃないか」ロフトンは言った。「申し分ない天候だったからな。上昇気流もなくて」

ロフトンはどんな時も競争心が旺盛だった。ほかの人間ならそれを〝人なつっこい〟と呼んだかもしれないが、そのせいでセオドアの胃はねじれ、むかついた。激しくかき乱されて、ついには、何としてもあのくそ野郎の首をへし折りたくなった。

足もとに死んで横たわるロフトンを思い浮かべ、セオドアは恍惚となった。そして、あることを思いついた。

ロフトンはその次の朝、飛ぶ予定にしていた。彼が早朝ランニングに出かけてしまうと、セオドアはホテルの彼の部屋にしのびこんで、ロフトンのパラシュートに微妙な細工をしたのだ。ロフトンは前夜のうちにパラシュートをたたみ終えていたし、自分専用の独特のものを使っていたから、ほかのものとすり替えることは不可能だった。だが、ロフトンがぱっと見ても不具合に気づかない程度に紐を少し移動させ、ケーブルの一本を絡ませておくことは難なくやりおおせた。

徒労に終わるかもしれないが、それもまたスリルの一部だ。予測不能。ロフトンは死ぬかもしれないし、死なないかもしれない。背骨を折って、不随のままで残りの人生を送る可能性もある。それもこれもセオドアのせいで。

世界の頂上に立つ気分だった。昂奮を欲する気持ちを期待が満たした。

その朝の遅い時間、セオドアは、大勢の観客やジャンパーと一緒に橋からロフトンを見物していた。ときおり突風が吹いたが、ロフトンは大丈夫だと言った。あの間の抜けた笑顔をセオドアに向けて。「昨日きみが飛んだ時はばつぐんの天候だったな、グレン。今日みたいな天気だと、本物の勇気がいるぞ」

セオドアはにこりとして控えめな笑顔を貼りつけた。ロフトンの恋人のサンディがぽんぽんとセオドアの背中をたたいた。「あの人ったらいやみっぽいわね。昨日の着地は本当にすばらしかったわ」

「気にしてないよ」セオドアは答えた。それは事実だった。心臓が早鐘のように打ち、視野は澄みわたっていた。何もかもがいつもより輝きを増し、まぶしかった。ロフトンはジャンプ台にのぼった。風を確認する。デッキからおりた。そしてハーネスをチェックした。もう一度デッキにのぼった。風がとだえる。ロフトンは飛んだ。完璧なフォームだ。そのまままっしぐらに落ちて、落ちて、落ちて……。

「くそっ、どうなってるんだ！」観客が叫んだが、セオドアには聞こえていなかった。恍惚として見入っていた。世界が静止するなかで、ロフトンだけがぐんぐん速度を増して落ちていく。

狂ったように打つセオドアの脈拍にあわせて。

ロフトンはパラシュートの紐を引いたが、それは絡まっていた。ふいに下向きになると、すさまじいスピードで落ちていった。

ダーク・ロフトンはおよそ三百メートル下の岩場に激突した。

セオドアは笑みを押し隠した。嘘だろ、何でこんなことに？という表情を顔に貼りつける。この場で必要な態度をとった。

サンディを見ると、ショックに陥っていた。両腕でしっかり抱きしめる。「見るんじゃない」そう言ったセオドアの声は震えていた――泣いているせいでも、おののいているせいでもなく――強烈な充足感のために。ああ、このスリル！

そのあたりで記憶を押し戻した。この初めての殺しが、かなり長期にわたって満足感をもたらしてくれたことを考えた。だが、あの時もわかっていたし、今もわかっているとおり、色褪せた思い出は今ここでは何の意味もない。

ウィリアム・フーパーが警察署から出てくるのが見えた。ラテン系のなかなかいい女を連れている。警官だ。やつの相棒か？　逮捕された時、フーパーの相棒はフランク・スタージェンとかいう太ったうすのろだった。あいつは引退したんだろうか。部署替えか？

小型のホンダ・アキュラでフーパーのあとをつけた。使い古した安楽椅子（レイジーボーイ）とともに〝友人〟

のジェニーから借りたものだ。彼女はセオドアを助けることが何よりも嬉しく、そこにつけ込んだのだ。「ぼくはきっと殺される。嵌められたあげく殺されるかもしれない。国外に逃げなくては」

ジェニーはそれを信じ、一緒に行きたいと言った。

セオドアは彼女の間の抜けた目をのぞき込んだ。「きみの身が危なくなる、ハニー、ここに留まったほうがいい」

ジェニーは真面目くさってうなずいた。ちょろいもんだ。

金を盗むのは簡単だった。両親はいつも、非常時用の金を父親のデスクに隠していた。現金で二千ドル。シェリーもまったく同じだ。五百ドル入りの封筒がパンティとパンティのあいだにあった。

あまりに変わり映えがない。

必要なのは、あと数日を生きていけるだけの現金だった。あとは自分の金を使えるようになる。失踪に備えて、かなりの金額をあらかじめ取りのけてあった。ストリッパー連中相手にちょっとしたゲームを始める前に、自分が管理するダミー会社の口座に入金しておいたのだ。その仕組みは実に簡単で、ひそかに入金しては、〝弁護料〟として引き出した。数ある〝親衛隊〟の一つに払ってきた訴訟費用だ。

当局は、彼が刑務所に入っているあいだ、友人がいないとでも思ったのか？　それどころか、ジェニー・オルセンの手紙と同じようなファンレターを何百通も受けとっていた。熱烈な福音伝道者は、セオドアの宗教的使命は世界から性的乱交を駆除することであり、自分たちはセオドアのために祈っていると伝えてきた。

あるいは彼らの願いが地震を引き起こし、彼を自由にしたのかもしれない。セオドアはその思いつきに大笑いした。

テレビで裁判を見たという女たちからも手紙は届いた。セオドアが不当な有罪判決を受けたと見なす女、誤解されていると考える女、〝味方〟になりたいと言う女。彼女たちは自分の写真を送ってきた。大半は不器量で太ったメス豚だが、一人はなかなか魅力的だった。

サラ・ローレンス。

親愛なるセオドア

裁判を見ていました。すると、あなたの表情の何かが、わたしに訴えてきたのです。あなたは話を聞いてくれる相手を必要としていると。話を聞き、理解し、裁かない人を求めていると。わたしはそれができる人間です。あなたが有罪なのか無罪なのかわからないけれど、それはどちらでもいい。システムは公平ではないから。自分の弁護に立つあなたは気高く見えたわ。

どんなことでもかまいません。話したくなったら電話をください。刑務所にいても電話はかけられるのでしょう？　テレビではそうだけど、それを鵜呑みにしていいのかどうか見当がつかなくて。電話番号と住所を知らせておきます。電話が無理なら手紙でもかまいません。

わたしは弁護士秘書です。あなたのために何かできることがあれば、知らせてくださいね。遠慮はいらないわ。よろこんでお手伝いします。

あの人たちはあなたを誤解しているのね。だってあなたはあんなにきれいな目をしているんだもの。

ではまた。

サラ

弁護士秘書のサラは、彼の〝代理人〟になった。書類の偽造の仕方を教えたのだ。そしてここ数年、二人は定期的に手紙のやり取りをして、サラには、〝弁護料〟につぎ込むために口座から用心深く金を引き出させ、彼が管理する合法的な会社に支払わせた。彼のまっとうな金の大半は、被害者家族への補償のために、管財人によって凍結されていた。連中が、セオドアが苦労の末つかんだ財産を受けとるに値するかのように。だがセオドアは法的代理人という立場にあり、その抜け道を利用して現金を隠匿した。

この先ずっと、おとなしく刑務所にいる気などさらさらなかった。最終の上訴裁判の時のために、計画を練っていた。裁判官がどういう判断を下そうとも、牢獄に戻るつもりはなかった。

だが、地震に先を越された。

すぐ手に入る現金は軽く二十五万ドルを超えており、時間と忍耐があれば、さらに多額の金を引き出すことが可能だった。金は自由を保障してくれるだろうから、七年前に彼を不当に取り扱ったやつらの始末がすめば、姿を消すつもりでいた。

セオドアは誰一人信用していなかったし、刑務所に連絡してきたどこかの女がどれほど忠実に彼の命令に従おうと、その女と出直す気もなかった。全財産に対する管理を女にゆだねることもなかった。女が彼のことを信じて必要なことをしてくれたらそれでよかった。これまでのところ、サラはすばらしい手腕を発揮していた。もしかしたら、彼女は殺さずにすむかもしれない。

当初は、サラの自宅へ行っていいものか危ぶんでいた。すべての通信文には会社名を使っていたが、当局は信用ならなかった。警察が探りを入れはじめたら、サラが何者でどこに住んでいるかわかってしまう。

だが、じかに会いたかった。触れたかった。もう何年もセックスなどしておらず、アナハイムのジェニー・オルセンはメス豚だった。刑務所のホモどもは、セオドアに無理強いしようとしたやつが危うくペニスを食いちぎられそうになって以来、誰も近寄ってこなかった。総体的に見て、セックスはさほど重要なことではなかった。ベースジャンプのほうが女とやるよりよほどおもしろかった。だが、これだけ禁欲期間が長いと、その手のスリルに危険を冒すのも悪くないように思えた。

警察はサラの存在に気づいてさえいないはずだ。それほど迅速とは思えない。だが、用心するに越したことはない。彼は一度、大へまをやらかした。同じ轍を踏むつもりはなかった。ジェニーの車は捨てざるを得ないが、サラがまた用意してくれるだろう。

セオドアはウィリアム・フーパーの車をつけて、中産階級層が住むこぢんまりとした静かな界隈に入った。フーパーは、庭の雑草が伸び放題の荒れ果てた家の前で車をとめた。そのままかたわらを通りすぎる。誰の家かを知る必要はなかった。あとで突きとめればいい。

泊まっているモーテルに戻った。警察署の近くにあるせまい安宿だ。一週間分を現金で払ったが、カウンターの向こうの太った女は、金を数える時意外はソープオペラから視線を上げもしなかった。一時間かけて探した完璧な宿だった。あらかじめ買い物はすませてあったので、それから部屋の準備にかかった。ベッドシーツをはがす。誰かが使ったシーツの上に寝るつもりはない。新しいシーツを敷き、その上に新しい毛布をかぶせた。はずしたシーツ類と汚らしい上掛けはたたんでクロゼットにしまった。

買っておいた業務用クレンザーで、室内のあらゆる表層を磨きあげる。まずまずだ。カーペットはどうしようもないが、部屋にいるあいだは常に靴をはいておけばいい。寝る時もだ。トイレとシャワーを殺菌し、それがすむと服を脱いで熱いシャワーを浴びた。

だいぶ気分がよくなった。

車を運転してまた警察署に戻ると、ニュース・クルーが中継をはじめたところだった。あたりはすでに暗く、彼は巧みに闇にまぎれた。

トリニティ・ラングがカメラクルーに向かって話している。彼女は以前、セオドアの裁判を番組で取りあげ、なかなか鋭い質問をしていた。ブロンドに黒い瞳の色っぽい美人で、肌の色からラテンの血がうかがえる。混血はあまり好みではなかったが、この事件記者はそれほど気にならなかった。

といっても、この女をもてあそぶ予定はなかった。ほかに計画があった。

ふいに、何もかもがあるべき場所におさまった。血が沸き立ち、精神が研ぎすまされる。世界が輝きを増した。

尻ポケットから封筒を引っぱりだした。サンディエゴ市街にある公立図書館の、中世史分野の本棚から取ってきたものだ。七年前、そこにこっそりと封筒を隠しておいたのだ。思ったとおり、彼が投獄されているあいだそれに気づいた者はいないようだ。もし誰かが見つけていたら、それは仕方ない。ジェシカを殺した翌日、衝動的に思いついて写真をそこに隠したのだ。

写真は二枚あった。一枚目はうすのろのおまわり、フランク・スタージェン刑事が車の中で眠りこけているものだ。彼は、セオドアが家から抜け出して誰かを殺したりしないよう見張っているはずだったのに。

あの夜のことを思い出して、大笑いした。彼はウィリアム・フーパーを殺すつもりでいたのだが、フーパーの代わりにスタージェンが張りこんでいた。おまわりをアリバイ証明に使うほうが楽しそうだ——何気なしに写真を撮ったものの、それをどう使うかはまだ決めてなかった。

もう一枚は、ウィリアムとロビン。全裸だ。セオドアは、ウィリアムの部屋のすぐ外、ガラスの引き戸のところにたたずんで、二人を殺してやろうと考えていた。ウィリアムを縛りあげて、やつの目の前でロビンを犯すという手もあった。レイプは趣味ではなかったが、ロビンを犯しながらウィリアムの表情を観察するのも、強烈な満足感をもたらしてくれそうだ。

だがそうはせず、写真を撮った。そして、さてどうしたものかと迷った。ウィリアムの上司に送りつけることも考えたが、刑事が証人と関係をもつことは犯罪ではなかった。そのうち使い道があるはずだった。裁判の時にはもう少しで活用しそうになったが、警察に多大な証拠——ロビンをつけ回していたとか、ストーカーをしていたというばかげた話の——を与えることになるのを恐れた。アナ・クラークが死んだあとの取り調べという名の茶番劇で、ウィリアムが認めさせようとしたように、彼はロビンのとりこになっていたから。

だが、写真を見ていると別のことが思い出された。キッチンでセックスしていたウィリアムとロビンを放っておいてブランディを殺しに出かけたのは、その夜だったのだ。

思い出は、ブランディをナイフでいたぶった時のアドレナリンの高まりにはとうてい及ばなかった。同じ感激を味わうことはかなわず、セオドアは車の座席でいらいらと居心地悪げにみもだえした。

トリニティ・ラングがカメラクルーに向かって話すのを眺めているうちに、その感情もおさまった。過去がもたらしたのは欲求不満だけだった。

目を据えるべきは未来だ。

じっと待っていると、美人の事件記者は明るい色のフォルクスワーゲン・ビートルでその場を離れた。

セオドアはそのあとをつけた。

8

ウィルはもう何年もフランク・スタージェンの家に来ていなかった。夜の闇も枯れた芝やせまいポーチに積みあげられたがらくたを隠すことはできず、家の中も似たようなものと思われた。待ち合わせて一緒に昼を食べる時はいつも〈ボブのバーガー〉か、警官のたまり場の別のハンバーガーショップだった。ときおり、警察署の角にあるバーのカウンターで、フランクが戦争の思い出話をしているのを見かけた。ウィルはしょっちゅうバーに行くわけではなかったが、フランクがいまだ常連だというのは聞いていた。

フランクは二年前、五十五歳で引退を余儀なくされた。そこまでもったのは幸運だった。ジェシカ・スアレスが殺されたあと、フランクは事務仕事に移動になった。公には膝が悪化したせいだったが、内実は勤務中の飲酒――七年前、セオドア・グレンの捜査のまっただ中――が原因だった。

本当をいえば、もっと前に事務仕事にまわされるべきだった。妻に去られたあと、フランクの肥満と飲酒は大きな問題になっていた。それは時間の経過とともに悪化する一方で、ウィルはフランクと組むよう命じられた時、その問題も引き継いだのだった。

フランクがドアを開けて、満面の笑みをウィルとカリーナに向けた。「あんたはキンケードだな？」そう言って入るよう促す。「弟はどんな具合なんだ。入院してると聞いたが」

「ええ、何とかやってます」カリーナはごまかした。ちらりとウィルを見たその顔の表情から、フランクのことをどう受けとめたらいいのか考えあぐねているのがわかった。当然だろう。ウィルはいつもフランクが抱える問題は隠して、カリーナに以前の相棒の話をしていたのだから。

「パトリックはまだ昏睡状態なんだ」ウィルは言った。「だが、医者は楽観してるよ」すでに八カ月が過ぎてウィルは希望を失いかけていたが、それはキンケード家にとってはデリケートな問題であり、カリーナの目の前で口にしたくはなかった。

ウィルはフランクの一人住まいをざっと見渡すと、嫌悪を顔に出さないようにつとめた。俗にいう豚小屋同然だった。おびただしい数のビールとウイスキーの空瓶、あふれかえった灰皿、汚れが幾重にも重なってもとは何色だったのか判別しがたいカーペット。家具やカーテン、壁にまで染みこんだむかつくような臭いは、もう何カ月も部屋の掃除をしていないことを物語っていた。散らかったデスクに警察無線が置かれている。音量は落としてあるが、ライトは眠りを誘うように瞬いていた。

ウィルと同じく、フランクも数年前に離婚していた。ウィルとちがうのは、フランクには子供が二人いて離婚は過酷だったということだ。

「今、いいか？」ウィルは言った。

「仕事の話だろ」フランクはエンドテーブルから飲みかけのビール瓶を取りあげた。苦しそうに鼻を鳴らして太い鼻を引きつらせた。ポケットから染みだらけのハンカチを出して鼻をかむと、そのまま目もくれずにポケットにまた突っこんだ。

「キッチンへ行こう」フランクが先に立つ。昔から太ってはいたが、テーブルの前にすわるまでは、それでもまずまずの体型に見えた。今やベルトの上にビール腹がだらしなくたわみ、二重あごがはっきりとわかった。少なくとも二日は髭をそっていないだろう。

フランクは空き瓶とピザの空箱を丸テーブルで集め、まとめてカウンターに放りだした。何がひっくり返ろうがおかまいなしだ。炒めた玉葱とパンのかび臭いにおいが室内に重くよどんだ。

電話ですませりゃよかった。フランクが無理やり引退させられたことを恨んでいるのはわかっていた。だが、ここまで落ちぶれるとは。

おれも十五年後はこうなるんだろうか？

そう思うと、腹立たしいと同時に気が滅入った。こんなふうにはなりたくない、昔も今も。だが妻もなく、近親者もいない。父は五年前に心臓発作でなくなり、母は南フロリダの高齢者居住地区に住んで一年のうち半分は旅行している。兄はウィルの上をいく仕事中毒だ。それなりにきちんとしているつもりだが（カリーナはよくやりすぎだと言うが）、自分の姿が目に浮かぶような気がした。フランクのよりは小ぎれいな家にすわり、スコッチを飲みながら警察無線を聞き、二十四時間放映のニュースとスポーツ番組を見て、アメフトの試合で審判のばかな判定をどなりつけるのだ。存在してはいるが生きてはいない。

ウィルは腰を下ろして口を開いた。「フランク、例のセオドア・グレンのことだ」

フランクが鼻を鳴らす。「ニュースは見てるし、息子よりも若そうな警官から伝言ももらったぞ。やつなら脱走すると思ってた。もうすぐコスタリカに着くんじゃないか」

「おれはあいつの脅しをマジに受けとめてる。今日の午後、やつの妹が殺された」

フランクは呆気にとられたようにウィルを見つめていたが、やがて声をあげて笑った。「昔のやつのセリフをマジに受けとめてるって？　あの裁判の時の？」また大声で笑うと、ビールを流しこんで、むせた。手の甲で口もとをぬぐう。「ばかか、ウィル。もうちょっとまともに育つよう鍛えたはずだが。グレンはそこまで愚かじゃない。できるだけ早く高飛びするつもりでいるさ。サンディエゴに留まるのは自殺行為だ。妹には落とし前をつける必要があって、高飛びの途中に片づけたんだろうよ」

ウィルは歯を食いしばった。「おれはそうは思わん。去年、やつの上告審に行ったんだ。そして目を見た。やつは報復を望んでいる」

「当たりまえだろうが。牢にぶち込まれたんだぞ。いったん自由を得たら、この辺をちょろちょろしておれらを愚弄したりするもんか」

「そう決めつけないでくれ」

「やつがここへ来たら、その場で撃ち殺してやる」

フランクが弾の入った銃を持っていると思うとぞっとした。おそらく侵入者を殺す前に墓穴を掘ることになるだろう。

話が通じる見こみはなかった。ウィルと相棒の関係がおかしくなったのはグレン事件の捜査中だった。あの時から何も変わっていない。

「いいだろう。やつを見かけたら電話してくれ」ウィルはテーブルから立ちあがった。カリーナもそれにならう。

フランクはよろめくように立ちあがった。「待てよ、わかってるだろ、署にもどって手伝ったっていいんだ。特捜班で。あいつのことはよく知ってるから、何か役に立つはずだ」

ウィルは彼を見つめた。絶望と孤独がはっきり見てとれたが、それはすべて自分の未来の姿だった。「規則は知ってるだろう」

フランクの顔が赤くなる。「おれは、ガキのおまえがまだシカゴに住んでた頃から刑事をやってたんだ。セオドア・グレンのようなろくでなしのことはよくわかってる」

ウィルは背を向けた。これ以上何も聞きたくなかった。来るべきではなかった。電話ですますこともできた。だが、フランクとはじかに顔を合わせて話すべきだと思ったのだ。

フランクはあっさりと立ち去られるのが気に入らなかった。「おれがいなかったら、おまえはあのひとでなしを逮捕できなかったんだぞ！」

そのまま歩き去るべきだった。そうせずにフランクに詰め寄った。こいつがどんな男か、なぜもっと前に気づかなかったのか。現実を直視さえしていれば、もっと早い時期にコージー署長に会いに行っただろう。ジェシカの死には、フランクと同様ウィルにも責任があった。

「もしあんたがいなかったら、ジェシカ・スアレスはまだ生きていたはずだ」

「くそフーパーめ。署長にたれ込んだのはおまえだろう。おれが勤務中に酒を飲んでるってちくったろうが。このくそやろう」フランクが突進してきたが、ウィルは横によけて簡単にかわした。フランクはたたらを踏んだが、壁にぶつかったおかげで倒れずにすんだ。

「唯一の後悔は、もっと早い時期に自分の直観を信じてあんたを現役から遠ざけなかったことだ」

フランクはさらに赤くなった。「なるほどな、それでお次は何だ？　乳繰りあってたあの色っぽい売女を保護しに行くわけか」

ウィルは自分の拳がフランクのあごをとらえるまで、フランクを殴りかかっていることに気づかなかった。いてっ！

フランクはよろめき、ウィルは怒りにまかせて相手を睨めつけていた。手はずきずきと痛み、血はたぎっている。おれはこんなふうに短気を起こしたりしない、おれはけんかしたりしない、おれは暴力で反応したりしない。

フランクのやつ、ロビンを売女呼ばわりした。

おれも似たようなもんじゃないか。

「ちょっと！」カリーナが叫び、両手を広げながら男二人のあいだに立った。

「おまえはやましくないってわけか、フーパー！」フランクが立ちあがりながら言った。ビール瓶がテーブルから転がりおちて割れた。「署長に言っとくべきだった、おまえが証人と乳繰りあってたってな！」

ウィルは気まずげにつばを飲みくだしてそこを離れると、まっすぐ自分の車に向かった。

「今のはいったいどういうこと？」助手席に乗りこんでばたんとドアを閉めるやカリーナが口を開いた。

「何でもない」

「ごまかしはやめて。もう一度訊くわ。あのロビン・マッケナに関係のある話ね？」

「その話はしたくない」

「暴行で逮捕してほしいの？」

「口出しはやめてくれ」

「わたしを閉め出さないでちょうだい、フーパー。相棒なのよ。何が起きてるのか、知る必要があるわ。証人と関係らしきものがあったのね？」

「きみには関係ないだろ！」

「大ありだわ。わたしはあなたの相棒なの、ウィル。友達だとも思ってたのに」

「知ったことか、カリーナ――」

「家まで送ってちょうだい。もうこれ以上はうんざりだわ。ほかにも何かが進行中だってことに、わたしはばかだから気づかないとでも思ってるの？　あなたはフランク・スタージェンを殴りつけた。警官なのに。たとえ相手が飲んだくれのどうしようもない人間でも、もとの相棒じゃないの。もし、わたしが言ったことが気にさわったら、わたしも同じように殴りつけるわけ？」

　ウィルは口をはさもうとしたが、その隙はなかった。「いったいどういうことなのよ、ウィル？　何だかまるで知らない人みたい」

「カリーナ、だから――」

　カリーナが片手を上げた。「弁解や嘘はいらないわ。明日の朝の〇八〇〇時まで時間をあげるから、わたしを信用するかどうか決めてちょうだい。それからはっきり言うけど、この件に関してあなたがわたしを信用できないと言うなら、この先、あなたにわたしのフォローが信じられるわけないでしょ。同様に、本当のことを言ってくれているとわたしが信じられなければ、わたしにあなたのフォローが信じられるわけないわ」

カリーナの家の前に車が近づいた。ウィルがブレーキを踏みこむ前に、カリーナはドアを開けた。ひとことも口をきかずに玄関に駆けあがっていった。彼女が鍵を取りだす前にドアが開き、婚約者のニック・トーマスが顔を見せた。二人はキスをした。ニックが何か言って、カリーナが答えた。ニックは眉をよせながら、車の中のウィルを見やった。

ウィルは車を出した。七年前に大失態をしでかし、そのうえ証人と関係をもったなどと、どうしてカリーナに言えるだろう?

カリーナにその話をすれば、すべてが明るみに出ることになる。自分がどれほどロビンに惚れこんでいたか、逃げ出したことでどれほど手ひどく彼女を傷つけたか。なぜなら、自分の感情を認めるより、逃げ出すほうがずっと簡単だったのだ。

い、

おまえはどうしようもないくそったれだよ、ウィリアム・ローレンス・フーパー。

ロビンは、ベサニーの死の四日後、殺したのはセオドア・グレンだとまだ知らない時期に、

フーパー刑事に会いに警察署へ出かけた。ロビンは何らかの予防措置を必要としていた。捜査がどうなっているかはおろか、警察が関心をもっているのかすらわからず、眠れぬ夜を過ごしていた。

ベサニーが脳裏から消えることはなかった。

「おれに会いたいって？」

ロビンはフーパー刑事を見つめた。彼を憎みたかったし、彼を問題の一部と見なしたかったが、それができずにいた。フーパーは警官で職務を果たしているのであり、誰がロビンの友人を殺したのかを探り出そうとしているのだ。

フーパーはロビンの前にダイエットコーラをすべらせて寄こすと、椅子をくるりと反対向けてロビンの向かいに腰を下ろした。椅子の背もたれに両腕をさりげなくのせ、力強い青い目には思いやりと知性があふれていた。目尻には、笑いじわが放射状にうっすらと広がる。彼はハンサムでとにかく男ぶりがよいが、その外見より心に響くのは、彼がロビンのことを、まるで大切な人——敬意を受けるに足る、きちんと対応すべき人物——であるかのように見ていることだった。

「大丈夫かい、ロビン？」ウィルが訊いた。

ロビンはかぶりを振った。「ベサニーは死んでしまった。わたしはどうすればいいのかわからないの。怖くて、腹が立ってて、何もかも投げ出したいような、でも同時に戦いたいような」

「それがふつうだよ」

「そうなの？」

　ウィルはうなずいた。

「正直に言ってほしいの。ベサニーを殺したやつをつかまえてくれるわね？」

　ウィルは長いあいだロビンを見つめていた。「何とも言えない」彼はそう言った。ロビンはその答えを憎んだが、この男性が彼女を信じて事実を言ってくれたことに感謝した。「証拠は少しあるんだ。だが、容疑者だと断定できない」

「でも、まだ捜査は続いてるんでしょう？」

「もちろんだ。この件を埋もれさせるつもりはない。それだけは約束できるよ、ロビン」

「だってね、新聞はわたしたちのことを売春婦のように扱ってるの。まるで――」ロビンは必死で言葉を押し出した。「――ベサニーなんか殺されて当然だ、みたいに」

「ロビン」ウィルの声は断固としていた。顔をあげてもう一度ウィルを見た。「新聞はどんな時も、挑発的な面を探すんだ。新聞を売るために。ドラマの再放送じゃなくて十一時のニュースを見てもらうために。ベサニーは、サンディエゴのほかのすべての被害者と同じように公正に扱われる権利がある。そして、おれは決して彼女のことを忘れないと約束する」

「ありがとう」ロビンはどう答えればいいかわからなくて、ダイエットコーラを見つめていた。ただ、このまま帰りたくなかった。フーパー刑事のおかげで彼女は落ち着き、安心した。

ウィルは腕時計に目をやった。「おれは一時間前に上がっているはずだったんだ。何か食べに行くか？」

「よろこんで。ありがとう」

ウィルがロビンのために椅子を引こうとした拍子に、二人の手が軽く重なった。ロビンはちらりとウィルを見上げ、その信じられないほど青い瞳と、りりしく整った顔立ちにわれ知らず見とれた。手をぎゅっと握られると、胸が高鳴るのを感じた。よくあることよ、そう思いながらも胸のときめきを楽しんだ。男の人に大切にされていると感じるのは本当に久しぶりだった。そしてウィル・フーパーの顔に浮かんだ表情を見ると、彼も同じことを感じているようだった。

ウィルが微笑む。「よし、行こうか」

ロビンはぎょっとして目を覚ました。テレビがついている。チャンネル10では、すこし前に放映されたトリニティ・ラングのレポートをまたやっていた。だがロビンの心の中にいるのはウィル・フーパーだけだった。

あの夜はもちろんのこと、いつの夜にしろ、ウィルとベッドをともにするつもりなどなかった。誰とでも寝るようなことはしなかったから、ずいぶん長いあいだ男性を自分のベッドに入れたことはなかった。だがおいしい食事をして、軽く酒を飲み、何時間も現実的な話をしているうちに、ウィルのアパートに落ち着くことになった。

ロビンはそれらの記憶をもとあった場所に押し戻した。過去に。ウィルとの関係は、恐怖と安心、情熱と渇望に根ざしていた。ほかの要素が二人を結びつけることはなく、そこに信頼がなかったのは確かだった。

起きている時の自分の気持ちを納得させられるように、無意識下の心も納得させられればいいのに。

画面にはセオドア・グレンの顔写真が映し出され、破綻した恋愛よりもっと重要な憂慮すべき問題があるとロビンに思い出させた。ハンクの言うとおりだ。彼女には守るべき従業員とビジネスがあった。

遅い時間だったが、ハンクからもらった番号に電話をした。

「メディナ・セキュリティです。お名前と電話番号を残してください」ピー、、ー。かすかな動揺がロビンの声に混じる。「わたしはロビン・マッケナといいます。ハンク・ソラーノにこちらを教えてもらい、マリオと話すよう言われました。わたし、安全対策が必要なんです。それも早急に」電話番号を告げて電話を切った。

そして不安な眠りについた。電気をつけたまま、銃をそばに置いて。

9

誰かが体の上にのしかかって手で口を押さえつけている。トリニティ・ラングはもがきながら深い眠りから覚めると、じたばたと手足を動かした。

「動くな、のどを切り裂くぞ」

　誰の声かわかると、混乱した頭がすっと冴えた。

「いい子だ。しゃれたところに住んでるじゃないか。となりの住人のことは調べたよ。休暇で不在のようだな。裏手はゴルフコースだし、反対どなりはもともと無人だ。あんたが悲鳴をあげても誰にも聞こえやしないというわけだ。さて、どう思う?」セオドア・グレンの低い声は上機嫌だった。

　恐怖にすくみながら、グレンの言葉を噛みしめた。わたしは殺される。レイプされて殺されるのだ。いいえ、ほかの犠牲者はレイプされてなかった。拷問され、エグザクトナイフでくり返し切り刻まれていた。顔を。体を。こいつはそれに飽きたら、獲物ののどを切り裂く。検察側の証人に立った精神科医が言ってたように、これはゲームなのだ。

　トリニティはやみくもに激しく頭を振った。そうすればこの悪夢から覚めるとでもいうように。だが、押さえつけるグレンの手は微動だにしない。グレンは身長百八十センチ以上のがっちりとした体型だったが、服役中にさらに強く、頑丈になっていた。トリニティは公判中に彼の背景を徹底的に調べていた。グレンは、バンジージャンプ、スカイダイビング、激流下りといったエクストリーム・スポーツにのめり込んでいた。ハンサムで聡明で金持ちでデートの相手には事欠かず、その中の数人は、彼ほど思いやりのある恋人はいないと証言した。ほかの女たちはみな、彼は冷酷で彼女たちの心を巧みにもてあそんだと言った。だが〈RJ〉にいた元ストリッパーの一人でさえ、彼に有利な証言をした。

「あんたを殺すつもりはないんだ、トリニティ。気を楽にしろよ」

そのとおりだわ、気を楽にするのよ。

わたしが彼の逃亡を助けると本気で思ってるのかしら？　だがその時は、もう一日生き延びるためなら何でもしたし、どんなことでも言うつもりだった。

「あんたはあの裁判を番組で取りあげた。毎日法廷にすわって証言を聞いた。おまわりとも話した。あんたは公正だったし、なかなかいい質問をしていた」

わたしに感謝したいのだろうか？

「おれはアナ・クラークを殺してない」

「んんん！」トリニティは押しつけられた手の下でもごもご言った。

「おそらくあんたは心のどこかで、あの裁判にはどこかしら腑に落ちないことがあったと思ってる。だからそれが何だったのかを今からはっきりさせていくんだ。おれは、誰がおれを嵌めたのかを知りたい。予想はついているが、決定的な証拠がほしいんだ」

トリニティはもがいた。

「質問ができるよう手を離してやろう。おれたちはチームなんだ、トリニティ。相棒だよ。おれに手を貸すんだ、そうしたら生かしておいてやる。なかなか公平だと思うがね」

グレンは自分の体でトリニティを押さえこんだまま、手を伸ばして彼女の右手首をつかんだ。ダクトテープでその手首をベッドの支柱に固定した。それから体を離して、毛布を引きはがした。

ああ、神さま、こいつレイプする気だわ。い、い、い、い、い、い、い、い、い、い、い、い。

まるで彼女の思考かしぐさを読みとったかのように、グレンが低く笑った。「女には不自由してないんだよ。あっちから嬉しそうに寄ってくるんでね。無理やり犯すとしても相手はあんたじゃない。ばかな真似をしてほしくないだけだ。おれの手伝いができるのはあんたしかいないから、あんたを殺すような羽目にはなりたくない。そんなことになったら悲しいからな」

グレンは彼女の足首を交差させて、ダクトテープを数回巻きつけた。それからトリニティが着ていた丈の長いTシャツを、パンティが隠れるまで引き下ろした。

部屋は暗く、グレンの姿はぼんやりとシルエットが見えるだけで、どういう格好をしているのかはっきりわからない。髪は黒っぽいが、染めたのか、あるいは光線の加減なのか？

彼女のブリーフケースにあったメモ帳とペンを渡された。左利きであることを知っているのだ。ずっと観察していたのか、あるいは何年も前のことなのに覚えていたのか。

ブラインドから洩れる光が唯一の明かりだった。夜目は利くほうだが、かろうじて判別できた紙は、わずかに差しこむ明かりをうけて青っぽく見えた。グレンは闇に沈んだ部屋の隅にすわっている。

「さあ、何を知りたい？」

事件記者の忘我の境地。殺人者が話をしたがっている。何でも話しそうだ。トリニティは、自分が世にも稀なチャンスをつかんでいると自覚していたが、グレンが自分をどうするつもりか判断がつかなくて怯えていた。殺人犯をどうやって信じろと言うのだ。被害者を拷問したあげく、生傷に漂白剤を注ぎかけた人間をどうして信じられるのだ。

「トリニティ、おれはまじめに言ってるんだ。あんたは聞きたいことがあるはずだ。質問がないなら、死んでもらうことになる」

ごくりとつばをのみ、せきこんで言った。「わ、わ、わたし——」

「落ちつけよ、三位一体（トリニティ）」グレンは口をつぐんだ。「変わった名前だな。あんたの親は何を考えてたんだろう」

グレンが答えを望んでいたのかどうかは不明だが、機械的に返事をしていた。これまでに数え切れないほど何度も同じ質問をされていたからだ。「わたし、本当は三つ子だったの。でも妹たちは胎内で死んでしまったから、両親は生まれてこられなかった二人に敬意を表したかったんだと思う」

この男になぜそんな話をしたのか？　落ちつけたからだ。ほぼ自然な会話をすることが。よく聞かれる質問にいつものように答えることが。

「今度はあんたの番だ、トリニティ。質問したまえ」グレンは黙ったが、彼女が答えずにいると声を荒げた。「質問しろって言ってるんだ！」

トリニティはうなずき、そして咳払いをした。「き、記録のためにうかがいますが、あなたはアナ・クラークを殺していないと言いましたね？」

「そうだ。おれはアナ・クラークを殺していない」

時間を稼ぐために、グレンの言葉を正確にノートに書き留める。おれはアナ・クラークを殺していない。

「あなたはベサニー・コールマンを殺しましたか？」

「殺した」

「ブランディ・ベルは?」

「殺した」

「ジェシカ・スアレスは?」

「殺した」

足を引きずるような音がして、トリニティは縮みあがった。笑い声がした。「いいものをやろう。夜のニュースや新聞でかなり見栄えがするぞ。あんたはまちがいなく注目の的だ」ベッドの上の手の届かないところに封筒が置かれた。

それをじっと見つめながら、考えこむように聞いた。「でも、あなたはアナを殺してない」

「同じ質問に二度答えるつもりはない」

大きく息を吸った。グレンはもうそれほど危険には見えなかった。彼女を殺すつもりはないというのは、たぶん本当のことだったのだ。「アナの殺人では、誰かがあなたに罠をかけたと考えているわけですか?」

「そうだ」

「なぜでしょう?」

グレンはユーモアのかけらもない笑い声をあげた。トリニティの胃のくぼみがひやりとした。

「警察が大へまをやらかしたからさ」

「ご存知でしょうが、有罪判決を受けた殺人者はほぼ例外なく、自分は嵌められたと言います。なぜわたし――なぜ人々が――あなたは真実を言ってると信じられるでしょう？」

「なぜなら、おれは笑い物になるのが好きじゃないからだ。誰かがおれを虚仮にしてる。気に入らないね。おれはアナは殺してない。だから誰が殺ったか、誰がおれを陥れようと証拠をでっち上げたのか、どうあっても知りたい」

「わからないんですけど、どうしてそのことでわたしがあなたの助けになると思う――」

「あんた、調査が好きだろうが！」グレンが大声をあげ、トリニティは飛びあがった。その瞬間、その場で、この人殺しはどれほどのことをしおおせるか、彼女は理解した。「どこのおまわりがおれを嵌めたか、知りたくないのか？　あんたをトップ・ジャーナリストまで押しあげてくれるおいしい話を聞きたくないのか？　あんたの経歴はム所にいるあいだに調べあげてあるさ。ちょうど端境期にあるあんたは、顔を売りたがっている。やりゃあいいんだ。おれを使ってさ」

「ど、どうやって？」

「そいつはあんたが考えることだ」

　作戦を変えることにした。「でも、そんなことをして意味があるの？」そう訊きながら、ばかみたいに聞こえることに気づいた。「だって、殺人犯であることは変わらないのよ？　あなたはほかの三人を殺してる。死刑を免れることにならないはずよ」

闇の中、グレンは押し黙っていた。トリニティはベッドの上でもぞもぞと体を動かして、ごくりとつばを飲んだ。左手がぶるぶる震えてペンを落としそうになる。

「そのとおりだ」「だが、意味はある。」グレンはようやく口を開いたが、まるで初めてそのことに思い至ったかのようだった。「だが、意味はある。あんたは、おれたちにそれほど大きなちがいがあると思ってるのか？　条件がそろっていても、あんたなら殺さないというのか？」

「だって、あなたは自己防衛のために殺したわけじゃないでしょう」そう言わずにいられなかった。

「それは無関係だ」

「どうして彼女たちを殺したの？」

グレンはおかしそうに笑った。「おれにはできたからだよ。逃げ切れるかどうかを知りたかったんだ」

おれにはできたからだよ。その言葉に含まれた冷ややかな落ちつきは、この男に不運な女たちがどんな目に遭わされたかを知った時と同様の恐怖を引き起こした。

「だけど、逃げ切れなかったわけね。あなたには人生なんて意味がないのかしら？　すべてを手に入れてたのに――報酬の高い仕事、百万ドルの屋敷、すてきな家族――なのに、何のために殺人を犯したか。ゲームでしょう？」

「逃げ切れたはずだったんだ！」怒声が部屋に響きわたった。グレンはわたしを相手にゲームをしている、下手な質問をしたら殺される——トリニティはそう考えざるを得なかった。

「ご、ごめんなさい」つぶやくように言った。

グレンが言った。声がうわずり早口になっている。「わかるだろう？　有罪になるはずじゃなかったんだよ、初めの三つの殺人では。最初の殺人の証拠は判事が却下した。陪審はその証拠を検討することさえ許されなかった、やつらはその存在すら知らなかったんだ！　あんただってその件は報道しなかった。あんたはおそらく、警察がへまをしたことすら知らなかったはずだ。こいつらが使ったのは、アナの殺人現場で上がった証拠だ。そいつをほかの三件に結びつけたんだ。だが、おれはアナを殺さなかった。だから、おれが裁判にかけられるはずがなかったんだ！　逃げ切れたはずだったんだ。おれが計画したのは三件だけだ、仮に——」そこで口をつぐんだ。

トリニティは訊かざるを得なかった。「仮に何なの？」

グレンは答えない。だが、立ちあがった。「もうじゅうぶんだろう。誰がアナを殺したか、探り出せ。おれの容疑を晴らすんだ」

「捕まったら、刑務所に連れ戻されるのよ」

グレンは声をあげて笑った。「捕まるようなことがあれば、な、グレンはドアに向かった。殺されずにすむんだわ！

今のところは。

おののきながらも、グレンのあらゆる発言を思い返して頭はめまぐるしく回転していた。

「ミスター・グレン」声をかける。

グレンが立ち止まった。おぼろな明かりの中で、人影は寝室のドアのそばにいるのがわかった。「まだ訊きたいことがあるのか？」おもしろがっているような声だ。

「誰なの？　誰があなたにアナ殺しの嫌疑をかけようとしてるの？」

「ウィリアム・フーパーに訊くんだな」

「フーパー？」ウィル・フーパーは根っからの警官だ。彼が証拠をでっち上げるとは思えなかった。

「裁判に出てこなかったことがある。そしてそいつは、この一件に関連したことだ。アナ・クラークが殺された時、ミスター・フーパーはロビン・マッケナとよろしくやってたのさ」

ロビン・マッケナは、アナのルームメイトだったストリッパーだ。グレンに不利な証言をした。のちに、自分たちが働いていたストリップの店舗を購入し、その後オープンした〈第八の大罪〉は今やサンディエゴでも有数のナイトクラブになっている。トリニティも何度か足を運んだことがあった。都会的で洗練されており、流行の曲が流れ、存分にダンスが楽しめて、アルコール類も豊富、スタッフも気が利いた。

当のロビン・マッケナも大変な美人だが、同時に聡明でやり手であることも、トリニティは裁判の時に感じとっていた。ロビンが、そこそこのストリップ店を高級ナイトクラブに転換させたと聞いても、トリニティは驚かなかった。その彼女がウィル・フーパーと関係していた？　ウィルは女好きだ。ガールフレンドの一覧表はかなりの長さになるだろう。彼の評判は警官や記者のあいだでは公然の事実だった。

何年か前に、トリニティもウィル・フーパーとベッドをともにしたことがあった。かわいげがあって、楽しくて、気配りができて、頭が切れて。ウィルに心がときめかない女なんているだろうか。

だが二人の関係はあっけなく……消滅した。最後のデートは、コロナドから少し離れた海沿いのしゃれたレストランに連れていってもらった時だ。もしかしたら二人の関係は次の段階に進むのかと期待していたが、玄関ポーチでおやすみのキスをして、その後二度と誘いはなかった。どこかで出会うといつも笑みを浮かべて礼儀正しく接してくれた。ウィルとの関係について、ほかの警官から冷やかされたことは一度もなかった。彼は誰にも話してないのだ。相棒のカリーナ・キンケードすら知らないのではないか。というのも、カリーナは考えていることが顔に出るほうで、ウィルに対して過保護気味だった。彼女なら、たとえ嫌味のひと言でも言ってきたはずだ。それが、一切ない。

ウィル・フーパーは秘密を吹聴したりしなかったのだ。

トリニティは、惨劇の中でウィルとロビン・マッケナがどんなふうに知り合ったか目に浮かぶような気がした。とんとん拍子に進んだのだろう。どんな形で終わったのか？　やはりすてきなレストランに連れていって、おやすみのキスをした？　ひっそりとした別れ……だった。

「ウィリアムを知ってるんだろう？」あざけるような口調のグレンは、今にも笑いだしそうだった。

「ウィルがロビン・マッケナとつき合ってたって、どうして知ってるの？」トリニティは考えをまとめながら言った。

人殺しはくすくすと笑った。「警察捜査のすべての行動を追ったんだ」

「あなたがアナ・クラークを殺してないなんて、誰も信じようとしないはずよ」

「そこはあんたの仕事だ。やつらがどうやって殺ったのかわからんが、とにかくおれはあの女は殺してない。真実は証拠にあると思う。だが、やつらがおれに見せると思うか？　必要がある時ですら、素直に公開しようとしないのに。聞きに行くならウィリアム・フーパーか地方検事だな。それか、役立たずの鑑識課員だ！」

グレンはドアから離れて行ったり来たり歩きはじめた。挑発するべきではなかった。見えるのは闇に沈んだ黒っぽい人影だけながら、その動きから逆上しているように見えた。恐怖が這いのぼってきたが、トリニティはそれを抑えつけた。わたしを殺すつもりはないって言ってたじゃない。

何なの、あいつを信じるつもり？　三人の女性を殺したって認めた人間を？

「ウィリアム・フーパーが殺したわけじゃない」グレンはまるで声に出しながら考えているようだ。ベッドのすそのほうで立ち止まって、トリニティを凝視している。白目が光りだしそうだった。背筋に冷たいものが走ってトリニティは身を震わせた。「やつはロビン・マッケナと乳繰りあってた。この目で見たのさ。ロビンのやつ——次のターゲットだったのに、おれの誘いに応じようとしなかった。ほかの売女どもは簡単に誘いにのってきたのに、このビッチは冷ややかだった。舞台では優雅な炎だが、生の彼女は……」そのまま声がとぎれた。

「二人を見たんだよ、クラブの中で。朝の二時頃だ。ロビンはカウンターにすわって泣いていた。そこにウィリアム・フーパーが入ってきて声をかけた。〝どうしたんだい？〟あとは、まるで盛りのついた猫だな。通りをわたれば家にベッドがあるのに、そこに行くことすらしなかった。もしそうしてたら、おそらくアナはまだ生きてたろうな。だがやつらがもつれあってる間に、哀れなアナ・ルイーザ・クラークは死んだ」

ウィルが家に帰りついたのは真夜中を過ぎていた。眠れなかったので予備の寝室でウエイト・トレーニングに励んだ。ｉＰｏｄのボリュームをいっぱいに上げたおかげで、思考も記憶も押し流された。一時間後、筋肉痛で汗まみれになると、シャワーを浴び、ボクサーショーツ一枚でベッドに倒れこんだ。ひんやりとした二月の夜風が、開いた窓から流れこむ。最後にデジタル時計を見ると、あざ笑うように赤く光った。二時一分。

そして、夢を見た。思い出した。

ウィルは物陰からロビンを見ていた。彼女はグラスを取りあげて――マティーニ、ストレートだ――ひと口すすった。捜査のストレスがロビンを苦しめていた。彼女の友人が三人殺され、ウィルには犯人がわかっていてそいつの取り調べを二回したにもかかわらず、あの狡猾なひとでなしは何一つ吐かなかった。セオドア・グレンは三日間の拘留にもまったくたじろがなかった。

ウィルは自分に何が起こっているのかよくわからなかった。被害者にちょっかいを出したりしない。証人と個人的な関係をもったりしない。だが、ロビン・マッケナはその辺にいる女性とはかけ離れていた。ウィルは、彼女の存在を心から閉め出せずにいた。毎朝目覚めると彼女のことを思い、毎晩一人で眠りにつくのが虚しく、寄るべなく、何かが足りないような気持ちだった。

六週間前、二人が互いに強く惹かれるようになったきっかけは、ベサニー・コールマンが殺されたあとで、ウィルが初めてロビン・マッケナから事情聴取した時だった。保護するために彼のベッドに無理やり留めていたのだが、ロビンは人を頼るような女ではなかった。彼女は恐怖と向きあった。しかしウィルはずっと見守っていた。心配だった。その前夜も口論になった。「やめてしまえよ！」そんなことを言う権利はないと知りつつ、ウィルは口走った。ロビンがストリッパーだからではなく、ストリッパーのままなら、犯人の殺人予定者リストに名前を連ねることになるからだ。

だが、ロビンの仕事で気にかかるのはその一面だけではないことを認めなければ、自分自身を偽ることになった。なぜなら彼女に対するウィルの感情は、はっきり言葉にしていいことを越えていたからだ。

ロビンは首を振った。「ほかの誰かが死んでしまう。あなたはあいつを捕らえなきゃ、ウィル。やめさせなきゃ。そのとき初めて、わたし――わたしたち――は安全になるのよ」

マティーニをするロビンを眺めていると、彼女の怯えも、魅力も、はかなさも、強さも見えた。近づいて声をかけた。「ハニー・ロビン、どうしたんだい？」

片手をそっと肩にのせた。声もなく泣いていたロビンは、こわばった体を震わせ、涙をぽろぽろと青白い頬の上にこぼした。

「怖いの、ウィル」

「おれのところにおいで」

「できないわ。自分の家から追われるのはいやよ」

「頼むよ――アナは聞き分けよくお母さんを訪ねていったじゃないか。きみがここに一人いると思うと耐えられない。あまりに無防備だよ」

ロビンにキスをした。彼女は死にゆく者にとっての末期の水であり、これほど激しく一人の女性を欲したことはこれまで一度もなかった。飢えたようにロビンを味わう。舌は彼女の舌を探し求め、とらえ、引き寄せ、ウィルは自分に許されるすべてを奪い去ろうとした。

心の奥底では、こんな関係は続きっこないとわかっていながら、どうか続いてくれと必死の思いで祈った。

「ロビン」口を押しつけながらつぶやいた。首には彼女の両腕が、腰には両脚がからみついていた。キスは口からのどへとすべっていき、舌は、ゆったりしたブラウスに包まれたロビンの胸もとへおりていく。肌は涙の味がした。

ウィルは狼狽し、一歩後ずさった。「泣かないでくれ、つらくなるから」彼女の悲しみを取り除いて代わりに抱えこもうというように、手のひらで涙をふき取ってやる。

「抱いて、ウィル。わたしを抱きしめて」

「絶対離すもんか」

「絶対は存在しないわ」

「そんなこと言うな」

「わたしを愛してちょうだい」

ロビンの手が伸びてきてズボンのボタンをはずした。ペニスはすでに硬かった。彼女に抱かれるといつもそうだった。こんな形で、バーの中でしたくはなかったが、ロビンを突き放すことはできなかった。ウィルは彼女を欲していたし、彼女はいつになく無防備で、ウィルを欲していた。自分は現実だと、ロビンを愛していると、行動で示す必要があった。こんなふうではなく、彼女を丸ごと愛したかった。

だが、これはこれで天国だった。

ロビンの中に入ることは家に帰るように懐かしく、その感覚はどんどん強まった。互いに激しく相手をむさぼりながら、ウィルは思った――彼女なしで生きていきたくない、この先ずっと。

携帯電話が鳴りひびき、ウィルは飛び起きた。ペニスは勃起しており、あやうく夢精するところだった。ロビンの夢で。

これはとらわれすぎだ。

電話に出ながら時計を見た。四：一四ＡＭ。

「フーパーだ」

「フィールズ巡査部長だ。たった今、事件記者のトリニティ・ラングから電話があって、今日の夜、セオドア・グレンが彼女の家に現れたらしい」

10

トリニティ・ラングのテラスハウスにはカリーナのほうが先に到着していた。カリーナは玄関でウィルを迎えると、あいさつもそこそこに言った。「性的暴行はなし。トリニティはベッドに縛りつけられ、駆けつけた警官に彼女が話したところによると、取材をさせられたらしいわ。あなたと話がしたいそうよ。あなたに連絡がついたことは知ってるわ」

カリーナの口調は冷ややかだった。前夜の議論のせいでまだ少し腹を立てているようだが、そうはいってもプロだった。ウィルは相棒との関係をどう修復すればいいかわからなかった。彼の強さはチームの能力であるのに、現時点では、カリーナに関する限り期待できそうになかった。彼女はおそらくウィルが洗いざらいぶちまけない限り満足しないだろうし、ウィルはまだその覚悟ができていなかった。

「彼女はどんなようすだ？」玄関ホールを抜けながらウィルはカリーナに訊いた。トリニティは頭が切れて威勢がよく、ウィル好みの冷静さをそなえた女性だった。

カリーナが目玉をぐるりとまわした。「もしわたしが人殺し――それもエグザクトナイフで犠牲者に彫り込みをするのが好きなやつと一緒の部屋で過ごしたら、もっと取り乱してるわね」

「ラボへの連絡は？」

「こっちに向かってるわ」

「ゲージは来るかな？」

「たぶんね、この件が注目を集めることを思えば」コージー署長と現地方検事のアンドルー・スタントンのどちらも、セオドア・グレン関連を優先事項にしていたから、鑑識課は証拠物件の処理を迅速にしてくれるだろう。もし、七年前に鑑識がベサニー・コールマン殺害を優先してくれていたら、セオドア・グレンの手にかかった犠牲者はベサニーだけだったかもしれない。もし、鑑識が酷使されすぎず人員が足りていたら、そもそもDNA証拠が汚染されることもなかっただろう。

トリニティはキッチンのテーブルにすわっていた。かたわらにコーヒーマグを置いて、メモ帳に熱心に書きつけている。背後に立っている警官が何を書いているのかのぞき込もうとしたが、彼女はページを隠した。ふり返りざま警官にいらだたしげな視線を向けたが、その時、ウィルとカリーナに気づいて目を輝かせた。「刑事さん、コーヒーはいかが？」

さっとメモ帳を裏返して立ちあがり、カウンターの上の湯気が立つコーヒーポットのところへ行った。

フォーマル。プロフェッショナル。トリニティはみごと、速やかに自分を取り戻していた。

「ありがとう」カリーナがテーブルについた。メモ帳を見つめているのがわかった。トリニティが何を書いていたのか、ウィルも興味があった。愛想よく対応して懐にもぐり込むに限る。トリニティに人なつこい笑顔を向けた。

「よろこんでごちそうになるよ、トリニティ」彼女を観察した。ジーンズに白のTシャツ姿だ。身長は百六十センチ少々で、ブロンドの髪をほどいているために実際の年齢——たしか三十二歳のはず——よりうんと若く見えた。だがその双眸には隙がなく、理性的で、頭脳がめまぐるしく回転しているのがはっきりわかった。

「ミルクとお砂糖は？」

「ブラックでけっこうよ」とカリーナ。

「ミルクだけ頼む」ウィルは答えながらも、その必要がないのを知っていた。覚えているはずだ。

トリニティは、キッチンで歩哨さながら見張りをしている警官をちらりと盗み見た。ウィルは警官のほうを向いた。「悪いんだが巡査、ここはおれたちだけにしてもらえるかな？　ミズ・ラングにこれから、おそらくあまり人に聞かれたくない話をしてもらわなくちゃならないからね。出張ってくれてるのは何人だ？」

「四人です。さらにこちらに向かっています」

「ありがたい。誰かを連れて近所の聞きこみにあたってくれ。朝の四時半でもかまいやしない。一時半から四時のあいだに何か見たり聞いたりした者がいないか、この二十四時間にセオドア・グレンを見かけた者がいないか、知る必要がある。グレンのプリントはあるか？」

逮捕時のグレンの写真と、変装した場合の予想人相書を載せたプリントを作ってあった。グレンは何よりも先に、市販のカラーコンタクトレンズを買ったはずだ。あの氷のようなブルーの目は鮮烈で特徴があるため、人の記憶に残りやすかった。コージー署長によると、ＦＢＩは州道99号線――脱走後、グレンが車で通ってきたと割りだせた道路――沿いの店をあたることで、その線を追ってくれているらしい。

「了解しました」警官は答え、そして部屋を去った。

トリニティが二つのマグをテーブルに置いた。ウィルはその隣にすわって、誰が部屋に入ってきたのか見えるようドアと向きあった。カリーナはウィルの左隣、トリニティの正面にすわった。

「何があったのか、話してくれ」

「目が覚めたら、あいつが上にのしかかってたの。口は手で押さえつけられてた」トリニティは身を震わせた。「わたしを殺すつもりはないと言ったわ。そしてダクトテープでわたしの両足をしばり、右手をベッドにくくりつけた」

「右手だけ？」

「メモ帳とペンを渡されたの。ちゃんと記録しろと言って」

「きみが左利きだって知ってたわけか」

　トリニティはうなずいた。もう七年近く前のそんな些末なことをグレンがいまだ覚えている のは気持ちのいいものではなかったが、ウィルは驚かなかった。おおかたの人間が思っている より、グレンはずっと賢いのだ。

「やつはきみに何と言った？」

「白黒をはっきりさせたい？記録を正したい？って。アナ・クラークは殺してないって言い張ってた」

　勢いよくマグをテーブルに置いたせいで、熱いコーヒーがそこら中に跳ね飛んだ。トリニティはメモ帳を濡らすまいとひっつかみ、カリーナはあわててペーパータオルを取りに走った。

「申し訳ない」ウィルはもごもごとあやまった。あのひとでなし、め。

　汚れをふき取る手伝いをしてから、自分のマグをそっとシンクに置いた。めったに平常心を失うことはないとはいえ、なんてざまだ。ここでも。それからフランクの家でも。セオドア・グレンはウィルの影の側面を引きずり出していた。だからグレンが憎かった。

「あいつが被害者にしたことは覚えてるだろ。エグザクトナイフで犠牲者をさいなんだあげく、ゲームに飽きたら玄関まで引きずっていってのどを切り裂く。そのあとで部屋に入ってきた人間が犠牲者の血ですべるように。やつが彼女らを殺したのはわかってるんだ」

カリーナは眉をひそめ、トリニティはウィルを凝視している。深呼吸をした。「トリニティ」食いしばった歯のあいだから話す。「グレンはゲームの愛好者だ。やつはきみを利用しようとしている。きみがあいつの望みどおりに動かなければ、あいつはきみを殺すつもりでいるぞ」

「あの男はあなたに何を望むと言ったの?」カリーナが言った。

ウィルが口を差しはさむ間もなく、トリニティが答えた。「最初の三件の殺人は、あいつがやったことよ。ベサニーとブランディとジェシカは自分が殺したって、わたしに認めたわ。あいつは、自分がアナを殺してないことをわたしに証明させたいの」

ウィルは黙りこんだ。拳を握りしめ、耳の中で心臓の拍動が響いていた。やつの魂胆は何だ? なぜ最初の三件の殺人を認めながら、アナは殺ってないと言う? 意味をなさないじゃないか。やつのゲームの一つにすぎないのか。ただロビンを苦しめたいだけだったのか。アナの事件をメディアがとりあげればロビンをいたぶることになるとわかっていて?

ロビンを苦しめずにすむならどんなことでもするつもりだった。

だが——なぜなんだ? なぜグレンは三件の殺人を認めて、四件目を否定する? 殺害にはちょっとした不一致がいくつかあったが、ベサニーの件もちがいがあった。ほかの三人には漂白剤を使用しながら、ベサニーには使っていない。そしてアナは、みなより傷痕が少なかった。当時、ウィルも犯罪心理分析官も、グレンが焦っていたからだと結論づけた。アナは殺害対象ではなかったという考え方もあった。グレンはアナ――街を離れているはずだった――ではなく、ロビンの帰宅を想定していたと。

だが事実は、手口がほとんど同じ、つまり同一のナイフが使われており、陪審はグレンが四人の女性を殺害したと、満場一致で評決した。

「トリニティ」平静を装って口を開いた。「お互いに知り合ってもう何年になる、九年、十年か？」

トリニティはうなずきながらも、探るようにウィルの目を見た。興味深そうな顔をしながらも、その表情は読み取れない。

「グレンは注目を浴びたいんだ。きみに論議を巻き起こさせて、一般市民の中に反対意見を生み出したいんだ」ウィルはアナの件を最後にもう一度、検討するつもりでいたが、グレンがアナを殺したと確信していた。グレンの髪がアナの拳から見つかった。アナはグレンのプロファイルに当てはまった――彼と寝なかったことを除いて。

そっとかぶりを振った。「きみは過去を引きずり出して、被害者の家族や友人を苦しめることになる。やつの駒にならないでほしい。やつの言葉を紙面に載せるな。あいつはそれを望んでる。注目の的になりたいんだ。この獣は殺人犯だ。逃亡のさなかに怪我した看守を射殺している。昨日は実の妹を殺した。妹が不利な証言をしたからだ。やつは、知性と外見のよさで身をやつした反社会性人格障害者（サイコパス）だ。良心のかけらもないし、何のためらいもなくきみを殺すだろう」

カリーナが咳払いをした。ウィルは大きく息をついた。セオドア・グレンのことを考えるたびに湧きあがる憤怒は褪せてはいたが、消えてはいない。グレンが自由を謳歌している限り、消えることはないだろう。

カリーナが質問をはじめた。「これからどこへ行くとか、何か口にしなかった？　次はどうするつもりだとか」

トリニティは首を振った。「何も言わなかったわ」

「姿をじっくり見られた？　どこか外見を変えたとか」

「部屋はまっ暗で、あいつはずっと影に隠れてたの。だからシルエットしか見えなかった。裁判の時よりも体格がよくなってたような気がする。太ったわけじゃなくて、ずっと鍛えてきたみたいに」

「刑務所が囚人にウエイトトレーニング・ルームを使わせたんだな。上半身のことを言ってるんだろ」

トリニティがうなずく。そして何か言おうと口を開きかけたが、閉じてしまった。

「隠しごとはやめてくれ。こっちはあらゆることを知りたいんだ」

彼女はちらりとメモ帳に目を向けた。まだ伏せたままだ。

「ウィルが言ったとおり」カリーナが口をはさんだ。ウィルと同じく、トリニティが何かを隠そうとしていると気づいたのだ。「グレンはゲームの愛好者なの。でも真実によって、法医学的証拠、つまり生物学的証拠によって、グレンが実際にアナ・クラークを殺したと証明されたのよ。グレンの髪が被害者の体で発見されたの。証拠は嘘をつかないわ」

「あいつはその証拠がでっち上げだって、言い張ってたわ」

「グレン然り、O・J・シンプソン然りだ」ウィルは吐き捨てるように言って立ちあがった。

「やつの言い分を受け入れるつもりか？」

トリニティは立ちあがると、両手をテーブルについてウィルを見あげながら言った。「わたしが知ってることを聞かせてあげるわ、ウィリアム・フーパー。あいつはあなたを憎んでる。あいつはアナのルームメイトのロビン・マッケナを憎んでる。それと、わたしが役に立ってないと判断したら、即座にわたしを殺すつもりでいる。

だけど、警察が失態をしかねないことも、個々人がまちがいを犯しうることも知ってるわ。人間は誰しも過ちを犯すことがある」メモ帳から封筒を引き抜くと、ウィルの前にぴしゃっと置いた。「率直に言って、セオドア・グレンの話がもし本当なら、真犯人は人を殺しながら実際、何の罰も受けずにいるのよ。もしわたしにそれが証明できたら、ニューヨーク行きの超特急の切符を手に入れることになるから乗せてくれてありがとうって言う間もなさそうね」

「言いたいことはそれだけか？　え、自分の出世の話なのか？」ウィルはいらだった。

「彼がわたしを選んだのは、あの件についてわたしが――」

「よく考えろ！　彼があんたを選んだだと！　これは人気コンテストじゃないんだ。やつはあんたを選び、あんたを殺すつもりだ。あいつのゲームにのるんじゃない。記事を書くんじゃない」

「ここはたしか、自由が保障された国だと思ったけど、フーパー刑事」トリニティは柳眉を逆立てていった。

「ばかなことをするんじゃない！」

「ばかなことじゃないわ」

「絶対に油断をするな」もちろん激怒していた。だがトリニティの身が心配だった。彼女に何も起きてほしくなかった。

ウィルの気遣いが明確になり、二人のあいだの昂奮もおさまっていった。そっとトリニティの手に触れた。「おれはまじめに言ってるんだ、トリニティ」穏やかに言葉を続けた。「ここは安全とは言えない。一人でいちゃだめだ」

「ありがとう」ごくりとつばを飲むと、ウィルの手をしっかり握った。「わたしは大丈夫よ」

あごをしゃくって封筒を示した。「あいつが残していったの」

「何で触ったんだ？」

「わ、わたし――それを置いていったのが誰か、ほとんど忘れてたの。中を見たかったたし。端っこしか触ってないわ。だけど、あの写真がほしいの、ウィル」

ウィルは眉をよせながらラテックスの手袋をはめ、封筒の垂れの部分を開いた。糊のようすから見て、糊づけはされていなかったようだ。

中に入っていたのは一枚の写真。フランクだ。七年前に運転していた国産の大型セダンの中、運転席で眠っている。ぽっかりと口をあけ、後ろにのけぞるようにして。いびきの音すら聞こえてきそうだ。

写真のアングルからは、助手席に携帯用酒瓶（フラスコ）が置かれているのが見えた。

裏返してみると、くっきりした文字で書かれていた。

四月二日　〇一：〇五ＡＭ勤務中に居眠り
ジェシカ・スアレスが殺されたのが四月二日だ。フランクは、一晩中家を見張っていたと断言した。ウィルはフランクを信じられなかった。真っ向から言い合いになると、相棒は、ロビンとの情事の件を持ちだしてきてウィルを激しく罵倒した。フランク・スタージェンは警察に二十四年以上奉職している警官だ、かたやウィル・フーパーは何者だ。十年で転職？　パパを追いかけて仕事についたって？

フランクはどんな時も、どうすればウィルの神経を逆なでできるかよく知っていた。そしてウィルには、フランクが勤務中に居眠りしていたと証明できるものがなかった。

今までは。

「わたし、この件を追ってみるつもりよ」トリニティが静かに言った。

「どの件だ、殺人犯がきみを訪ねてきたことか？」

トリニティは首を振って、写真に視線を向けた。

「だめだ？　やめてくれ？。これは証拠なんだぞ」

「気にしないわ。もうコピーを取ってボスに送ってあるの。グレンは理由があってわたしに接触してきたのよ、ウィル。こう言っては何だけど、わたしは彼を信じるわ」

「やつは四人の女性を殺したんだぞ！」

「三人よ。グレンがアナ・クラークを殺したかどうか、その件についてはまだ決定が下されてないわ」

「やめないなら――」ウィルは唐突に口をつぐんだ。くそっ、最後通牒を突きつけたりしたら、事態をよけい悪化させるだけだ。彼女がうまく立ち回ってくれると信じるしかない。こっちはできることをする以外に手はない。この界隈のパトロールを増やすとか。コージー署長に言って彼女に尾行をつける口実にもなる。

「フランク・スタージェンを破滅させてしまうぞ」

「あなたには何の関係もないはずよ。それとも当時、フランクをかばったの？」

「おれはそんな――」また唐突に言葉を切った。引っかけられて記者の取材にのるつもりはない。毒づきたかったし、威嚇したかった。だがその代わりにこう言った。「くれぐれも注意してくれ、いいな」

「約束するわ」

「鑑識に来てもらって証拠を採取してもかまわないか？」

トリニティはうなずいた。「必要なら何なりと。ただ――」

彼女は黙った。

「何だい？」

トリニティはちらっとカリーナを見た。その視線の意味はカリーナにもウィルにも通じなかった。

「ほかに何か思い出したらあとで電話をするわ」あてつけのように言った。

ジム・ゲージがキッチンに入ってきた。「カリーナ、ウィル、準備はいいかな?」

「やつはどうやらほとんど寝室にいたらしい」ウィルがジムに言った。「これをトリニティに残していった。彼女も触れている」

「必要ならどうぞ指紋を採取してちょうだい。ダクトテープは自分ではずして二回に置いてあるわ。着替えをしたけど、ドレッサー以外は何も触ってないし、寝室にはあれから立ち入っていません」

「まさかモーテルのレシートを落としたりはしてないだろうが、こればっかりはわからんからな」ウィルはそう言いながらも、いまだ写真のことが気にかかっており、グレンは今回、いったいどういうゲームをしているのか目星をつけようとしていた。

カリーナが口を開いた。「どうしてトリニティの住んでる場所がわかったのかしら」

誰も答えない。するとウィルが言った。「彼女は有名人だ。職場はテレビ局だから住所はすぐわかる。あとをつけて自宅を確かめておけば、好きな時に戻ってこられる」

「そうすると、あいつは当人には知られずに、誰のあとでもつけられることになるわ」

ジムがさっとふり返り、鑑識課員に入ってくるよう合図しながらウィルに訊いた。「進入路はわかるか?」

カリーナが答えた。「駆けつけた警官の話では、ドアがバールでこじ開けられてたみたい」

「警報装置をつけてないのか?」ウィルがトリニティに訊いた。

「必要とは思ってなかったの」

「考えなおしたほうがいいな」

せまいキッチンにダイアナ・クレソンとスチュ・ハンセンが姿を見せ、四人掛けのテーブルのまわりには今や六人が立っていた。

「一軍を召集してくれたんだな」ウィルは、ジムが連れてきた二人の鑑識課員に会釈しながら言った。ダイアナはジムの下で働く鑑識課長補佐であり、スチュはニューヨーク市で訓練を積んだ微細な証拠の専門家だ。二人とも十年以上鑑識で働いている。ウィルは常々、スチュがなぜもっと上のポジションに移らないのか不思議に思っていた――彼にはじゅうぶん自分のラボを運営する力があるとジムから聞いたことがあるからだ。だがスチュはあっさりと、管理職には興味がないんだと言った。一方のダイアナは、まちがいなく出世街道をひた走っている。彼女がそのうち、この街を出て別の管轄区で指導的立場につくと言い出しても驚きはしない――ジム・ケージはまだ四十にもなっておらず、当面は引退しそうにないからだ。

「許可を取ったから、必要なだけ時間外労働できるぞ」ジムが言った。「当たりまえのことだな。すぐにすみますよ、ミズ・ラング」

トリニティは目をぐるりとまわした。「もう、ジムったら、知り合って何億年にもなるのに、どうしてミズ・ラングなんて呼ぶのよ」

ジムは肩をすくめた。「被害者の立場は初めてだろうが」

「言っておくけど、もう被害者じゃないわ」きっぱりと言った。「わたしなら大丈夫よ。切り刻まれずにすんだし、これからは用心するから」

全員がトリニティのほうをじっと見つめた。

「約束するってば」つとめて自信ありげな口調で言った。「本当にちゃんと用心するわよ」

11

セオドア・グレンが〈ＲＪ〉に通いはじめたのは、ベサニー殺害の一年前だった。

彼はどん底の状態にあった。ダーク・ロフトンを殺した昂奮は、警察がこれはパラシュートの収納の不備による事故だと断定すると、冷めていった。ロフトンの装備に誰かが細工したかもしれないなどとは思いも及ばないようだ。それも当然だろう。ロフトンの人生には何の脅威もなく、金銭問題もなく、そしてロフトンは常にジャンプのことでは傲岸だった。念入りに装備の点検をする者を片端から笑い飛ばしていたのだ。

グレンはその次の週に家に戻った。高揚感は徐々に消えうせ、彼の飛行機が滑走路に着陸する頃には完全に消え去った。そう、彼の飛行機だ。数年前にパイロットのライセンスを取得していた。空を飛ぶのは今も楽しかったが、以前ほどではなかった。悪天候との闘い以外に挑戦できるものはなく、嵐が近づいている時は誰も離陸の許可を出してくれなかった。

そんな折、顧問弁護士を務める巨大企業の管理職の一人が、独身さよならパーティを開いた。場所は、ガスランプ地区にある〈ＲＪ〉というストリップ・クラブだった。当時、その一帯ではまだ街娼が通りに出没し、ドラッグは簡単に手に入った。それもたいていは戸外だ。警察の常駐といっても名目のみか、もしくはギャングの活動に介入することが主軸で、街娼や下っ端のドラッグの売人は対象ではなかった。

その初めての夜、セオドアはストリッパーを眺めながら陶酔と侮蔑を感じていた。そこそこまともな女が何のために服を脱ぎ、好色な男たちの前でなまめかしく踊るのだ。すべてはたかが数ドルのチップのため？

そうはいっても、彼女たちの美しく引き締まった肉体や流れるような動きは悪くなかった。女たちは舞台の上で、常客にもっと昂奮してとメッセージを送りながら、いったい何を考えているのだろう。男を欲情させて救済しないことを楽しんでいるのか。おそらくみなレズビアンで、男をぎりぎりの状態まで追いつめ、火をつけたまま放置して苦しめることに夢中なのだ。

しばらくすると、ストリッパーの中には簡単に誘いに乗ってくる女がいるとわかった。ベサニーがそうだ。彼女はその夜の主役、独身にさよならするポールにまつわりつき、チップを歯でくわえたり、つま先にはさんだり、太腿のあいだで受けとったりしていた。ポールは酒が足りなくて婚約者を裏切るにはいたらず、セオドアをねらえとベサニーをけしかけた。男二人はともにチップをたっぷりとはずんだ。

グレンはその夜、ベサニーをともなって帰った。もう少しで、その晩に殺すところだった。手を彼女の首にかけ、締めつけていく自分の姿が眼に浮かんだ。死んでいく顔をじっと見ているのだ。女の目の焦点が合わなくなるのを観察しているのだ。女は恐怖を感じるだろうか。何をされているのかわかるだろうか。女が死を自覚していなければ、殺す喜びはどこにもなかった。

その代わりとして、ただ彼女と交わった。ベサニーと一緒に帰るところを大勢に見られていた。そんな時に殺すのは愚の骨頂だ。捕まるに決まっている。

だが彼女を殺すという発想は気に入った。それ以上に、彼女が自分の死を自覚しているという発想に心が浮き立った。ロイヤル峡谷のダーク・ロフトンの場合は、飛んだ際に、彼は自分が死ぬなどとは思っていなかった。だがそうではなく、セオドアに最後の呼吸を断たれるとわかっている人間を殺すのは、はるかにスリルがあった。さらに欲を言えば、彼女らが苦しむ一分一分をセオドアが楽しんでいると女たちが知っていれば、いっそうぞくぞくする。

週が明けると、ロサンジェルスまで車を走らせて、適当に女を物色した。女のあとをつけて家までついていった。ようすをうかがっていると、六時に夫が帰宅した。一時間後、夫は家を出た。

セオドアは手袋をはめて家に入り、コンロに向かっていた見知らぬ女の背中を撃った。すみやかにその家から出ていき、うしろはふり返らなかった。

殺人のニュース報道を聞きながら、高揚感はどんどん高まった。『ロサンゼルスタイムズ』

紙を買って、何一つ見逃さないようにした。自分は犯罪学を学ぶ大学生で痴情ざたに関するプロジェクトを担当していると偽って、ロサンゼルス市警の広報に電話をかけることまでした。女の夫は第一容疑者だったが、夫にはアリバイがあり、妻を殺したという証拠は何一つ出てこなかった。

その殺し――ねらいを定め、引き金を引き、死体が倒れ、血の海ができる――のおかげでセオドアは昂奮を味わいはしたが、その感覚は長くは続かなかった。むしろ、たとえ百万年かけたところで警察には事件とセオドアを結びつけられるわけがないと知りつつ、捜査を見守っていることのほうがよほど楽しかった。それは、めくるめく体験だった。

だが、もし、おまえは死ぬんだとあの女に聞かせていたら、どうなっただろう。女は何をしでかしたろう。まじまじと彼を見つめただろうか。嘘だといわんばかりに。悲鳴をあげて。逃げ出そうとして。

やってみないことにはわからなかった。

この夜セオドアは、ロサンジェルスであの主婦にしたのと同じ行動を取った。ただ、犠牲者は見知らぬ人間ではなかったし、キッチンで料理をしていたわけでもなかった。スリルを求めて殺したわけでもない。フランク・スタージェンは、キッチンのテーブルのところで死んだ。フランク殺害はあまりにあっけなくて楽しくはなかった。

ウィルとカリーナは同時に駐車場に車を止め、署に向かって歩きだした。東の地平線にうっすらと夜明けが近づいている。

カリーナがぎゅっと口を引き結んで立ち止まった。ウィルが顔を向けた。「どうした？」

「トリニティ・ラングとつき合ってたの？」

ウィルは視線をそらせた。「数週間ばかりね」

「まったくもう、何で言ってくれなかったのよ」

「いつ言うんだ？　おれたちが組んだ時にか？　これまでに寝た女をリストにして渡しときゃよかったのか」自分の倫理観を問われるのはおもしろくなかった。

たとえ、おそらくは七年前に問われるべきだったとしても。

「わたしが言いたいのは――」

「カリーナ、おれは誰とつき合ってるかを世間に触れてまわる気はない。よけいなお世話だ。だが知りたいなら教えてやるさ。トリニティとは三年前のケスラー裁判のあとで関係をもった。そして円満に別れた。おれは彼女が好きだ。頭が切れて一緒にいて楽しい。だけどうまくいかなかったというわけさ。仕方のないことだ」

「あなたのセックスライフなんかどうでもいいわ、でも――」

「どうでもいい？　おれはしょっちゅう、そのことできみに嫌味を言われてる気がするよ。だが受け流してきた。おれたちは相棒だし、友人だから」

カリーナはしかめっ面をした。「あなたが気にしてるとは思わなかったわ」

ウィルは肩をすくめた。「すんだことさ」そこでふと、ためらった。ロビンとの関係についてカリーナに話すべきだろうか。だが、今この件は無関係だろう。大事なことは何か、カリーナはすでに理解している。記録に反映されているのは、アナが殺されたあとの数時間、ウィルは道を隔てたバーにロビンと一緒にいたということだ。ただ、二人がそこでセックスをしていたことは誰にも言わずにいた。

「今はグレンに集中しよう」じわじわと迫る感情を押し戻しながら言った。「やつは目的があってトリニティを捜し出したはずだ」

「アナ・クラークを殺してないと、彼女に証明させたがってるような話だったけど」

「だが証拠――それも生物学的証拠――はやつを指している。有罪判決は当然だろう。セオドア・グレンは冷酷で情け容赦のない人殺しだ。やつのゲームが何なのか想像がつかないが、まちがいなくゲームは進行中だ」

だがそうは言いながらも、グレンの意図は見当がつかなかった。なぜ、四人の女性のうちの三人は殺したとトリニティに認めたのか。

「ねえ、この事件、ほんの少しなんだけどどこか――変だと思わない？」

ため息が出た。「ああ、何かおかしい。ゲージに時間をとってもらって、もう一度三人で証拠を確認したほうがいいかもしれん。だけどやっぱり、グレンの野郎はおれたちの注意をこっちに向けさせて、捕まらないようにしてる気がするんだよな」

「その可能性もあるわね」

「証拠を調べなおすのは、やつ刑務所に連れ戻してからでいい。あいつは危険だ、カリーナ。おれたちが拘留するまでやつは殺しつづけるはずだ」

「ディロン兄さんに電話してみたらどうかしら」

「ディロンならグレンを理解できるな」ウィルが言った。カリーナの兄は犯罪精神医学専門の精神科医で警察と情報交換をしており、去年ワシントンDCに引っ越しするまでは、地方検事の専門家証人をつとめていた。「彼はこの事件の担当じゃなかったが、ある程度は知ってるから、くわしい話をすればすぐに状況を把握できると思う」ちらりと腕時計を見る。「東海岸は八時半だ。電話してみろよ」

その時、トリニティのところを出てからずっとウィルが考えていたことを、カリーナが口にした。「アナ・クラークの件でもしグレンが本当のことを言ってたらどうする？　もしあいつがアナを殺してなかったら？」

「そうすると、人殺しが二人、野放しになってることになる」そう言いながらも、アナを殺せたのはグレンしかいないとウィルは思っていたが、やはりグレンのゲームを把握できずにいた。

カリーナがディロンに電話をかけた時、ウィルの携帯が鳴った。「フーパーだ」答えながら二人は署に入っていった。

「ノースハイランド一〇一〇番で発砲事件です。住民から電話があり、警官が向かっています。ただその住所が要警戒の場所なんです」

「フランクだ」乱暴に携帯を閉じてカリーナをふり返る。「ディロンにあとでかけ直すと言ってくれ、フランクが撃たれた」

12

ジム・ゲージと二人のアシスタントが帰ってしまうと、家の前でパトカーが張ってくれているにもかかわらず、トリニティは孤独を感じて不安になった。家でぐずぐずしているのもいやで、結局はシャワーを——ドアをロックしてノブには椅子を立てかけて——浴びて着替えると、テレビ局へ向かった。ウィルやほかの人たちの前では気丈にふるまったが、実は死ぬほど怯えていた。だから、本当に用心するつもりだった。最終的に死んでしまった、ということにはなるのはごめんだ。

さらに、手もとには特ダネ——それも大騒ぎになりそうな——があって、それを他社に出し抜かれたくなかった。セオドア・グレンは彼女に何かをゆだねた。ただ、それが何なのか、どう使えばいいのかを正確に把握する必要があった。

勤めて八年になるテレビ局のメインルームに入っていくと、直属のボスのチャーリー・ボイドがそばに駆けよってきた。「写真はどこだ?」

「警察がもっていったわ」

「くそ、渡すなって言っただろうが」

「証拠を渡さずにいるのは無理よ、チャーリー。わかるでしょう」

彼は吐息をついて、ゆたかな髪を片手でかきあげた。「ああ、ああ、わかってるとも。それでも、その写真が裏付けデータとしてあったらなあ」

「警察が嘘をつくことはないわ。〝ノーコメント〟はあるかもしれないけど、ウィル・フーパーがあの写真の存在を否定することもないと思う。高解像度でスキャンしたから審査にも通るはずよ」

「やつはほかに何の話をした?」

トリニティはついてくるよう身ぶりで示し、彼女のオフィスに入った。せまい戸棚に小さな窓、椅子とデスクとコンピュータでいっぱいいっぱいの部屋ではあるが、それでも彼女の城だった――ドアがついているのだ。

チャーリーは手を上げて頭の両側にあてがい、「〝受賞記者、脱走囚人の捕虜に〟」と言うと、だらりと手を下ろした。「今のはどうかな?」

「わたしが死んでたらもっと話題になるのにね」トリニティは軽く笑い飛ばそうとしたが、そういう心境ではなかった。頭の中ではグレンと交わした会話が、くり返し再現されていた。

「できるだけ早くオンエアする必要があるぞ」

「警察はグレンのことに放送時間を割いてほしくないみたい。そんなことをすれば彼に自信を与えるだけだとフーパー刑事は考えてるわ。チャーリー、あいつは実の妹を殺したのよ」

実は写真は、いつでもどこでも好きに利用できたのだが、仕事をするうえで警察と良好な関係を保っていることは彼女の誇りでもあった。犯罪や刑罰の報道を専門にしていたからだ。トリニティは自分の番組であらゆる主要裁判を扱い、何人もの殺人者と警察の両方を取材をし、地方検事のアンドルー・スタントン本人を招いて特集番組を組んだこともあった。放映は毎月第一水曜日のゴールデンタイムの直前だ。この番組そのものがロサンジェルスの大立者の関心を引き、トリニティはその人物から、番組と高額サラリーを保証するから五年契約を結ばないかと持ちかけられた。だが、彼女は五年間もロサンジェルにいきたくなかったし、先方は一年ごとの契約は受け入れなかった。というわけで、機会があればいつでも飛び立てる今の職場に留まっているのだ。そして、その機会を探していた。

当面はおとなしくしていろというフーパーの命令に逆らう気はなかったが、それは、何かをしないということではなかった。この事件については、おびただしい量の書類を作成し、事件のファイルにあたり、取材の対象はフーパー刑事やスタージェン刑事をはじめ、被害者の家族、死亡した女性たちの同僚ストリッパーにも及んだ。裁判記録そのものもあった。

唯一手もとにないのは、判事室でのできごとを記した内密の記録だ。トリニティは、警察か鑑識に失態があって証拠がはねつけられたというセオドア・グレンの言葉を、単純に信じることはできなかった。だが、もしかするとそのあたりの話を聞けそうな人物がほかにいるかもしれない。

「きみが送ってくれたあの写真——勤務中に眠りこけてた警官は、容疑者を見張ってるはずだったんだろ？　特ダネだぜ。黙ってるつもりはないね」

「チャーリー、その件は、数日かけて追ってみる必要があるわ」

「ならどうして、ぼくのところへ送ったんだ？」

「警察に提出しなきゃいけないことも、提出したら二度と戻ってこないこともわかってたからよ。そうしておけば、こっちが爆弾を落としたい時に使えるでしょう」

「ここはテレビ局なんだぜ、ベイビー。今爆弾を落として、特ダネにしようじゃないか」

「ええ、たしかに特ダネよ。でも警察は、仲間のことに関しては口が重いわ。わかってるでしょう。じゅうぶんに掘り下げておかなきゃ、それから彼らに大打撃を与えるのよ」そう言いながら片手で髪を梳いた。「あなたに送るんじゃなかったわ」

「ぼくに口を閉ざすんじゃないぞ、トリニティ」

「そんなつもりはないわ。ただ、もっと調べたり取材したりする必要があるの。この件は誰も知らないのよ、チャーリー。わたしを出し抜ける人はいないわ」そうでありますように。

「グレンと連絡をつけるつもりでいるんじゃないだろうな？　あいつは狂人だ」

「狂人じゃないわ。危険ではあるけど。おそらくは反社会性人格障害ね。だけど彼は、自分が何をしてるかはっきりわかってるわ。じゅうぶん気をつけるつもりよ。警察が家を監視してくれてるし、グレンにしても白昼堂々とことを起こすつもりはないでしょう。ＦＢＩやらカリフォルニア・ハイウェイパトロールやらサンディエゴ警察やらが彼を追ってるのよ。ここしばらくはじっと身を潜めてるんじゃないかしら。彼は賢いもの」

チャーリーがぐいと片眉をあげた。「賢いって？　ああ、そうだな、やつは自分の思いどおりにきみを働かせてるんだから」

「そう言うけど、グレンが本当のことを言ってたらどうするの？　アナ・クラークを殺してなかったら？　それでもグレンが人殺しであることには変わりないけど、でもその場合は、誰かが罪を逃れてのうのうとしてることになるのよ。わたしはそんなの許せないわ」

「きみがそれをすっぱ抜いたら、今年最大のニュースになるのはまちがいないな」チャーリーは静かに言った。

「それもあるわね」彼女が同意した。サンディエゴを愛してはいたが、彼女が全国レベルの仕事を望んでいることをチャーリーは知っている。能力でも、頭の回転でも、美貌でも、通用するはずだった。

必要なのはただ、頭角を現すためのきっかけだ。そして、この特ダネならそれができる。それだけは確かだった。

「いいだろう」チャーリーが賛同した。「だが、日に二回ぼくに連絡を入れること。グレンと接触しようとしないこと。こんりんざいばかな真似はしないこと。やつがまた接触してくるようなことがあれば、警察に電話すること。くれぐれも気をつけるんだぞ、お嬢さん」

「同じ訓戒を捜査責任者からもう聞かされてるわ。わたしは死の願望なんてないもの。グレンを敵にまわすつもりはないし、何よりも、もう二度と会いたくないわ。ただ、どうしても今回のことが頭から離れないのよ。何か理由がなければ、三人を殺したことは認めながら、四人目は認めないなんてことになるはずがない。筋が通らないもの」

「もしかしたら有罪判決をひっくり返したいんじゃないか。有罪宣告がまちがっていたなら、その可能性もある」

「でもわたしには、最初の三人を殺したと認めたのよ」

「それが法廷で支持されるかどうかわからんな。いずれにせよ、じゅうぶんすぎるほど用心することだ。きみは唯一、グレンの自白を聞いた人間なんだから」

　ロビンの望みは一日中ベッドの中にいることだった。ドアに錠を下ろし、銃を枕の下に置いて。もちろん装弾ずみだ。それよりも銃を握っていたほうがいいだろうか、安全装置をはずして。

恐怖がロビンを蝕んでいた。心に生じた苦しみはずるずると神経を伝って現実に肉体をさいなむ痛みとなり、ついには体が痺れるような感じになっていた。

ベッドの中にいると安心だったが、それはまちがってもいた。セオドア・グレンのせいで自立を脅かされるようなことがあってはならない。グレンが捕まるまで閉じこもっているわけにはいかない。彼が逮捕されなかったら？　何年も警察を愚弄したら？　町中に出て人目に立つ殺人を犯し、その後メキシコへ高飛びしてしまったら？　グレンが隣人となる可能性も、何百キロも離れている可能性も出てくるわけだ。

一年間、ロビンは殺人者のために踊り、飲み物を運び、笑顔を見せ、媚びを売った。それが仕事だったからだ。仲間はグレンに殺されたと悟ると、ロビンの肉体は病んだ。彼女たちがどんな目に遭わされたかを知り、さらにアナの血で足をすべらせアナの遺体に倒れかかった時、ロビンはあやうく正気を失いそうになった。

ウィルの腕の中で安心していられた瞬間もあったが、一瞬のちに目覚めたまま悪夢に踏みこむことになった。

ロビンのアパートメントの玄関広間でウィルは彼女にキスをした。時刻は朝の三時に近く、それまでの一時間を二人はバーで過ごしていた。ウィルに部屋まで来てほしかったが、彼には

すべき仕事があるのもわかっていた。

「一人にしたくないな」ウィルが言った。

「警報装置があるもの。大丈夫よ」

ウィルは眉をよせて、そっとあご先に触れた。「ロビン――」

ぼんやりした黄色灯のせいでウィルの目が黒っぽく見えた。心配でならないというようにロビンを見つめていた。あるいは、ロビンを愛しているかのように。そう思うと心が浮き立った。ロビンがストリッパーであることを彼は知っていたが、それでも敬愛と愛情と知性のこもった扱いをしてくれた。

階段をのぼっていくロビンをじっと見つめているのがわかった。上の踊り場で手を振ると、ウィルは帰っていった。入り口に通じるドアがきちんと閉まったかどうかをもう一度確かめてから。

二人には未来があるかもしれなかった。二人の関係にはこれまでとどこかちがうもの、ロビンが初めて経験するものがあった。強烈で、情熱的で、特殊だった。

ドアの鍵を開けると警報装置に手を伸ばし、コードを打ちこんでリセットしようとした。文字盤はほのかに緑色に輝いていたので闇の中でも読みとれたが、キッチンかどこかの明かりをつけておけばよかったと思った。カーテンはすべてぴったりと閉ざされて、室内は漆黒の闇だった。

「ニャー」

アナの猫が足にすり寄ってきた。「仕事に行くから早めにごはんはあげたでしょ？　もう忘れたの、いけない子ね」ロビンは猫を抱きあげた。

ピクルスは濡れていた。べとべとした。「あらまあ、いったい何を浴びたの？」

漂白剤のにおいが鼻をつき、心に警報信号が灯りはじめたが、まず気になったのは猫のことだった。漂白剤をひっくり返して気体を大量に吸っていたら、病気になってしまう。

一歩二歩と闇の中を進んで、見えないけれどドアのすぐ左側、エンドテーブルの上にあるはずのランプを探ろうとして何かにつまずいた。猫は腕の中から飛びおり、ロビンは倒れた。床についた両手が濡れてねばついた。このにおい。なぜこのにおいに気づかなかったのだろう。むかつくような、甘ったるくてぞっとするような、金臭さと——漂白剤。胸が締めつけられて息ができなくなった。うしろに手をついて立ちあがろうとした時、何かに触った。手だ。

嘔吐しそうになりながら、よろよろと闇の中で身を起こした。誰かが部屋の床に倒れている。人間が。血と漂白剤。血と漂白剤。うそよ、うそだわ、やめて！

ランプを探りあてたが、手の震えが激しくて倒してしまった。ドアに突進すると、横の壁にある明かりのスイッチを手探りする。スイッチをいれた。

アナ。血が板張りの床の上に血だまりを作っていた。大きく見開かれた両目がロビンを見つめていた。ダクトテープで口をふさがれて。一糸まとわぬ体を、無数の赤い切り傷が覆っていた。血まみれののどはざっくりと切り裂かれており、彼女は死んでいた。

ロビンは悲鳴をあげながら乱暴にドアを開け、階段を駆けおりた。ウィルがまだいてくれますようにと祈りながら。心の遠いところで、どくどくと脈打つ頭の中で、警報装置がけたたましく鳴りひびくのが聞こえていた。

通りには誰もいなかった。ウィルは行ってしまった。

ロビンはバーに駆けもどって九一一番に通報した。そしてアナの血にまみれたまま、その場所で警察の到着を待った。

「あいつが彼女を殺したの」最初に現場に駆けつけた警官に言った。「セオドア・グレンがアナを殺したのよ、警察はあいつをとめられなかったのよ！」

だが心の奥底でロビンは思わずにいられなかった――何もかも、わたしのせいだ。

電話が鳴り、ロビンは頭を振って悪夢を追いやった。警察は最終的にはセオドア・グレンに関する容疑を立件し、彼を刑務所に送りこんだ。もう一度彼を捕らえるはずだ。ロビンはその望みにすがりついた。

「もしもし」

「やあ、ロビン」

グレン。

とっさに受話器をたたきつけた。常識ではなく、本能的な行動だった。じっと受話器を凝視する。ああもう、ばか、ばか、ばか！　警察が逆探知できたかもしれないのに。何らかの情報——どこにいるとか、どうするつもりだとか——を得られたかもしれないのに。

「かけ直しなさいよ、ひとでなし！」

なんてやつ。今のわたしを見てよ。また恐怖に支配されてる。

グレンとは、彼がクラブの常連客になってすぐに顔を合わせた。当時、店はまだ〈ＲＪ〉で、その頃はストリップをして踊って、チップの半分を店におさめていた。だがそれでも稼ぎはじゅうぶんだったから、州立大学を卒業し、祖母が残してくれた小さな家を売らずにすむよう母に金銭的な援助をした。だが母親は、必要と思えるものを片端から買いたくて家をまた抵当に入れた。

ロビンは大学を卒業——商業美術と美術史で優をとって——したばかりで、ストリップをやめることもできた。だが、大切にしていた夢が二つあり、そのどちらにもお金がかかった。自分の家、本物の家を所有することと、芸術家になることだ。画材は安くなかったし、好きなものを描くには時間と陽の光が必要だった。事務仕事や、無用のがらくた——母が騙されて絶え間なく買いこむ羽目になっている——をもっと売るための宣伝キャンペーンの企画といった惨めな仕事はしたくなかった。

だが、ストリップをしていて楽しいとも言えなかった。夢を実現するには何ができるかがわからず、追いこまれたように感じていた。自信もなく、孤独だった。とりわけショーンが去っていったあとは。

グレンが初めて〈ＲＪ〉に現れた夜、彼はどこかしら人とちがうとロビンは感じた。いい意味のちがいではなかった。ベサニーが頬を染め、興奮したようすで駆けよってきた時ですら、何がロビンを不安にさせるのか、はっきりと指摘することができなかった。

踊り終わったベサニーは元気いっぱいで、肌もあらわなＴバック姿のまま楽屋に駆けこんできた。シルクのガウンを放ってやると、上の空ではおりながら早口でしゃべりはじめた。「ロビン、彼がまた来てるの！　ああ神さま、そりゃもうすてきなんだから。チップも弾んでくれるのよ」

ロビンは顔をしかめた。「先週寝たあの男のこと？」セックスに放縦なベサニーを黙認しているわけではなかった。二十三歳のロビンは踊り子の中では古株の一人で、ここで働いてもう五年になった。ＲＪが理不尽なことを言い出した時に立ち向かうのも、女の子たちの給料を上げさせて店におさめるチップを半分から三分の一に減らすようかけ合ったのも、そして、女の子たちが踊り以上のものを売ったりしないよう目を光らせているのもロビンだった。

ベサニーは十九歳、大変な美人だが、良識はないに等しかった。スターを夢見て十七歳でオクラホマのタルサを飛び出し、ロサンジェルスに向かう途中で下らない男に引っかかって、行き先がサンディエゴにそれたのだ。〈ＲＪ〉に仕事を求めてきた時にはホームレスも同然だったが、ロビンはベサニーをかわいがっていた。

「ベサニー、変な男を家に連れて帰らないようにしなさいって言ったでしょう。たいていは大丈夫だけど、どんな人間かわからないんだから」

「彼に会ってみてよ」

背が高くやせぎすのＲＪ――六十歳なのに八十ぐらいに見え、このクラブを三十年以上やっている――がノックもせずに楽屋に入ってきた。「ロビンのちび、もうすぐだ、遅れるぞ」

「すぐ行くわ」

「さっさとしろ！」ＲＪは、それぞれ肌の露出度がちがう女たちには目もくれずにドアを閉めた。

ロビンがメイクアップを終えるとベサニーがしゃべりだした。「六番テーブルよ。背が百八十センチ以上あるの、ぞくぞくしちゃう、それにキュートだし。髪は茶色で、誰も見たことがないような信じられないほど青い目をしてるわ」

ベサニーの声を遮断し、心の中でいつものセリフを唱えはじめた。わたしは踊り子、わたしは女優。そうして対外用の顔になる。メイクアップで猫のような目を強調し、暗赤色の髪にはラメをあしらってきらきら光らせてある。ふんわり巻き毛にしてアップに結ってあったが、実は激しくセクシーな踊りのあいだに崩れないよう定位置にしっかりと留めつけてあった。

一番の売れっ子はロビンではなくブランディだ。彼女はさまざまなラップダンスを踊って、客の受けをねらった。だが技術的にもっとも優れているのはロビンで、強靱さ——彼女の才能——を活かして踊った。

まばゆいライトの下では観客の姿は見えないが、それは何よりもありがたかった。胸のうちをさらけ出すように踊り、舞台を終えた。袖からちらりと六番テーブルに視線を向けた。

彼はまっすぐロビンを見つめていた。姿がはっきり見えたわけではないが、魅力的で、整った身なりをしているのはわかった。「弁護士ですって」ベサニーが惚れ惚れと話していたが、そんな感じだった。

ぞくりとした。これだけ距離があっても、彼の刺し貫くような青い目に背筋が凍りついた。ロビンが見つめていることに気づいて、彼は軽くうなずいた。ロビンは踵を返した。

カクテルドレスに着替えると——あれが最後の出番だったのでこのあとは給仕にまわる——すぐにベサニーが来てそのままフロアに連れ出された。六番テーブルへ。

「セオドア」ベサニーは息もつかずに言った。「友人のロビンよ。とにかくあなたに会わせてたくて。彼女にはすんごくお世話になってるの」

ロビンは控えめな笑顔を見せた。彼が片手を差し出し、ロビンはあいさつを受けた。その手は硬く、戸外で仕事か趣味を楽しんでいるのかまめができていた。最初の印象よりかなり大柄だった。上半身はたくましく、腹部は平らで、上質の服を着ていた。

「お目にかかれてうれしいですよ、ロビン」

「こちらこそ」もごもごと答えたものの、彼の目から視線をそらせずにいた。見つめられて動揺しながらも、ロビンは顔に貼りつけた礼儀正しい微笑みを必死の思いで維持した。

この男は好きではなかった。説明できなかったし、彼の外見や態度には何の落ち度も見いだせなかったが、それでも非の打ち所のない外見をひと皮むけば、総軍がさざめいているかのような気がした。彼がロビンを見るその目つき――数少ないロビンの昔の恋人たちすら見せなかったほど馴れ馴れしい――は、ひどく心をかき乱した。

「すばらしい踊りだった」そう言いながらも、口もとのかすかなゆがみが、ロビンの冷淡さに気づいてそれを不快に思っていることを示していた。

「ありがとうございます」よりあでやかな笑みを貼りつけて軽く会釈すると、目を見つめながら言った。「仕事がありますのでこれで失礼します。どうぞ楽しんでいらして」ロビンは足早にそこを離れた。

その夜ベサニーはまた、あの気味の悪い男と一緒に帰っていった。ロビンはよく眠れず、朝一番に電話をした。「無事で家にいるのかちょっと気になったのよ」ロビンは安堵して言った。

「もちろんよ、ばかね。しーっ」

「どうしたの?」

「来客がいるのよね、あら言っちゃった? おーっと!?」ベサニーはくすくす笑った。「じゃあね」

ロビンは受話器を置きながら、暗澹とした思いに胃がひっくり返るのを感じた。なぜかはわからなかった。虫の知らせであれ第六感であれ、そういう類の戯言はいっさい信じていなかったが、何かがおかしかった。

時間がたつにつれ、そういった恐怖も消散した。セオドア・グレンは常連客となり、毎週水曜日と金曜日に顔を見せた。数人とデートをしていたが、ベッドの相手選びでは慎重なブランディすらものにしていた。セオドア・グレンは礼儀正しく、機転が利き、魅力的だった。ストリッパーの親衛隊となって女の子全員から好かれていた。彼がほかの女の子と一緒に帰るようになった時ですら、ベサニーが彼を恨むことはなかった。その頃にはベサニーも別の常客に目をつけていた。その年上の男はロビンの見るところ妻帯者だったが、ベサニーは相変わらず一笑に付した。

ロビンを除けば、誰もがセオドア・グレンを気に入っていた。彼に視線を向けられるとロビンは凍りついた。姿が見えなくても存在を感じた。観察しているのだ。観察——いったい何を？　見当もつかなかった。ロビンは変わらず彼と距離をおき、自分の仕事をこなして、グレンに対する当初の反応のことは深く考えないようにしていた。一年後の深夜、ＲＪが電話をかけてくるまでは。彼は、ベサニーが殺されたと言った。

ロビンはじっと電話を睨みつけていた。「もう、これもまた、あんたの別のゲームなんでしょう。さっさとかけてらっしゃいよ、ひとでなし！」

それを望んでいたにもかかわらず、電話が鳴った瞬間ロビンは飛びあがった。

13

ロビンが受話器を取りあげた時の、かちりという音がセオドアの耳に響いた。にたりと笑ってロビンを思い浮かべる。ベッドにすわってるかな、まだ朝は早いし、彼女は夜更かしだから。何を着て寝るのだろう。なまめかしいランジェリーか、スウェットパンツか、あるいは生まれたままの姿か。寝起きだから髪はくしゃくしゃだろう。だが、地震でセオドアが自由の身になって以来、たぶんろくに眠っていないはずだった。

ロビンが彼の存在を意識していると思うとうれしかった。セオドアは主導権を握っていた。

「出てくれると思ってたよ」

「何が望みなの?」

電話をたたき切ったのはロビンの怯えであり、彼が口にした二つの言葉――〝やあ、ロビン〟――のせいで彼女が動揺しているのを楽しんだ。どれほどの力で彼女に君臨していることか。ロビンは変わっていなかった。動的活動の化身だ。踊っている時も、ロビンが描く絵にも、エネルギーを見てきた。大胆で色鮮やかな、今にも動き出しそうな絵。ロビンは、七年前に初めて会った時よりも成功していた。昨日、図書館にいるあいだにインターネットで調査したところ、ロビン・マッケナ及び、彼女の業績に関する記事が数多くヒットした。

それでもロビンは、いまだ彼を怖れていた。それをうまく利用させてもらおう。

「寂しかったかい？」

「地獄に堕ちれば」

セオドアは声をあげて笑った。いくら罵られようと、もちろん痛くもかゆくもない。むしろ期待していた。楽しんでいた。「当の地獄は、天国に行ってくれと思ってるんじゃないかな。いずれにせよおれは信じないがね。一方を抜きにして、他方は存在し得ないのさ。と言っても宗教的哲学は退屈なだけだ。人生は自分で創るものじゃないかな？　きみは確実に、人生から何かを創りだしたようだが」

「何がほしいの？」

ロビンの声が少しうわずっていた。ないに等しい忍耐を失ったのだ。「おれのほしいものは知ってるだろう、ロビン」

「わたしは人の心を読めないし、読めたとしてもあんたのはごめんだわ。病んでねじれた心なんか。じきに警察に見つけられるわよ。永遠に隠れてはいられないんだから」

「そっちも同じだよ。どっちが長く隠れていられるかな？　おれは自分に賭けるね」

「殺してあげるわ、セオドア。彼女たちをあんな目に――」

「きみが彼女たちを選んだんだ、ロビン」

ロビンは何も言い返してこず、彼女が陥ちたことがわかった。

にやりと笑って車のシートにもたれかかった。携帯電話はジェニー・オルセンのものだ。車も携帯電話も遠からず廃棄しなくてはならない。警察が事情を聞きにくれば、あのおしゃべり女が口を閉じていられるはずがないとわかっているからだ。

「そのろくでもない頭を何とかしたら」ロビンはようやく返事をしたが、その声はかろうじて聞こえる程度だった。

「ベサニーが言ってたよ、きみはまるで過保護な姉さんみたいな顔をして彼女に接したらしいな。ベサニーをかわいがってたんだろう」ロビンに返事をする間を与えず、話しつづけた。「それからブランディ、聞いた話じゃ、そもそもきみが〈RJ〉で働きはじめたのは、あの子がきっかけだったんだって？　きみが妬ましかったみたいだな。踊りでは勝てないって自覚してたんだよ。だが、尊敬もしてたな。仕事を奪われたりしなかったからだとさ。なぜだ、ロビン？　あの売女たちのリーダーだったのに、なんでさっさとものにしなかったんだ」

返事はなかった。セオドアはこつこつと指でハンドルをたたきながら、彼女は何をしてるんだろうと思った。歩きまわっているというのが妥当なところか。ロビンは長時間じっとしていることができない。そんな彼女を見たことがなかった。〈RJ〉の休憩時間のあいだでさえ動いていた。〈奥の間〉で両足をあげて休めていた時も、両手は何か――ノートに絵の下書きをするとか――をしており、つま先をとんとん打ちつけてリズムをとっていた。

セオドアは、ロビンの想像も及ばないほど頻繁に彼女を観察していた。

「そしてジェシカだ。色っぽくてかわいいおてんば娘。あの子を殺さなきゃいけないのは本当に残念だった。あれほどの名器をもってる子にはずいぶん長いあいだ会ってなかったからな。きみがベッドではどんなふうかは想像しかできないな、ロビン。床の上もいい。キッチンのテーブルはどうだ」

「どうしてアナを殺したの？」

聞いてくるだろうと思っていた。「おれじゃない」

「この大嘘つき！　あの悲惨なゲームをまた始めて、それでわたしを苦しめたいんでしょう」

「苦しみがどんなものか知っちゃいないくせに、ロビン」口調がきつくなった。「おまえのせいで刑務所にぶち込まれたんだ。サンクエンティンは地獄だよ。食事は劣悪で、死刑囚どもは薄のろと紙一重の間抜けの集団だ。おまえがいなけりゃ有罪になるわけなかった。裁判で言ったことは本気だぞ。あの人相書を見ておまえがおれを名指したせいで、おまわりからＤＮＡテストを受けさせられた。あいつらはそうやっておれを嵌めて――」

「嵌めた――？」

てやる。

「アナの殺人だよ。覚えとくがいい。おれを嵌めたやつを必ず探りだして、心臓をえぐり出してやる。

だがその前に」怒りはさらにつのっていた。「おまえをたっぷりかわいがってやらなきゃな」

「あんた、異常だわね。この手であんたを射殺できなかったら、その時は死刑執行の立ち会いに行くわ」

「このゲームはそんなふうには終わらないね。おれがおまえを殺すんだ、ロビン。たっぷりと時間をかけて。そしておまえが最期の最期に目にするのは何だと思う、おれの笑顔だよ」

「ひとでなし！」

「ウィリアムはどうしてる？」

セオドアは電話を切った。動悸が速い。くそっ、会話の流れは完璧に練ってあったのに、何かがはじけて今や彼は怒りに駆られていた。

ロビンめ、恐怖に萎縮してるはずだったのに。お願いだからやめてと懇願させてやるつもりだったのに。そうはならず、あの女はこのおれに脅しをかけてきた。

ロビンを殺すつもりだった。存分に苦しめて。だがその前に、恐怖のどん底に突き落としてやる必要があった。

その朝の遅い時間、トリニティは、地方検事補のジュリア・チャンドラーを執務室で見つけた。ジュリアは彼女を見るなり言った。「スタントンと話してちょうだい。わたしはノーコメントよ」

トリニティはにやにやせずにいられなかった。「オフレコなの、ジュリア。五分だけお願い」

美貌の法律家は疑わしげな目をした。「五分だけよ」

トリニティはドアを閉めた。「ありがとう」

「もうスタートしてるわよ」

「七年前、判事室で内々の会議があった。そこで、セオドア・グレンがベサニー・コールマンを殺害したことを証明する証拠が、専門的見地から否決された」

ジュリアが目をそばめた。「どこから聞いたの？」そう訊ねた声は、驚くほど平静だった。

「今朝早く、セオドア・グレンがうちに現れたのよ」

ジュリアは目をぱちぱちさせながら、その情報を消化した。「彼に会ったの？」

「何とも言えないわ。部屋はまっ暗で、ろくにものが見えなかったから。でもあれはグレンだった。ベサニー、ブランディ、ジェシカを殺したことは認めたけど、アナ・クラーク殺害は否定したわ」

「アナ殺害を否定した？」ジュリアがくり返した。

「そのことをわたしに証明させたがってるの」

「あなた、何をばかなことをやってるの？　手を貸すつもり？　どうして警察に電話しなかったのよ、必要なのは――」

　トリニティは口をはさんだ。「警察には電話したわよ。全部話したわ」大筋でね。「わかってほしいんだけど、もう一度あいつと会うようなことは二度とごめんだわ、仮に、向こうがわたしを味方だと思っててもね。だけど、彼は気になることを二、三言ったのよ。それで、そのあたりをちょっと調べざるを得なくて」

「脅されたの？　どんな形であれ、ひどい目に遭わなかった？」

「ジュリア、グレンは却下された証拠の話をしたわ。わたしもあの裁判を傍聴したけど、当然、内密の情報には通じてない。セオドア・グレンを四件の殺人に結びつけた唯一の物的証拠は、アナ・クラークの遺体から発見されたＤＮＡ証拠だった。それがなければ、検察側にはロビン・マッケナの証言――グレンは犠牲者の最初の三人と性的関係をもっていた――と、老婦人の証言――ブランディが殺害された夜、彼女のメゾネット型アパート（デュプレックス）からグレンが出てくるのを見た――しかなかった。老婦人はひどく目が悪かった。凶器は発見されたことがなく、グレンの自宅からも証拠は何も見つからなかった」

「彼の家にはしみ一つなかったわ」ジュリアが言った。「異常な潔癖性で整頓好きね。きわめて知的でもあるわ。ＩＱは天才クラスじゃないかしら。この変態は、犯罪の後始末の仕方を知ってるのよ」

「でも、却下された証拠が存在したというのは本当なのね？」

　ジュリアはじっとトリニティを見つめていたが、やがてうなずいた。「あれがあったら文句なしに有罪だったわ。わたしは彼の取り調べを見ていたの。ブランディ・ベルが死んだあと、ウィル・フーパーが数時間にわたって彼を尋問した。グレンが言わなかったことのほうが、実際に言ったことよりも重大だった。だけど真実はね、あの男は異常性格（サイコパス）だってこと。あいつがベサニー・コールマンを殺したのは、わたしが呼吸するより確かなことだってわかってた。だのに、現場がへまをしたためにあの証拠は使えなかった。ＤＮＡが汚染されたのよ。言いたくないけどそういうことは起こる。人間は誰でもまちがいを犯すことがあるわ。でも、そのへまのせいで、ブランディ殺害のあと彼を拘留するための証拠が何もないとなれば、これほど手ひどい痛手はないわ」

「その証拠があったのなら、たとえ汚染されてたとしても、どうしてベサニー殺害の直後に彼を逮捕しなかったの？　少なくとも取り調べはできたんじゃない？」

「ブランディ・ベルが殺されたのは、ベサニーの二週間後だった。証拠の詳細な調査はすんだのは目撃証人が人物特定をしたあとで、その時に汚染が発覚したのよ」ジュリアはため息をついた。「ここには国内屈指のラボのひとつがあるわ。それでも、証拠の詳細な調査検討を即刻というのは無理なのよ。証拠の大半はいまだに、二週間から四週間待ちよ。緊急の大事件が入ってスタッフが手を取られれば、もっと遅くなる。どういう状況かはあなたも知ってるでしょう」

「となると、その線をたどっていけそうだわ」

「どういうこと？　人殺しをつかまえるためにしゃにむに働いてる人たちを攻撃するつもり？」

「ちがうわよ。政府は巨額の資金を警察につぎ込んでいながら、肝心の施設にはないも同然だという話よ」

「その問題に多少なりとも関心が集まるよう健闘を祈るわ」

「要は、証拠は却下され、ウィル・フーパーはグレンを釈放したということね」

「ウィルとは、わたしが地方検事補に就任してからずっと一緒にやってきたけど、彼がこのシステムにあれほど激怒して不満をぶつけたのは後にも先にもあの時が初めてだわね。でも、わたしたちには、グレンをアナ・クラーク殺害に結びつける物的証拠があった。裁判から覚えている限りでは、反駁する余地のない証拠だった。被害者の拳の中にグレンの毛髪があったの。彼女は全身に漂白剤をかけられていたけど、手は無事だった。それで証拠は破壊されずにすんだわけ。同一の手口、ロビン・マッケナの証言、知られてるとおり最初の三人の被害者と性的関係があったこと、これでグレンを四件の殺人に結びつけるにはじゅうぶんだった。十二人の陪審が合理的疑いを抱くことなく有罪判決を下すにはじゅうぶんだったのよ」

「ブランディ殺害のあとで警察がグレンを疑ってたなら、どうして彼に監視をつけなかったのかしら？　ジェシカが殺されたのは四週間後よ」

「警察が何をし、何をしなかったかは、ウィル・フーパーに聞くべきでしょうね」ジュリアは目をそらして言った。

「わたし、何があったか知ってるのよ、ジュリア。ただ、あなたが何を知ってるか知りたかったの」

ジュリアが答えようとしたその時、勢いよくドアが開いて二人は飛びあがった。トリニティがふり返ると、コナー・キンケードが立っていた。元刑事の私立探偵で、ジュリアとつき合っていると耳にしたことがあった。

今コナーは、何かに殴りかかりたそうにしていた。

「フランク・スタージェンが死んだ」コナーはジュリアを正面から見た。「議論はなしだ。きみを安全な場所に連れていく。サンディエゴを離れるぞ」

14

ウィルが初めてセオドア・グレンと真っ向から向きあったのは、ブランディ・ベルが殺されたあとだった。相棒フランク・スタージェンは、不機嫌な顔をして取調室の壁に寄りかかっていた。

二人とも、ブランディ殺害についてグレンにまったく勝ち目はなく、この心がねじくれた男を牢に繋いでおけると考えていた。ウィルはまた、自分が対応している男は典型的なうぬぼれ屋の殺人鬼で、うまく誘導さえすれば、べらべらと自分からしゃべり出すと思っていた。

だが、取り調べを終える頃にはウィルも理解していた。彼が相手にしているのは、変種のサイコパスだということを。

二人の女性が殺され、ウィルはその殺人犯と対峙していた。

セオドア・グレンは留置所で一夜をすごした。その前日、聞き込みで見つかった目撃者が、事件の日の朝早くにブランディ・ベルの家から出てきた男の人相を供述していた。ロビン・マッケナの話では、その人相は〈RJ〉の常連客にそっくりで、その男は二人の被害者のどちらとも以前つき合っていた。

セオドア・グレン。

グレンは自宅であっさりと逮捕された。実際、その状況をほとんど楽しんでいるようだった。

「すぐにすべての誤解は解けると思いますよ」グレンはウィルに言っていた。

そして今、このひとでなしは、さしたる関心もなさそうにウィルを見ていた。落ちつきを失うことも、神経質にしゃべり散らすことも、苛立つこともなかった。拘留された前日と同じく、身ぎれいで颯爽としていた。

「何を知りたいのですか？」グレンは口もとにかすかな笑みを浮かべて言った。

「あなたが〝ガスランプ地区〟にあるクラブ、〈ＲＪ〉の常連客だというのは本当ですか？」

ウィルが訊いた。

グレンはうなずいた。

「返事は声に出してください、ミスター・グレン。記録を取っているので」

「本当です。週に一回か二回、〈ＲＪ〉に行きます」

「常連客になってどれくらいですか？」

「一年ちょっと、というところですかね」

「なぜです？」

「なぜストリップクラブに行くのが楽しいのか、ということですか？」

「初めて〈ＲＪ〉に行ったのはいつですか?」

「同僚が去年、あの店で独身さよならパーティを開いたんですよ。けっこういい踊り子がそろってると思いました。なかなか魅力的だしね。市内のほかの店では、もっと年を食ってくたびれた女や、胸が垂れてやる気もない女が出てますからね。

ブランディは特に楽しみでした。彼女はここのトップダンサーで、才能がありましたよ。あんなことになってしまって本当にお気の毒です」

グレンが難しい顔つきをしてかぶりを振るのを、ウィルはじっと観察していた。グレンのしぐさには、台本を追っている俳優を思わせるような嘘くささがあった。

「ロビン・マッケナを見るのも楽しかったですね」

ウィルは抑制した表情を崩さなかった。なぜわざわざロビンを名指しにしたのだろう。おれをもてあそぶつもりなのか。恐怖がちりちりと背骨を這い上がった。もしこのひとでなしがロビンに目をつけているとしたら? 次のターゲットが彼女だとしたら?

ロビンに夢中になるあまり、自分の直観が低下しているとしたら?

「昨夜はどこにいました?」ウィルが訊いた。

「女性の友人と一緒でした」

「〈ＲＪ〉の踊り子ですか?」

「いえ、昨晩はちがいます。同僚のイングリッド・ヴァンダーソンです」

「何時頃まで？」

「一晩中」

「場所は？」

「ぼくの家です」

「ミズ・ヴァンダーソンの連絡先はわかりますか？」

「もちろん。アドレス帳に載ってるはずですよ、さっさとうちから持っていったんじゃないんですか」

　むかつくほど横柄な、自信満々の態度だった。無実の人間はたいてい抗議する。動揺する。とりわけ、ひと晩豚箱にぶち込まれたあとなら。

「最近〈ＲＪ〉に行ったのはいつですか？」

「これ以上、質問に答える必要はないと思うんですがね。ぼくが昨日どこにいて、誰と寝たか、もうお話ししましたよね」

　フランクがいきなり拳でテーブルを殴りつけた。いつも悪い警官の役まわりだ。「目撃者がいてな、おまえは見られてたんだよ。ブランディ・ベルがなぶり殺しにされた時に、その場所でな」

グレンはまばたき一つしなかった。フランクの苛立ちに何の反応も示さなかったばかりか、実際、彼のほうを見ることすらなく、ウィルに向かって言った。「目撃者は勘違いしてるんですよ」

ウィルはロビンから、ベサニーとブランディがどちらもセオドア・グレンと性的関係にあったことを聞いていた。「ブランディ・ベルを職場の外でも知ってましたか？」

「クラブの外でも会っていたかということですか？」

ウィルはうなずいた。

「会ってましたよ」

「彼女とは親密な関係にあったんですか？」

グレンは小狡そうな作り笑いを浮かべて言った。「ありましたよ、セックスをしました」

尋問の常道を試したウィルは失敗を悟りながらも、グレンの自白に対する驚きを抑えこんだ。犠牲者と個人的な関係があった殺人犯はふつうそのことを否定し、動かぬ証拠を突きつけられて初めて関係を認めるものだった。そうなってなお、嘘を重ねたり言い訳に終始したりするものなのだ。「ミズ・ベルと最後にセックスをしたのはいつですか？」

「ふーむ、一カ月くらい前ですかね。たしか、二月二日です。ああ、そうだ、ケーブルテレビで『恋はデジャ・ブ』という映画の再放送をやってました。毎年その頃にテレビで放映してませんか？　退屈な映画でしたが、ブランディは楽しんでましたね。それを見ながら、彼女の家のリビングルームで一度しました。そのあとで遅い夕食を食べ、キッチンテーブルの上でもやりました——やったことがありますか、ウィリアム刑事？　キーチンテーブルの上でセックスを？」

ウィルは歯を食いしばった。グレンは彼をいたぶっていた。ロビンとのことを見られていたはずがなかった。不可能だ。ウィルとロビンは彼のテラスハウスにいた。ブラインドは閉じてあって……

「最後にブランディに会ったのはいつですか？」

「先週、クラブで会いました。金曜日です。毎週金曜日と、水曜日もちょくちょく行ってます。ロビンに聞いてみてください。いつもまっすぐぼくのテーブルに来て、あいさつしてくれるんですよ。実に美しい女性ですね。彼女が脱ぐのを見ながらよく思うんですがね、あんなに魅力的で賢い女性が、何が楽しくて売女の仕事をするんでしょうね」

ウィルの拳がハンドルを殴りつけた。

助手席にはカリーナがすわっていた。ウィルのほうを向いて眉をひそめたが、何も言わなかった。

二人はついさっきフランクの家――もと相棒は自宅のキッチンのテーブルにすわったまま射殺された――を出て、まっすぐ〈第八の大罪〉に向かっていた。ロビン・マッケナがウィル宛てに伝言を残していると指令係から連絡があり、その番号にかけてみたのだが誰も出なかったのだ。ロビンのロフトを監視しているチームに電話したところ、彼女は人と会うために制服警官の運転で店に向かったとわかった。

「本当にお気の毒に思うわ」カリーナは、ウィルがもと相棒のことを、フランクの死にざまのことを考えていると思ったのだ。だが思い出していたのは、最初の取り調べのことだった。それは、徹頭徹尾グレンの思うままにしてやられた。その日の遅く、ウィルは別角度から一矢を報いたが、ダメージは大きかった。

グレンは、ウィルとロビンの関係に妨害工作をしていた。ロビンに対する疑惑の念をウィルの頭に植えつけたのだ。アナ殺害のあと、ウィルはあっけないほど簡単に信じ込んでしまった。ロビンが狙われていると。ロビンは――犠牲者の最初の三人と同じく――グレンと寝たことがあると。なぜなら、それがあの男の手口だったのだ。そして、アナは男とは寝ない。彼女はレズビアンだから。

「あいつを殺してやる」ウィルがつぶやいた。

「やめてちょうだい」

ウィルはごくりとつばを飲み、ロビンを心の中から追いやって、引退した相棒がグレンにされたことに心を向けた。

「現場を見ただろう。フランクは飲んでた。酔いつぶれてたかもしれん。そこへグレンが踏みこんできて、顔を撃ったんだ」

「まだグレンと決まったわけじゃ――」

「ほかに誰がいる！　グレンの仕業だよ。きみはそれを知ってるし、おれも知ってる」

あのうぬぼれの強いひとでなしはキツネのように狡く、ヘビのようにつかみどころがなかった。そしてセオドア・グレンはロビンを欲しがっていた。常に欲しいのはロビンだった。ロビンに拒絶されたからだ。断られ、関心がないと示されたからだ。

セオドア・グレンのような男は、絶対に拒絶を許容できない。

それなのにウィルは、アナが殺されたあとでロビンを疑った。それはウィルが手口を知っていたからだ。事実を。動かしようのない証拠を。グレンは犠牲者全員と肉体関係をもっていた。アナはあの晩、アパートメントにいる予定ではなかった。ビッグベアの母親のところにいたはずなのだ。ロビンの話では、アナは誰にも自分がゲイだということを言っていなかった。知られたら解雇されるかもしれないと思っていた。だからあの晩、ロビンは家に一人でいたはずだった。もし、ウィルと店でセックスをしていなければ。

「くそったれ野郎が！」

カリーナはウィルを睨みつけた。「汚い言葉を吐かないで」

「放っておいてくれ」

「それは無理ね」カリーナは怒りもあらわに言った。「わたしたちは相棒なの。わたしのものはあなたのもの、逆もまた然り。少なくとも仕事に関することについては。いいわね？」

カリーナの言うとおりだった。ウィルは過去につけいられるがままになっていた。首尾よくグレンの有罪判決を得たことだけでなく、自分たちの手落ち——フランクが張り込み中に飲酒したことと、とりわけ、ロビンにまた会ったこと——まで思い出して。グレンの逃亡に具体的に関わっていない時は、ウィルはロビンのことを考えていた。

「わかった。すまん」

「寝不足なのよ。少し休んだほうがいいわ。ずっとというわけにはいかないけど」

ウィルは〈第八の大罪〉の前にある並列駐車場に車を入れた。ロビンは自動的に、グレンの標的の筆頭になっているはずだった。ロビンの証言が有罪判決の一助となり、面通しが不備に終わったあとですら、陪審の信頼を勝ち得たのだから。ウィルの最大の恐怖は、グレンが最終的にはロビンを殺すつもりでいると言うことだった。ロビンはなぜ電話をしてきたんだろう？ウィルと話したいというなら、かなり深刻な話にちがいなかった。

「つき合ってたんでしょ？」カリーナが穏やかに言った。

「何が言いたい？」

「あなたと組んで二年ちょっとだけど、昔からの知り合いのような気がしてるの。どうやらロビン・マッケナのことが心配で仕方ないみたいだけど、あなたの気づかいぶりは、犠牲者になりそうな相手に通常示す気づかいをはるかに越えてるのよね」

「彼女は犠牲者じゃない」

　カリーナは何も言わず、じっとウィルを見つめた。

　ウィルの体が緊張した。カリーナにしらを切りとおせるはずがなかった。二人でありとあらゆる事態をくぐり抜け、これまでに揺るがぬ信頼関係を築きあげてきたのだから。ウィルは不本意ながら口を開いた。「いっときつき合ってた。捜査の最中だ。で、だめになった。おれのいつものやり口だろ？」

「そうね」と答えたものの、車から降りるそぶりはなかった。

「何だよ？　話しただろうが。それでいいじゃないか」

「問題はね、わたしがあなたを知り尽くしてるってこと。まだ未練たっぷりみたいね。いつものあなたじゃないもの。女のことでそこまで過敏になるのは、ウェンディがやって来て、一緒に夕食を食べることになった時くらいかしら」

「彼女とはもう離婚したんだ」

「知ってるわよ、でも、愛してたんでしょ？」

ウィルは肩をすくめた。が、それは事実だった。もちろんウェンディを愛していたし、そうでなければ結婚などしなかった。だが、愛だけではじゅうぶんではなかった。あの当時、結婚の誓いだけではウェンディとうまくいかず、むろん七年前も、飽くなき欲望だけではロビンとうまくいかなかった。

「じゃあ行きましょうか」カリーナは車から降りた。

くそ。カリーナはもはや腹を立てていなかったが、そのせいで何やらいっそう居心地が悪かった。相棒は半分キューバ人の血を引いており、途中で引き下がるはずがなかった。

カリーナはさっさとベルを鳴らし、ウィルは車のドアを閉じた。「しゃれた店だな。警官になって間もない頃、この辺をパトロールした覚えがある。再開発の前だった。市が整備してくれてよかったよ」

ロビンがなし遂げたことが誇らしかった。つき合ったのはわずか数週間とはいえ、彼女が起業を考えていたことは知っていた。それを実現したのだ。それもみごとに。

ウィルは助けることはおろか、そばにすらいなかった。だが今さら彼に何ができるだろう？

インターコムから声がした。「どちらさまでしょう？」

「サンディエゴ警察のキンケード刑事とフーパー刑事です。ミズ・ロビン・マッケナにお目にかかりたいのですが」カリーナが言った。

「どうぞお入りください」ブザーが鳴ってドアが開いた。

嘘を言っても誰でも入れそうじゃないか、ウィルは顔をしかめながら思った。その時、ドアの上にさりげなく設置されている防犯カメラに気づいた。やはり隙はない。

入り口で、小柄なブロンド美人が待っていた。「アシスタントマネージャーのジーナ・クローヴァーです。ロビンはいま来客中ですが、もう終わると思います。どうぞこちらへ」

ジーナについて二人はクラブの中――がらんとした金属の空洞――を通り抜け、〈奥の間〉に導かれた。こちらははるかに暖かみのある居心地のいい空間だった。品のいい素朴な色調にまとめられ、毛足の長い濃い緑のカーペットが敷かれて、落ち着いた雰囲気を醸し出している。

「何かお飲物をおもちしましょうか？　ソフトドリンク、ミネラルウォーター、フレーバーウォーターのほかに、淹れたばかりのタゾ・ティーもありますよ」

「けっこうです、ありがとう」ウィルは二人分の返事をしたつもりだった。

「お水をいただけると嬉しいわ。ありがとう」カリーナがしかめっ面でウィルを見ながら言った。

ジーナは笑顔でうなずくと、好きなところにすわってくださいと身ぶりで示した。

〈第八の大罪〉はかつての〈RJ〉と比べると、かなり広かった。ロビンがとなりの店を買いとって拡張したのだろう。この場所がかつて何の店だったか思い出せなかったが、これだけの規模を切りまわせるとは、ロビンは彼が思っていたより数段優れた手腕を発揮したにちがいない。投資家がついていたのか。あるいは愛人(パトロン)がいたのか……

だからどうしたと言うのだ？　ロビンを捨てたのは自分だ。きみのことが信じられないと言って。さらに悪いことに、彼女はひと言も弁解しなかった。

そうは言っても自分がロビンの立場にあれば、言いがかりを否定して自己弁護をしただろうか。あり得ない。愛する人が自分を信じてくれないことに怒り、動揺して背を向けただろう。自分で自分を許せないのに、ロビンの許しを期待できるわけがなかった。

アシスタントマネージャーがカリーナに水を運んできた。そのあとでカリーナが言った。

「まずシェリー、次がフランク。コナーがジュリアのことを心配するのも無理ないわね。二人で街から離れてくれてよかった。あなたもじゅうぶん気をつけたほうがいいと思うわ」

「やつは最後におれを殺すと思う」

「どうしてなの？」

「ほかの人間が次々に死ぬのを見せてからおれを狙うはずだ」ウィルには確信があった。

「標的のトップはロビン・マッケナだと思ってたけど」

「やつの思考回路を考えてみろよ。あいつは人の恐怖に反応するんだ。おれは警官で、人々を守ってる、もしくはそれが可能だと思いたがってる。やつは一人殺していくごとに、おれは敗者だと教えてるんだ――無辜の民すらおれには守れないと。グレン流のねじれた脅しだよ。だがロビンに関しては――」

「あなたとロビンのことを知ってるの？」カリーナが静かに訊ねた。

知らないはずだと言いかけて、「わからない」と正直に認めた。「知ってるとは思ってなかった。だが――ブランディが殺されたあとの取り調べでやつがちょっと口にしたことから、あいつはもしかしたらロビンをつけてたんじゃないかと思ったことがある」

「ストーカーをしてたってこと？」

「ああ、だけど、われわれが一般的に考えるようなストーカー行為じゃない。同僚たちが殺されていくことにロビンがどんな反応を示すか、やつはそれが見たかったんじゃないかな」

「それならどうして、いい、あなたが殺された時のロビンの反応を見たがってるとは思わないの？」

「おれに何が起きようがロビンは気にしないからさ。つき合ってたのは七年前のことだ」

「グレンは知らないわよ」

「そうかもしれんし、ちがうかもしれん」だがその点は、よく考えてみる必要がありそうだった。厳密に、セオドア・グレンは、ウィルの人生について何を知っているのか。あるいはロビンについて。服役していながらロビンの動静をたどる術を見つけたのだろうか？　手を貸す人間がいた？　グレンが誰かを信用するなどとはとうてい思えなかったが、やつにはカリスマ的なものがあり、人を操ることができた。おそらく、彼のために動く人間がいるのだろう。従属的に。

　そうカリーナに話してみた。

「まるでディロンがしゃべってるみたいだわ」カリーナは兄のことを口にした。

「きっとディロンもおれに賛成してくれると思うな。おれはグレンを逮捕した。やつは頭が切れて洞察力がある。たとえば、フランクが酒飲みだと知ってた。そういえば最初の取り調べでは、フランクが悪い警官、おれが良い警官をやったんだ」

「あなた、いつでも良い警官じゃない」カリーナが口をはさんだ。

「要するにだ、おれはやつののど笛に食らいつきたかった。やつはそれを知ってた。ゲームを理解してた。逮捕された瞬間に、おれたち二人を読み切ったんだ。そしてこの七年間ずっと、復讐計画を練っていた。どうすればおれが苦しむか知ってるんだ」

「それはこの闘いの半分にすぎないって、わかってるわよね、ウィル。予期してることなら止められるはずよ。あいつにつけ込まれてはだめ。個人の問題にしちゃいけない」

　どんな場合も個人の問題だ。被害者の苦しみや犯人の暴力と距離をおくことはできても、いざとなれば、どんな時も個人の問題になる――ウィルは警官であり、市民のために働き、市民を守るのが仕事なのだ。それができない時は個人的に受けとめてしまう。

ドアが――閉じている時は壁に見えた――さっと開いた。防音対策のせいでいっさい音が洩れてこないので、ウィルはドアの存在に気づかなかった。長身で筋肉質、浅黒い肌のキューバ人が、ロビンの先に立って出てきた。微笑むロビンはジーンズにふんわりした濃い紫色のセーター姿で、息をのむほど美しかった。髪はうしろでポニーテールにまとめ、後れ毛がひと房、ふた房落ちかかる。若々しく、同時に分別がありそうに見えた。

悔しいが、彼女が恋しかった。

ロビンが男と握手を交わすのを見て、胸が締めつけられた。嫉妬？　おれにどうして嫉妬を感じる権利がある？

「ありがとう、マリオ。おかげさまで仕事は順調よ」そしてちらりとウィルを見た。「特捜部を率いてる刑事さんを紹介しておくわ」

マリオはうなずき、ウィルに向きなおった。「マリオじゃないの！」カリーナは近づくなり、ふつうは男同士が交わす複雑なあいさつで手をたたき合った「元気そうね」

「キャラ、そっちこそ。パトリックは？　まだ？」

カリーナの顔を悲しみがよぎった。「ええ、そうなの」

「母さんが毎週祈りの会でパトリックのために祈ってるよ」

「ありがたいと思ってるわ」

ウィルが咳払いをした。カリーナが紹介を始めた。「マリオ、わたしの相棒のウィル・フーパーよ。ウィル、マリオ・メディナはそりゃもう古い友人なの」そう言いながらマリオの脇腹を打った。「家族ぐるみのつき合いで、昔、一緒に学校に通ってたのよ。彼は何年か軍隊に所属して、それから個人でセキュリティ会社を立ちあげたわけ」

「おれは聞いてないけど」マリオが言った。「姉さんの話によれば、もうすぐ結婚するんだって？」

カリーナが照れたようににこりと笑った。「うーん、実はそうなの。三週間後よ。あなたもぜひ出席してね。母さんは全世界を招待しそうな勢いよ。裏庭に入りきらないわよってずっと言ってるんだけど」

「できるだけ調整してみるよ」マリオはぽんとカリーナの背をたたいた。「仕事が入ってなけりゃ必ず行くさ。とにかくおめでとう」そう言うとウィルのほうを見た。「ひとチーム作って、店の護衛を担当します。うちのメンバーが監視してる限り、怪我人は出しませんよ」

最悪だ。自信過剰で、そのうえキンケードの友人ときた。

「きみがセキュリティ会社を雇う気になってくれて嬉しいよ」ウィルはロビンに言った。

ロビンは無表情にウィルを睨みつけたが、その目はかげっていた。何を考えてる？　彼女の考えが読めたらいいのに。

「マリオにまかせておけば安心よ」カリーナは自信ありげに言いながら、ロビンに笑顔を向けた。「初めまして、ロビン。カリーナ・キンケード刑事です。ウィルの相棒よ。お目にかかれて嬉しいわ」

ロビンはにっこりしてカリーナと握手を交わした。その視線はカリーナとマリオのあいだを行きつ戻りつするだけで、ウィルを見ようとはしなかった。

「きみのことはどうなってるんだ？」ウィルはそう言ってマリオのほうを見た。「ミズ・マッケナの安全について、おたくの計画は？」

マリオは言葉を選んで答えた。「店にいる限り、ミズ・マッケナも保護の対象です」

「住居のほうは？　勤務外の時間は？」

「チームの一人が毎晩、自宅までお送りします。無事に自宅に到着できるように」

ウィルは眉をひそめた。「ロビン、きみのロフトは――」

「正面に警官が張ってくれてるわ。誰かが居眠りしない限り、大丈夫だと思うけど」

この不意の一撃は、ロビンが意図したとおり強烈なパンチとなった。彼女はまだフランクの死を耳にしておらず、ウィルも何も言わなかった。

食いしばった歯の隙間から質問した。「署に電話をしておれに話があると言ったそうだが？」

ロビンは背後のカウンターに手を伸ばすと、薄いプラスチックケースに入ったCDを放ってよこした。「グレンが電話してきたの。会話を録音したわ」

ウィルは驚愕を抑えこんだ。「電話があるとわかってたのか？」

「ええ」ロビンがあごを上げて答えた。ちらりとカリーナを見ると、自信がかすかに揺らいだ。「その直前に一度かかってきてたの」ロビンは静かに白状した。「あいつだとわかって、たたき切ったわ。しまったと思ったけど、後の祭りね。かけ直してきたのは十五分後よ。録音の準備をする時間はじゅうぶんあったわけ」

ウィルは、マリオとカリーナがそっと視線を交わしたのにほとんど気づかなかった。「ロビン、あいつはきみを追いつめるまで止めるつもりはないぞ」

「その時はわたしがあいつを殺すわ」ロビンはうしろを向くとセーターをたくし上げた。腰のくびれにホルスターにおさめられた銃が見えた。ロビンが銃を携帯していることがどうして気になるのかわからなかったが、ウィルは苛立ちを覚えた。民間人が身の安全のために武装するようなことがあってはならないのだ。だが、ロビンにはあきらかに、銃器携帯許可証をもつだけの理由があった。

ウィルが言った。「きみには死の願望があるのか、ロビン？」

「何が言いたいの？　あなたは昨日ここへ来て義務を果たしたんでしょ。テレビのニュースでわたしがグレンの脱走を知ってから、すでに十八時間たってたけど」

ぐっと反論をのみ込んだ。「CDプレーヤーはあるか」

ロビンが差しだした手にCDを放って返した。

店内の音響システムで声が再生された。室内の四方八方からグレンの声が聞こえてきて、ウィルは思わず背筋が寒くなった。ロビンを見やると、耐えがたい思いでもう一度グレンの声を聞いているのがわかった。そもそも、彼女が録音する気になったこと自体が驚嘆すべきことだった。理性と勇気なくしてできることではない。ロビンはウィルの視線に気づくと、目をそむけた。

グレンは言った。「おれがおまえを殺すんだ、ロビン。たっぷりと時間をかけて。そしておまえが最期の最期に目にするのは何だと思う、おれの笑顔だよ」

「ひとでなし！」

「ウィリアムはどうしてる？」

ウィルはぎりぎりと歯を噛みしめた。グレンは、チャンスさえあればロビンを殺すつもりだ。金輪際そんなチャンスを与えてなるものか。セキュリティ会社とサンディエゴ警察に守られていれば、ロビンは無事のはずだ。

「あいつはあなたを殺すつもりよ」そう言ったロビンの声が最後にかすれた。咳払いをして続ける。「あいつはわたしを苦しめるために同僚を殺した。あなたの死もわたしを苦しめると思ってる」

ウィルが弾かれたようにふり返った。おれの身を案じてくれている？　グレンは取り調べのあいだ、ロビンの名前を出してウィルをなぶった。今度はウィルの名前を出してロビンをなぶっている。セオドア・グレンは二人の個人感情をもてあそんでいた。それも、きわめて効果的に。あいつにつけ込まれるわけにはいかない。

個人の問題にしちゃいけない。

そのとおりだ。

「どの電話にかけてきたんだ？」

「自宅の電話よ」

「電話帳に載せてるのか？」

「いいえ」

マリオが言った。「どっちにしろたいして意味はないですからね。自分がどうしたいのかさえわかってれば、電話番号は簡単に突きとめられます」

「あるいは、手を貸す人間がいたのかもしれん。やつの服役中、誰かがずっとロビンから目を離さないようにして」

ロビンがもの憂げにバーのスツールに腰を下ろすと、マリオがその腕をとった。「大丈夫か？」セキュリティの専門家が気づかわしげに訊ねた。ウィルの胸を嫉妬がつらぬく。ロビンを慰めるのはおれの役目なのに。

「どうしてなの？　どうして殺人鬼に手を貸そうと思う人間がいるの？」

「びっくりするだろうけど」カリーナが言った。「手伝ってるとか悪事に加担してるとか、自覚すらしてない人もいるの」

「あいつがきみを狙うようなことはない」ウィルはロビンに言った。「おれがさせない」

カリーナはカウンターの裏にまわってCDを取りだした。「本部に電話してこれの回収と、グレンがどこから電話してきたか追跡調査の件を頼んでくるわ。電話会社から情報を得るのに少し時間がかかるかもしれないけど、今日中には何とかなるでしょう」マリオにうなずいて合図した。「わたしが電話してる間にシステムのチェックをお願いするわ」

「それはさっき――オーケーわかったよ。チェックしよう」

二人は出ていき、ウィルとロビンはあとに残された。ロビンは挑戦的にあごを上げ、きゅっと口を引き結んでいる。「ロビン、お願いだ。謝罪くらいさせてくれよ」

ロビンがせわしくまばたきをした。「そぶりも見せたことがないくせに」

「よく言うよ、謝ろうとしたじゃないか！」

ロビンがぽかんと口をあけた。「あれがあなたの考える謝罪だったなら、くそくらえだわ！　あなた、自業自得だって、普段のわたしを見てると疑わざるを得ないって、わたしを非難したのよ」

「そんなこと言った覚えはない！」

「言葉にするまでもなかったんでしょうよ」ロビンがさっと背を向けた。ウィルは近づいて、両肩に手をのせた。

「きみはあの夜、ありもしないことを深読みしたんだ」

「わたしが？」

「くそっ、ロビン！　おれが悪かった、あんなセリフを吐くべきじゃ——だが、あの時あそこでそれは認めたじゃないか」

「取り返しのつかないこともあるのよ」どうしようもなく寂しげな、放心したような声だった。ロビンの苦悩する声を聞くのはたまらなかった。

「おれは——」いったい何を言えばいい？　すまなかったと？　くり返して？　何度謝ればいい？　ロビンが彼を許す気になるまで何度でも。彼女を傷つけてしまったことが苦しかった。つぐなえるものならどんなことでもするつもりだった。だが、すべては過去のことだ。今ここで何を言おうと、二人のあいだに煉瓦塀のように立ちはだかる苦しみと怒りを取り除くことはできない。

ロビンの体をくるりとこちらに向かせた。身近に体温を感じた。こんなにも美しかったのか。この瞳、暖かく大らかな魂を映し出す澄んだ瞳。どうして彼女を疑うようなことができたのか。彼女の貞節を、潔白を、愛情を問うたりしたのか。そっとあご先に触れた。なめらかな肌にはしみ一つなく、三十一歳だと知っていたが、十八歳と言ってもとおりそうだ。

親指で唇をなぞった。彼女ののどから小さく声が洩れた。初めて抱きしめた時のことを思い出した。友人が殺された件で警察は何をしているのかと、署まで彼を訪ねてきたロビンを家に連れて帰ったのだ。二人は夕食を食べに行って少し酒を飲んだ。ロビンは〈RJ〉や友人のサニー・コールマンについてあらゆる話をした。消耗し尽くしたようすで、ウィルは証人に対してこれほど守ってやりたいと感じたことはなかった。

今、どうしてももう一度彼女に触れたかった。そっと前かがみになって唇を重ねた。キスの真似ごとでは物足りなかった。満足できるわけがなかった。まるで渇きで死にかけている人のように、彼女という泉に沈みこんだ。両手でうなじを探りあて、その手をすべり下ろして強く彼女を抱きしめると、唇をむさぼった。

必要なら、両膝をついて許しを請うことも厭わなかった。だがもしかしたら、ひょっとしたら、キスで事足りるかもしれない。どれほど申し訳なく思っているかを、キスが示してくれるはずだ。あれからずっと彼女を変わらず愛しつづけてきたことを、キスが証明してくれるはずだ。

ロビンはあえいだ。ウィルに触れられることなど考えてもいなかった。唇を重ねられるなどとは。このまま屈服したかった。昔と同じようにはるか天頂まで連れていってほしかった。ショーンと別れたあと、男性にまた心を開くようになるまでに何年もかかった。ロビンが心を許せた唯一の男（ひと）、それがこの警官だった。なのに彼は、質問一つで彼女を骨の髄まで切り刻んだのだ。

「セオドア・グレンと寝たのか？　次の標的はきみなのか？」

ロビンは両手を上げた。心はウィルに戻ってほしかった。心は彼を許したかった。だが理性は真実を知っていた。ウィルの心から疑いが消えることはないと。あの時ウィルは彼女を信じなかった。彼女を愛していると断言していたのに。それなら、二人のあいだに後悔と後味の悪さしか残っていない今、ウィルが彼女を信じるはずがないではないか。

何もまちがったことはしなかったのに、ウィルは彼女を信じなかった。目を見ればそれはわかった。声を聞けばわかった。二人のあいだに疑惑という影を残したまま、ともに生きていくわけにはいかなかったのだ。

精神力を総動員して、ロビンはウィルを押しのけた。何にもまして彼女が望んでいたのは、ただウィル・フーパーと一緒に家に帰ることだった。ウィルに守られ、保護されることだった。殺人鬼からだけでなく、心が麻痺してしまいそうな深い孤独からも。事業があろうと、絵を描いていようと、何をしていようと、毎晩家に帰ると一人だった。空洞は大きくなるばかりで、空っぽの人生にのみ込まれてしまいそうだった。

だが、ウィル・フーパーは、彼女の世界に立ち入らせるわけにはいかない男だった。もう二度と。どれほど恐怖におののこうが、どれほど孤独にさいなまれようが、ロビンはウィルを近づけるつもりはなかったし、近づけるわけにもいかなかった。

ウィルが彼女を凝視していた。かげりを帯びた青い目に苦痛が浮かんでいた。それはロビンの心を映していた。ごくりとつばをのむ。「あなたにはCDを渡したし、わたしはボディガードを雇った。もう来てもらう必要はないわね」

ウィルはずっと口を閉ざしたままだった。二人のあいだの緊迫した空気ははっきりと感じとれるほどだった。彼に触れたかった。抱きしめてほしかった。だが、ここでたじろぐことも、ウィル・フーパーに対するわずかな関心を示すことも、自分に許すつもりはなかった。彼女をどれほど深く傷つけたか――心のずっと奥深く、彼女にとってはかけがえのない部分を――ウィルが知ることは決してないだろう。

同時に、ウィルに教えるつもりもなかった。

「フランク・スタージェンがグレンに殺された。今朝早くに」

ロビンはおもわず息を吸いこんだ。驚きはしなかったが、現実に心が痛んだ。フランクとロビンは親しくなることもなかった――彼のことは決して好きにはなれなかった――が、死を望んだことはなかった。

ロビンはうなずいた。彼女に何が言えただろう。

「それだけなのか？」ウィルは言いながら、両手を肩においた。ロビンはあえて石のように押し黙った。

ウィルは両手をだらりと下げ、ぶっきらぼうに言った。「危険はわかってるな。きみはセキュリティの契約もした。もうおれに会う必要はない」

ウィルは背を向けて歩きだし、ロビンは息をとめていた。そのまま行ってちょうだい、ウィル。早く行ってしまって。

彼はドアのところで立ち止まると、ふり返ってロビンを見た。「ぼくはきみに取り返しのつかないことをしてしまった。その点は本当に申し訳ないと思ってる」

そう言うと去っていった。

15

　ウィルはその日の夕方、署の向かいにある〈ボブのハンバーガー〉でトリニティに会うことになっていた。トリニティがこっそりと、実は前の夜にグレンが来た件で、まだ打ち明けていないことがあると言ったのだ。腹が立つどころではなかった——あの女、重要な情報を警察に隠してたわけか？

　バー＆グリルのバーカウンターで待つあいだに、スコッチをダブルで頼んだ。込みいった事件を扱う時は酒を飲まないことにしていたが、今夜、たとえ数時間でも眠るつもりなら、アルコールの助けが必要になりそうだった。

　先ほどコージー署長から電話があって、ＦＢＩ職員がこちらに向かっていると聞いた。一人は、今回の事件にかなり詳しいハンス・ヴィーゴというエージェントで、彼は犯罪プロファイラーだった。署長の認可によって、ウィルにはもう一人相棒ができたわけだ。

　となると気になるのは、果たしてヴィーゴがまともなやつかどうかということだけだ。実は派遣されてくるＦＢＩは、送りこまれた人物しだいで当たりにも外れにもなった。地元警察と悶着を起こす者もいれば、救い主になる者もいる。現時点では、客観的な視点が必要とされていた。グレンはどこに隠れているのか、グレンに手を貸しているのは――そういう人間がいるなら――誰か、そういったことを突きとめられる人間がほしかった。

グレンが忽然と消えたように見えるせいで、ウィルは意味もなく苛立っていた。市内でも郡内でも、何百人という警官が厳重な警戒態勢をとってグレンを捜していた。手配書は、テレビや新聞をはじめとするあらゆる媒体で流され、両親の自宅は連日二十四時間態勢で監視された。グレンの膨大な資産の管理は裁判所に委託されたが、それでも彼の手もとにはじゅうぶんな資金があるはずだった。法律で、裁判所が保持できるのは損害賠償分だけとなっているからだ。あのひとでなしには一千万ドル以上の金（かね）のほか、殖えていく利子分の財産があった。処刑されれば、残された資産から弁護料と損害賠償分を差し引いたものが、遺族――この場合はグレンの両親――に渡される。

だが、どれだけ金（かね）を受けとったところで、子供が二人とも死んでしまっては何の慰めにはならないだろう。幼い孫のアシュリーにしても、母親がどんなひどい殺され方をしたかを理解するようになれば、助けになるとも思えなかった。正しいことをした母親は、もう生きていないのだ。

セオドア・グレンは今この時、どこにいるのか？　警察は人数を狩りだして、付近のホテルやモーテルをしらみつぶしに――安宿も高級ホテルも――当たった。ウィルには潔癖性のグレンが安宿にいるとは思えなかったが、彼にとっては自己保存が最優先事項だから、あるいは不潔を我慢しているとも考えられた。サンクエンティン刑務所にいるあいだに鍛えられたという可能性もある。何しろサンクエンティンは、カリフォルニア州でもっとも老朽化の進んだ施設なのだ。サンフランシスコ湾に面した広さ二千平方キロメートル弱のこの一等地には、売却の話も出ていた。

　サンディエゴ郡には、千に近いホテル、モーテル、ウイークリー・マンションがあった。グレンにはもう友人も残っておらず、誰かがグレンに抱いていたかもしれない忠誠心も、その大半が裁判のせいで葬り去られた。だがグレンにはカリスマ性があり、ほぼあらゆる点で人を意のままに動かせるはずだとウィルは踏んでいた。

　トリニティがいい例だ。グレンはアナを殺してないと、ほぼ確信している。目的は何だ？ウィルの望みは正義であり、人を殺した輩にのうのうと好き勝手をさせておくつもりはなかった。だがあの事件でそういう事態になったとは、正直なところ思っていなかった。証拠は歴然としていたし、何よりもグレンと対峙して、あの女性たちを殺したのはこいつだとウィルにはわかったのだ。邪悪で冷酷でサディスティック、そのうえ犯した罪に対する自責の念は皆無だった。グレンはゲームを楽しんでおり、トリニティをもてあそぶことも、彼にとっては単なる新しいゲームにすぎない。一種のスリルなのだ。四つの訴因のすべてについて無実を主張したにもかかわらず、トリニティには四人のうち三人を殺したと告げる。何を考えているのだ？ 仮にグレンが真実を口にしているとしたら？ 異常人格者（サイコパス）の扱いで悩むのは、彼らがいつ真実を口にするのか、いつ嘘をつくのか、まったく見当がつかないことだった。

ＦＢＩの面々が刑務所内のグレンの私物と通信物を調べている。もし外部に仲間がいるならＦＢＩが遠からず探りだしてくれるだろう。

いい、いい、いい、

それを期待しよう。

その点ではじゅうぶんＦＢＩを信頼できた。彼らはカリフォルニアはもちろん、国内のあらゆる管轄区と同様、逃亡した囚人たちに関心をもっていた。十二名の逃亡犯——最新の報道では九名になった——はいまだ逃亡中だった。昔のねぐらに向かったか、あるいは姿を消したか。逃亡犯の大半は、三十日以内に再逮捕されるという事実があった。グレンはいまや警官殺しであり、そのせいで逮捕の確率ははるかに高くなる——警官を殺して逃げおおせた者はほんの一握りにすぎないのだ。

トリニティが来ない。これほど彼女が心配でなければ、腹を立てていただろう。携帯電話をとりだし、トリニティの自宅を監視している警官に電話して無事を確認しようとした時、彼女が入ってきた。ウィルと同じく疲れを感じているようだ。まっすぐバーカウンターに歩いてくると、となりのスツールにすべり込みながらウィルの頬にキスをした。

「来てくれてありがとう」

「ほかにどうしようもなかった」

「そうかしら、いつだってやりようはあるわ」

「さっきの電話で、今朝おれに嘘をついたと言ったけど、逮捕したってよかったんだぜ」

「そんなつもりなかったくせに」

「おれを試すのはやめるんだな。上機嫌とは言えない。きみは今朝、正直に話さなかった」

「話せなかったのよ、あの時は」

　バーテンダーが近づいてきてトリニティはダイエットコーラを注文した。飲み物が届いたところでウィルが言った。「さあ、聞こうじゃないか。おれは真実が知りたい」

「ブランディ・ベルが殺されたあとで、セオドア・グレンは二日間拘留された。逮捕報告によると、彼であると認識したのは、通りの反対側にすむ老婦人と、ロビン・マッケナ」

「事件を再検討しようっていうのか。何もかもそこに書いてあるじゃないか」

「少しだけ待ってちょうだい。大事なことなのよ、ウィル」

　トリニティの鋭い茶色の目はまじめだった。

「続けてくれ」

「つまり、このミセス・チティヴスキーはどちらかというと、容疑者について曖昧な人物像しか挙げられなかったけど、ロビン・マッケナがそれを店の常連のセオドア・グレンだと見定めた」

「それほど曖昧でもなかった」

トリニティは報告書を読みあげた。「〝身長百八十センチ以上、茶色もしくは焦げ茶色の髪、太っておらず痩せぎすでもない〟。必要最低限もいいとこだわ」

「ロビンは、ベサニーが殺された直後にすでにセオドア・グレンのことを口にしてたんだ。やつはベサニーとつき合ってたことがあって、ロビンは初めて顔を合わせた時からグレンについて、何かがおかしいと感じていた。おれはその話をあまり重要視しなかった——そういった輩にはこそ泥が多いから——だがその一方で、念のためにグレンの背景を確認した。企業の法廷弁護士、金持ち、自家用機あり、曲芸スポーツ中毒。除外してよさそうだった。だが——」

「だが？」

「ブランディが殺されたあとでロビンから聞いたんだ。やつがブランディとつき合ってたことと、殺人のあった夜にやつが店に来てブランディのことを訊いた時のようすを。その訊き方がどうもロビンには気になったらしい。おれは人相書を見せた。ロビンはグレンだと確認した。たとえ目撃者証言が曖昧でも、ロビンの身もと確認のおかげで、強制的にサンプルを採るDNAテストの実施を裁判所に申請できた。拘留期限は七十二時間だったが、ラボはDNAを鑑定し、おれたちはやつを監視した。容疑者を拘留してたらラボは最優先でＤＮＡテストをしてくれるんだ」

「なのにその証拠は否定された」

「くそっ、その話は思い出したくないんだ。ベサニー殺害現場の証拠はすべて汚染されてた。何一つ使えなかった。やつを釈放せざるを得なかった時、おれは死んだほうがましだと思った。やつが有罪なのはわかってた。だがブランディが殺されるまで、手もとにある証拠が汚染されてることすら気づかなかった」

「ふしぎなんだけど、どうしてあいつはジェシカ・スアレス殺しは逃げおおせたの？」

「わかってるだろう、トリニティ。写真を見たはずだ」

「でも納得できないのよ、どうしてフランク・スタージェンが酒の問題を抱えてるって、あなたにわからなかったの？」

ウィルは目を閉じてスコッチを流しこんだ。バーテンダーが近づき、グラスのほうにあごをしゃくった。ウィルは首を振った。死んだ相棒のようになるつもりはなかった。

「いったい何をしようっていうんだ、トリニティ」ウィルが静かに言った。

「七年前に何があったのか、はっきりさせようとしてるのよ」

「セオドア・グレンは四人の女性を殺して有罪判決を言い渡された。死刑囚監房へ送りこまれたが刑務所から逃亡した。それ以上何を知りたいんだ？　それ以上知って、誰の役に立つんだ？」

「グレンは――」

「あいつはサイコパスだ、トリニティ。大嘘つきだ。あいつの言うことをすべて信じるわけにはいかないんだよ」

「でも、もし真実を言ってたら？」

「オフレコか」

「もちろんよ」

「実はひそかにアナ・クラーク殺害について洗い直してる。捜査の再開は無理だ。根拠となるのが、その罪に問われてる男の言い分で、少なくともそいつはあとの三人は自分が殺（や）ったと認めてるんだから。こっちも耳をふさいでるわけじゃないんだ、トリニティ。

だが、過去を掘り返すのは、おれたちのどっちにとってもあまりプラスにならんだろう」

「真実を探すことは――」

「きみにニューヨーク行きの切符を約束してくれるわけだ。わかってるよ」

「わたしがキャリアを積むのは悪いことのようね、ウィル。フェアじゃないわ」

「おれは内々に調べてみるつもりだ。だがコージー署長が記者会見を開くまで、この件で新聞の一面をにぎわしたくない。わかったか？」

　トリニティはうなずいた。「いいわ。オフレコね。それであなたは、七年前フランク・スタージェンについて何か知ってたの？」

「こいつもオフレコか？」

「わたしが嘘をついたことがある、ウィル？　知りあって十年になるけど――個人的につき合った数週間を含めて――一度でも嘘をついた？」

「ふむ、今日の朝だ」

「嘘をついたわけじゃないでしょ」

「きみはすべてを話さなかった」

「話せなかったのよ」

「それで今はどうなんだ？」

「あなたはフランクの件を教えてくれるの？」

　トリニティのかわいい尻を拘置所まで引きずっていって真実を吐かせてやりたかった。この手の駆け引きは好きではなかった。

「この話をたとえわずかでも――ほんの一言でも――外部に洩らせば、今後きみに口をきいてくれる警官は一人もいなくなる、オフレコであろうとなかろうと」

「約束するわ。でもさっきあなたが言ったように、わたしは写真をもってるのよ」

「否応なしにやつを釈放したあと、おれたちはやつを監視下においた。だがこの件を担当したのは、フランクとおれの二人だけだった。ストリッパーが二人死んだからといって気にする者はいなかった。優先事項、わかるだろ？　おまけに政治家のやつらはストリッパーを売春婦と同等に見なしてた。実際、当時の地方検事だったあの嫌味なブライス・デスカリオは、おれがブランディ殺害の証拠を届けた時に、こっちはもっと重要な件をいくらも抱えてるんだと言い放ったよ。〝凡俗まで手がまわらないんだよ、刑事さん〟見下すようににやにや笑いながらね。デスカリオにとっちゃ、あの女の子たちが子供の頃虐待されてようが、働きながら自力で高校や大学を卒業していようが、関係ないんだ」

　ウィルは大きく息を吸ってから、バーテンダーにもう一杯スコッチを注いでくれと合図した。過去のとげを取りのぞくために。バーテンダーが離れていくと、ウィルはトリニティにというより自分に言い聞かせるように話を続けた。

「人を増やすことは無理だった。今でこそ、グレンは母親や警官をつけ狙う脱走犯で、必要なだけ人員を配置してもらえる。だけど当時は、誰もいなかった。おれとフランクの二人だけだ」

もう一度大きく息をつく。

「フランクはあの頃、決していい状態ではなかった。個人的問題を抱え、何度も飲酒運転で捕まりながら、違反切符は一度も切られなかった。フランクは一晩中起きていたと誓い、自動的に、グレンがその夜、ジェシカ・スアレスを殺すために家を離れたという可能性が打ち消された。おれたちは毎晩、交代制でグレンを監視してた。こいつは勤務時間外だったから、そのあとは通常勤務につく必要があった」

「でも、あなたはフランクを信じなかった」トリニティが静かに言った。「グレンは家から出てないとフランクが誓ったなら、チャンドラーはどうやって有罪を勝ちとったの？」

「覚えてるかな、フランクは証言しなかったんだ」

トリニティは少し考えてうなずいた。「あなたたちは容疑者を逮捕した警官なのね」

「もしフランクが証言台に召喚されれば、居眠りしたことを認めろとコージー署長から指示が出ていた。証言台で嘘をついたりすれば、署長は必要なら偽証罪を適用してもいいと考えてた。このあたりのことは最終報告に一切書いてない。あの夜、実際に何があったか知ってるのは、署長とフランクとおれだけだった。それでよかったのか？　よくはない。だが、果たして、警察を大がかりなスキャンダルに巻きこんだほうがよかったのか？　あれは勤務時間外のことだったが、そんなことは無視されただろう。フランクの酒の問題、私的な問題は公の場に引きずり出され、警察は大衆の鵜の目鷹の目にさらされたはずだ。署長は、フランクが年金を失わずにすむよう事務方にまわした。意図的な対処だ。グレンがフランクを召喚するはずがなかった。

そんなことをすれば、自分にジェシカを殺すチャンスがあったと証明することになるからだ。報告書でも、フランクがグレンを監視してたことについては一切触れなかった」

ウィルは話を続けながら、自分の相棒——本来なら命をあずけていいはずの相手——のせいで自分が打ちのめされただけでなく、犠牲者まで出してしまったことに心底やり切れない気分になったのを思い出して心が乱れた。「グレンをあまりそばに近づけすぎると、簡単に弱点を嗅ぎつけられてしまう。やつはフランクが泥酔するのを待って、家を出た。口笛で悠々と〝ディキシー〟でも吹きながら覆面パトカーの横を歩いていったんだろう。おもしろ半分に写真を撮り、ジェシカを殺し、戻ってきてみたら、フランクはまだ眠ってたというわけだ」

「つまりグレンがジェシカ・スアレスを殺したことを示す直接的な証拠はないけど、その手口から有罪判決が下されたわけね」

「地方検事が、四件の殺人すべてについてグレンを告発するかどうかは際どいところだった。確固たる証拠があるのはアナ・クラークの事件だけだった。だが科捜研の証明と検屍官の裏付けのおかげで、四件の殺人では同一のナイフが使われたことがはっきりして、デスカリオは立件に踏みきったんだ」ウィルは口をつぐむと、グラスのスコッチをゆるゆるとまわした。「覚えておいてほしいんだが、おれたちはみな、やつがベサニー・コールマンを殺したと知ってる。確実なDNA証拠は法廷で使えなくなってしまったが、やつが有罪だとわかってる。あいつが又へまをするのも時間の問題だ。おれは、あの夜フランクに一人で監視させたことを、いまだにどれだけ悔やんでも悔やみきれずにいるんだ」

「なら、あなたはどうすればよかったわけ？　毎日二十四時間、眠らずに働くの？　アルコールの助けがなくても、グレンの家の正面にすわったまま眠りこけてたかもしれないわ」

ウィルはかぶりを振った。フランクは大丈夫だと言い張り、ウィルは彼の酒の問題を重々承知していながら逆らわなかった。相手はつまるところ、先輩刑事だった。それに、ロビンと会う時間がほしかったのだ。

トリニティの声が低くなった。「昨晩、あいつがアナを殺してないと言った時、あなたに聞けばわかるとつけ加えたわ」

「それはいったいどういう意味だ？」

「あなたとロビンを見たって言ってた。バーで」

グレンは歯を食いしばりながらグラスを握りしめた。黙っていた。

「あなたとロビンは、ええと、まっ最中だったたって。朝の二時頃」

「あのくそったれの畜生め！」拳でカウンターを殴りつけると、立ちあがって空のグラスの横に代金を投げた。二人がセックスしているのをグレンは見ていた。彼の曖昧な供述がすべて脈絡をもった。キッチンテーブル。二人のもっとも官能に満ちた瞬間をセオドア・グレンに観察されていたと知って、ウィルはロビンとの関係の一切合財を汚され、食い物にされたような気がした。

「それがどういうことかわかるか？　やつは犯行現場のすぐそばにいたということだ。〈ＲＪ〉はロビンとアナの古いアパートメントから道一つ隔てたところだ」

「グレンはどうして三人の殺害を認めながら、アナは殺ってないと言うの？　腑に落ちないのよ」

　グレンには、バーにいる二人を観察することができた。後をつけたのだ。二人をそこに残して、ロビンを待ち受けようと彼女のアパートメントに向かう。するとアナが戻ってきており、驚いたグレンは代わりにアナを殺す。違和感はない。

　だが、アナを殺して逃げ出すだけの時間があっただろうか？　遺体にあれだけ傷を刻もうと思えばかなり時間がかかる――傷痕は整然として、細心の注意が払われており、逆上して襲いかかったものではなかった。切り傷は、肉体と精神の両面で、彼女を苦痛と恐怖の極限に追いこむためのものだった。もし本当にウィルとロビンがバーでセックスしているのを見たなら、グレンはたった二十分足らずで道をわたってアパートメントに押し入り、アナを殺したことになる。

　だが、押し入った形跡はなかった。アナが襲撃者のためにドアを開けたか、その人物が鍵をもっていたかのどちらかだった。あらゆる証拠は、襲撃者がすでに室内にいたところにアナが帰宅したと示していた——たとえば、荷物が入ったままのアナのトランクはドアのすぐ横にあった。

アナの事件を再捜査するべきだろうか。脱走した囚人と、特ダネに飢えた記者の口車に乗って？

ウィルは携帯電話を出して指令係を呼び出した。「車を一台まわしてくれ、ミズ・トリニティ・ラングを〈ボブのハンバーガー〉で拾って自宅まで送り届けてほしい。そのまま彼女についていてもらいたいんだ。時間外を認める」ぱちんと電話を閉じた。

「制服警官があのドアから入ってきてきみを連れ出すまで、そのスツールから動くんじゃない。グレンはきみと戯れてるが、用事がすめばきみを殺すつもりだ。猫がネズミをいたぶるようにな。あいつの歯は鋭いぞ」

セオドアは、ランチョ・サンタマルガリータにあるサラ・ローレンスの家を見張っていた。正確には彼の家だった。前に買ってあったのだ。事実は、サラに会社名義で買わせてここに住まわせていた。

皮肉なことに、セオドアはサンクエンティン刑務所からの脱獄をまじめに考えたことはなかった。刑務所の警備は万全であり、逃げたら背後から撃たれるというのがいやだった。計画ではほかの機会に乗じて――たとえば上訴裁判のあいだに――逃亡するつもりだった。地震が起きた時は、最後の上訴裁判が保留になっていた。サラは完璧に準備をととのえて、法廷でセオドアと合流する手筈だった。セオドアには人間と装備を買うだけの金があり、サラにはずっとその準備をさせてきた。彼女は興奮していた。

サラに裏切られるかもしれないという危険は常にあった。警察がサラの身元と住所を割り出す可能性もあった。金の流れは覆いかくしたが、手紙類は開封されたままで、刑務所で閲覧できた。企業本体が保護されているのはまちがいなかった。二人は法人企業に関わるものはすべて暗号で処理してきたが、もし警察がサラに目をつけていたとしたら？　セオドアが脱走したあとでサラの気が変わったとしたら？　刑務所にいたほうがセオドアは安全だなどと言い出すかもしれない。塀の外では相場は動くのだ。

一つだけ、サラ・ローレンスがどういうつもりでいるかを知る方法があった。対決だ。

セオドアは対決が得意だった。

自分が買った家をじっと観察する。近所をざっとまわってみた。静まり返っている。造成地の裏手に車をとめ、丘を抜けて裏庭まで歩いた。サラには、周辺にはセキュリティは必要ないが、家の警報装置のパスワードはロビンにするよう言ってあった。そして各ドアは、鍵ではなくパスワードで開くのだ。

「こまどりにちなんで？」週ごとの電話で話をした際に、サラがおもしろそうに聞いた。むろんロビンのことはすべて知っている。もう何年もロビンの足跡を追っているのだから。

「そのとおり。こまどりが大好きでね」

「わたしはちがうわね。猫がこまどりを捕まえるとぞくぞくするから」

裏庭の坂に立って家を眺めた。まっ暗で物音一つしない。常夜灯がほのかに灯る部屋が一つだけあった。

裏口にまわった。そこにセキュリティ・パネルがあって、緑の文字が淡く光る。

７６２４６
Ｒｏｂｉｎ
赤いライトが緑に変わった。笑みを浮かべると中に入った。耳をそばだてる。

階下にある大きな振り子時計の音が聞こえてくるだけだ。

サラは裏切っていなかった。彼女ののどを切り裂く心づもりをしていたから、それは喜ばしいことだった。

足音を立てずに二階へ上がった。踊り場の正面に見える両開きの扉は、左右に少し奥まったアルコーヴがあった。そこに置かれた壺にはそれぞれ造花が飾ってある。あれが主寝室にちがいない。

広々としたホワイエに敷かれた毛足の長いカーペットの上を、サイズの合わない靴で歩いていった。

両開きの扉を開けた。

サラが眠っている。まっ白でぶあつい上掛けが細い体を覆い、ベッドの頭のところには六個、あるいはもっとたくさんの枕が重ねられていた。何もかもがまっ白で、あらゆるもの清潔で、美しく、整っていた。

何よりも好ましい状態だ。

ベッドに近づいて、サラのとなりに腰を下ろした。

「サラ」

混乱したように彼女が目を開けた。「いったい――」そしてまばたきをした。目が闇に慣れてきたようだ。「テディ」

サラはこの世でただ一人、セオドアをニックネームで呼べる人間だった。彼女にはそれが重要なことらしいが、彼はこれまで他人に正式な氏名でしか呼ばせたことがなかった。

サラの両腕が首のまわりに絡みつき、セオドアはふしぎな気分だった。何と言えばいいのか、何をしたらいいのか、途方にくれたのだ。

「ずっと心配でたまらなかったわ」サラは彼をしっかりと抱きしめて言った。

「すべて順調だよ」重々しい口調で答える。

「おなかがすいて、疲れたでしょう」

「食べたいのはきみだよ、サラ」

サラは身を引いて、じっと彼を見つめた。「まあ」そして着ていた堅苦しいナイトガウンのボタンを外しはじめた。

「やめろ。ぼくがする」

その代わりにセオドアはキスをした。サラは、以前にキスしたことがあったかのように激しく応えた。二人のこれまでの関係は、せいぜい刑務所の格子越しに指を触れあわせる程度だったのだが。

サラが情熱的に求めてきたために、セオドアは彼女に触れるや、たじろぐことも不満に思うこともなく燃えあがった。もうずっと女には触れておらず、切迫感に襲われた。女との関係を続けたいとは思っていない――セックスは予測がついてしまう、特に同じ女が相手だと――が、サラとするのは初めてだった。ナイトガウンを脱がせる。それで彼女の顔を隠した。

「これが欲しいと言え」耳もとにささやきかける。「おれが欲しいと言うんだ」

「あなたが欲しいの、テディ。この夜が来るのをもう何年も待ってたのよ、あなたが欲しくてたまらない」

　サラはいい肉体をしていた。ロビンのように伸びやかで柔軟な肉体に大きな乳首ではなかったが、小柄で引き締まって魅力的だった。

　ロビンを組み敷いているところを想像した。ロビンが彼を欲しがっている。ロビンが入れてくれと彼に懇願している。ロビンがもっと攻めてと彼にせがんでいる。

　セオドアはサラの中に自分をたたき入れ、ぎゅっと目を閉じた。ペニスが怒張して爆発した。

「いいわ！」サラが叫んだ。それが振りでもかまわなかった。聞こえているのはたった一人の女の声。彼を求めて叫んでいる。
　ロ、ビ、ン。

16

ドアをノックする音が続いていた。

セオドア・グレンはノックしたりしない、ロビンは思った。あいつならドアをたたき壊すか、窓から侵入するか、駐車場でふいを襲うかだわ。

このところよく眠れずにいたのだが、はっきり覚醒する前に銃を握っていた。フル装弾してあるかを確かめるまでもなかった。してあるとわかっていた。夜中の二時すこし前。四十分ばかり眠ったにすぎない。

ロフトの広々とした空間を突っ切っていく。ドアスコープをのぞき込む前にドアの向こう側から男の声が聞こえた。

「ロビン、入れてくれ。話さなきゃいけないことがある」

ウィル。

ドアスコープをのぞき込んだ。ウィルが頭を下げ、両手をドアの左右に押しつけている。ズボンもボタンダウンのシャツもしわくちゃに見えた。ジャケットを着ておらず、ショルダーホルスターがむき出しになっている。

ウィルが片手でどんどんとドアをたたいた。「ロビン！」

話したくなかったし、顔を合わせたくなかった。今日クラブで会った時は、ウィルのキスに屈しないようにするのが精一杯だった。抱きしめられないようにするのが。愛されないようにするのが。

愛は痛みを伴う。

「中に入れてくれ」

ロビンは警報装置にコードを打ちこんだ。武装解除だ。一つ目の差し錠を外し、二つ目をまわし、チェーンをたわませる。ドアを開いた。

二人は互いに見つめあった。ウィルの濃いブルーグレーの瞳、嵐の前の太平洋を思わせる瞳がロビンを見つめる。

ウィルが言った。「入ってもいいか？」

黙って一歩下がった。ウィルが後ろ手にドアを閉めた。「ロビン――」

ウィルをまわりこんでドアに差し錠をかけた。無施錠のままではいられなかった。強迫神経症に近いのではないかと危ぶみつつも、セオドア・グレンに友人たちを殺されてからのこの七年というもの、鍵を気にせずにいられなかった。ロビンは怯えていた。自宅にいる時でさえも。

ウィルを迂回するようにしてキッチンに行くと、カウンターをあいだに挟んで、かつて愛した男と向かい合った。

「今度は誰が死んだの」

ウィルが目をぱちぱちさせた。「今のところは誰も」

「それならなぜここへ来たの」

「きみが心配だった」

ロビンは銃口を上げるとドアのほうに合図をした。「わたしは大丈夫よ。帰ってちょうだい」

「ばかな、ロビン！　大丈夫なもんか」

「あの男が刑務所に入れば大丈夫よ。死んでくれてもいいわ。そっちのほうが安心できるかもしれない」

「やつはおれたちのことを知っていた」ウィルは静かに言った。

ロビンの胃がひっくり返った。「どういうこと？」

「見られてたんだ、一緒のところを」

「い、い、い、一緒のところって、まさか？」

「そうだ、セックスしてるところだ。あの夜、バーの中で」

「ああ、なんてこと」シンクに身を乗りだして空えずきした。頭がくらくらした。もはや銃を握っていられなくてカウンターに置いた。ふるえる両手でシンクの端をつかみ、何とか身を支えようとした。人生でもっとも個人的な瞬間を見られたばかりか、その直後にグレンが道をわたって彼女のルームメイトを殺したと思うと、グレンが逃亡して以来かろうじてもちこたえてきた不動の平静ががらがらと崩れていった。

ウィルがそばに来ていた。腕の中に抱えこまれた。ロビンがしがみついたせいで、二人して硬材の床の上にへたり込んだ。ウィルはロビンを膝の上に抱えあげ、自分は壁によりかかった。

何が起きているのだろう。どうしてあの血も涙もない殺人鬼にそんなところを見られたのか。なぜあいつはアナを殺したのか。なぜアナを身代わりにしたのか。生き残る苦痛は死ぬよりもたちが悪かった。自分が死ねばよかったのだ。この数年間はとてもまともに生きているとは言えなかったのだから。

ロビンは四人の友人を失った。次いで、ウィルを失った。一番彼を必要とした時に背を向けられたのだ。それからというもの、男女を問わず誰かと親しくなることは決してなかった。すべては仕事上のつき合いで、個人的な関係は一つもなかった。七年間ずっと。

「なぜきみを信じられないいか、わかるだろう？」

あの時ウィルが口にした言葉が、まるで今、耳もとで囁かれたかのようにロビンの心に影を落とした。すすり泣きをこらえていると、体にまわされたウィルの腕に力がこもった。

「ロビン、本当にすまない。おれを信じられないのはわかってる。おれはきみの信頼をぶち壊した。それをどれほど申し訳なく思ってるか、とても口では言えない。おれの人生は宙ぶらりんのままだ。昨日、きみにあった瞬間、時間が止まったようだった。きみはそこにいた。覚えてるよりも、夢に見たよりも、ずっときれいになって。きみを抱きしめたくてたまらなかった。愛し合いたかった。絶対に離したくなかった。それをおれが完全にぶち壊したんだ、ロビン。どうすれば許してもらえるのか、見当もつかない。それでも、きみの許しが必要なんだ。きみが必要なんだよ」

「わたしもあなたが必要だったわ、ウィル」

必要だった。

ロビンの言ったことははっきり聞こえた。胸が痛んだ。「わかってる」

ウィルの腕の中でロビンは首を振った。「いいえ、わかってなんかいない」

「ロビン、頼むよ、どうか――」

「無理よ、わたしにはできない。もう一度心を危険にさらせなんて言わないで。与えられるものはもう何も残ってないのよ」

ウィルは叫びだしたかった。初めて会った時の自分とはちがうと、どう言えばロビンにわかってもらえるのか。

髪に、そして額にキスをした。ロビンはされるがままだった。ウィルは、グレンとロビンが電話で交わした会話を聞き、そのあとでトリニティから、グレンが二人のセックスを見ていたと聞かされて初めて、グレンがどれほど深い妄執をロビンに抱いているかを理解したのだった。七年前、もしかしたらロビンは触媒かもしれないと気づいてはいた。グレンは何らかの理由でロビンに固執して、彼女のまわりの人間を傷つけはしても、彼女自身を狙っていないと思っていた。

今ここで、真実が姿を見せはじめた。すべてはロビンだった。あの当時は、情報が少なすぎて二人にはわからなかったのだ。そしてグレンには、ロビンを苦しめるために復讐計画を練る時間がじゅうぶんにあった。ウィルは、グレンの逃亡を最初に耳にした時からロビンの命が心配だったが、ここに来てようやく、グレンがサンディエゴに舞い戻ったのはロビンが理由なのだとわかった。グレンが誰も彼も殺したがっているというのは的はずれで、ロビンとは比べものにならなかった。

「やつには指一本きみに触れさせやしない」ロビンを膝の上で揺すりながら囁いた。

「あいつを殺すわ」

その声の冷たさがウィルは気にかかった。初めて、ロビン・マッケナは本当にセオドア・グレンを殺せるかもしれないと思った。七年間、練習を積み、七年間、嫌悪をつのらせたのだ。グレンのせいでロビンの人生から多くのものが奪われた——保護、安全、友人たち。

そして、ウィル。あの疑惑の種をグレンに植えつけられなかったら――ウィルがそれをさせなかったら――決してロビンを疑ったりしなかった。それとも、やはり疑ったろうか。彼はそれほど浅はかなのか？　ただ、彼はまず警官だ。厳しい質問をする必要があった。だからグレンの手口に基づいて、グレンと性的関係があったかどうかをロビンに訊かなければならなかった。

おそらく彼は、ロビンが身近になりすぎたために、自分自身の感情に恐れをなしたのだ。ロビンを遠ざけるのが、唯一彼にできることだった。嘘をついたとロビンを責めて。殺人鬼と寝たとロビンを非難して。

できるものなら一切を取り消したかった。ロビンは耳を貸すつもりはないだろう。もしかしたら、触れさせてくれるかもしれなかった。

ウィルはロビンにキスをした。断固として。念入りに。心をこめて。きみを愛していると、きみを信じているとロビンに示すために。ロビンの唇が開いた。彼女の舌は涙の味がしてしょっぱかった。ロビンがうめき、ウィルはしっかりと彼女の頭を抱いた。長くてウエーブした赤褐色の髪を手に絡ませながら。ウィルは何度もキスをくり返した。信じられないことにロビンが彼の首に腕を巻きつけ、ウィルが彼女の唇を求めるのと同じように彼の唇を求めて、キスに応えはじめた。

ロビンは顔をそむけて唇を離すと、かぶりを振った。「ウィル、やめて」

「ああ、ロビン、愛してるんだ」

ロビンは激しくかぶりを振った。「だめよ、こんなことしないで。こんなふうにわたしの人生に踏みこまないで。続きっこないんだから。信頼がなければ愛なんて何の意味もないのよ」

「おれが悪かったんだ、くそっ！　ロビン、おれがまちがってた」

「わかってるわ。あなたもそれはわかってる。でも、その次はどうなるの？　今日、あなたがマリオ・メディナに向けたあの目つきはどう？」

「あのボディガードのことか？」

「まるで、わたしがオフィスから出てくる前に、デスクの上で彼の相手をしたかのような目つきだったわ」

「ばかな。おれはそんな――」ウィルはあのとき嫉妬を感じた。あのハンサムでたくましいボディガードをひと目見た瞬間、彼とロビンのあいだに何かあるにちがいないと思ったのだ。なぜならロビンは美しく、色香のある女性だから。

「きみはもうああいう女じゃ――」ウィルは黙りこんだ。「いや――」

「わたしはもうストリッパーじゃない。つまりわたしがストリッパーだった頃は、〈ＲＪ〉にやって来るちょっと格好いい男なら誰にでも脚を開くと思ってたのね。そうね、あなたとはすぐそういうことになったものね」ロビンは立ちあがった。

「そういうことじゃないんだ、ロビン。おれたちのあいだはそんな関係じゃなかったってわかってるだろう。おれはそういう意味で言ったんじゃ――」

「出てってちょうだい、ウィル。わたしはもうばかな真似をするつもりはないわ。もうできないの」

ウィルは立ちあがってロビンの腕をつかんだ。「ロビン、愛してるんだ」

ロビンは首を振った。「あなたは自分でそうだと思ってるだけよ。愛がどんなものか、あなたはわかってない。そして、わたしもわかってないわ。わたしは二回、心がつぶれる思いをしたの。もうこりごりよ」

ウィルは、ロビンのロフトの外にとめた車の中にいた。さっきの会話――あまりに深く傷つけられてもうウィルを信じられない――に失望していたが、このまま朝までここに留まってロフトを監視するつもりだった。グレンがロビンを狙うとすれば、おそらくロビンが眠っていて無防備だと思われる時を選ぶはずだ。いったん夜が明けたら数時間、仮眠するつもりだった。

ポケットで携帯電話が震えた。「何だ?」

「わたしもおはようって言ってるのよ」カリーナだった。

「朝の二時だぜ」

「なのにあなたは家にいない」

「用件は何だ」

「さっきＦＢＩから署長に電話があったの。〇八〇〇時に集合したいって。刑務所でのグレンが何をしてたか、情報をつかんだみたいね」

「ちょっと前に署長から電話があった」

「わたしには言わなかったわけ？」

「前から八時に会うことになってたからな」本当は、トリニティと話したあと、カリーナに連絡するのをすっかり忘れていたのだ。眠気が吹っ飛んだ。

　電話を切ろうとした時に、ロフトの窓にロビンの姿が見えた。明かりを煌々とつけて、まっすぐ彼の車を見下ろしている。ポルシェは黒だったが、車内にいる彼の存在が目にとまったかどうかわからなかった。

「頼みがある」

「いいわよ、モーニングコールをしてあげる」

「きみの友人の住所を知りたい」

「友人ならたくさんいるわ」

「マリオ・メディナだ。ボディガードの」

「なぜなの？」

「やつに仕事がある」

「たしか彼は仕事をしてたと思うけど」

「くそ、カリーナ、話をややこしくしようってのか？」

「そうね」彼女は口をつぐんだ。「あなた、彼女の家の外にいるんでしょ」

カリーナに嘘を言っても無駄だった。「だから？」

ため息が聞こえた。「わかったわよ、ちょっと待って」

ウィルはもう一度窓を見上げた。決して傷つけたくないと思っている女の姿が垣間見られないかと期待して。

ロビンはもういなかった。だが、まばゆいばかりに明かりがついていた。アナが死んでいるのを発見した時から、ロビンは闇を恐れていた。

時がすべての傷を癒してくれるとは限らないのだ。すべての恐怖も。

「朝の三時すぎですよ」

夜の夜中にたたき起こされたマリオ・メディナはあまり機嫌がよくなかった。

「すまない」ウィルはもごもごと言った。マリオが住むコンドミニアムはビーチの前にあった。ほどよい大きさで、景色もよく、ガラスのスライドドア一つでビーチに出られることを思えば、かなり値が張ると思われた。こざっぱりと整頓されて、家具類は多くはない。おそらくこの場所には眠るために帰ってくるだけだと思われた。ウィルももう少し南に、似たようなコンドミニアムをもっていた。日中なら南西にコロナドの海軍基地が見えるが、今の時間なら、かすかな明かりがまばらに見えるだけだろう。

まるでウィルの心を読んだかのように、マリオが言った。「六年。海軍じゃなくて海兵隊でね」

「陸軍の憲兵隊だ」

「代々、警官の家系かと思ってた」

「頼みがあるんだ」

マリオは声を上げて笑った。「頼みがある？　何でぼくがあなたの頼みを聞かなきゃならないんです？」

「なぜ、きいちゃいけない？」

「ビール飲みますか？」

ウィルはうなずいた。二人はそれぞれ手にドスエキスの瓶をもってテラスに出た。外はウィルに言わせれば凍えそうだった――気温は十度を切っていただろう。それがサンディエゴに引っ越してきた理由ではない。だがマリオは黒のTシャツに短パン姿で意に介していないようだった。マリオはビールを半分流しこんだ。「何なんです？」

「ロビン・マッケナを見守るためにあんたを雇いたいんだ」

マリオは表情を変えなかった。「ぼくは彼女に雇われて彼女のために見張りをするのに？」

「ロビンがあんたを雇ったのは、店と従業員を見守るためだ、ちがうか？」

マリオはうなずいた。

「ロビン自身を見守るためじゃない」

マリオはまたうなずいた。

「誰か彼女を見守る人間が必要だ。だが、おれには無理だ。この見張りは毎日二十四時間態勢になるだろうが、おれはそれだけの時間を彼女に割くわけにはいかない。この界隈のパトロールは強化してある。店の通常の営業時間帯は警官が現場に貼りつく。だがセオドア・グレンはそれを待ち受けてるはずだ。監視を。破れ目を見つけだして、そこにつけ込むつもりでいる。じゅうぶんすぎるほど長いあいだ復讐の計画を練ってきたんだ」

「引き受けられませんね」

「くそっ、メディナ。何を企んでる？」

「引き受けられないのは、彼女の従業員を守るためにスタッフの大半をすでに彼女につぎ込んでるからですよ。二組のチームに十二時間交代のシフトで、店が開いていようが閉まっていようが監視させてます。ぼくは大規模なビジネスをしてるわけじゃない。スタッフはみな契約社員です。一番のやり手は残念ながら仕事中です」

「それは誰だ？　おれがそいつを雇ってもいい」

「難しいでしょうね。コナー・キンケードは毎日二十四時間態勢で自分の婚約者を見守ってますから、やつをその仕事から引き離せるものはないと思いますよ。コナーを責めるわけにはいかない。彼女は魅力的な女性ですからね」

「ほかに誰かいないか？」

「何人かあたってみましょう」

「くそ、そういうのじゃだめなんだ！」ウィルは思わず拳を握った。いったいどうすれば自分の仕事中にロビンを守れるのか。

マリオが海に目を向けた。「ぼくが彼女に貼りつきましょう。今日の夜はパトロールの車がいるんですね？」

「ああ、確認したところだ。あいつなら安心だ」

「じゃあ、明日の朝からぼくが担当しましょう。だが、あなたの確約が必要だ。捜査の進捗具合は逐一知らせてもらいたい。隠しっこは一切なしです。知らなかったというのはごめんだ。どうです？」

ウィルはうなずいた。安堵していた。できれば自分がロビンのそばについていたかったが、彼女を毎日二十四時間見守りながら捜査することは不可能だ。

「ほかに聞いておくべきことはありませんか」

「あと数時間でＦＢＩがここに到着する。どうやらサンクエンティンでちょっとした収穫があったようだ」

「そいつはよかった」マリオはたいして嬉しくもなさそうに言った。

「明日、連中との会議が終わったらあんたに連絡しよう」

「じゃあその時に、フーパー」

17

ウィルは泥のように三時間眠ってから、体を引きずるようにしてシャワーを浴び、どういう内容であれFBIの報告を聞くために署に向かった。FBIはまだ到着しておらず、ウィルは署長に、ロビン・マッケナとの以前の関係も含めてすべてを報告した。

勧告を覚悟していたが、その代わりに署長は聞いた。「刑事としてのきみの職務に、そのミズ・マッケナとの関係は悪影響を及ぼしたのか?」

「そういうことはありませんでした、署長。ただ――」ウィルは黙りこんだ。

「ただ?」

「おれはフランクに張り込みをさせました。もし、ロビンと過ごすことよりその張り込みにもっと気を向けてたら、あのジェシカ・スアレスが殺された夜、おれがグレンの家の外で張ってたと思います」

コージー署長は何も言わず、ウィルは自分のばか正直のせいで、特捜班を率いる立場を明け渡さなくてはならないかもしれないと危惧した。「ウィル」署長が静かに言った。「グレン事件が起きるもっと以前に、わたしがフランクを降ろしておくべきだったんだ。あの少女が殺されたことで誰かが非難されるとしたら、それはわたしだよ」

「お言葉を返しますが、署長、おれはその話は――」

「フランクが飲酒問題を抱えているのを知りながら、きみに甘えていた、あいつを引退まで保たしてほしいとね。かつて名を馳せた刑事を引きずり降ろして評判を台無しにするような目に遭わせたくなかった。フランクとは長いつき合いでね。アカデミーの同期だったんだ」署長はため息をつくと、片手で顔をこすった。「七年前は政治的な駆け引きもあった。デスカリオと、ああいう職についていた犠牲者では、あの事件にじゅうぶんな人手を割くことができなかった。それに鑑識課員がＤＮＡ証拠を台無しにするようなことがなければ、何がどうなっていたかは誰にもわからん。

「すべての事件がスムーズにいくに越したことはない。それがわれわれの仕事だ。目撃者に話を聞き、証拠を処理し、容疑者を逮捕して、有罪を確定する。だが、わたしはもちろん、きみもわかってるとおり、手本どおりにいくのは――やはり教科書の中だけだ。きみは優秀な刑事だ、ウィル。まちがいは起きるものだし、不幸にもそれが致命的なものになることもある。だが、すべての責任がきみにあるわけではないし、フランクでも、わたしでも、鑑識のせいでもないんだ。それはこの不完全な仕組みと、そこで働く不完全な人間のせいなんだよ」

「ありがとうございます、署長」ウィルは静かに答えた。署長が二文以上の言葉を話すのはめったにないことだった。

「そろそろＦＢＩが来るころだ。概要を説明できるようにしておいてくれ」

署長との会話をひとまず脇へのけて、現場から上がってきた報告書に目を通した。ロビンのロフトに電話があってからこの二十四時間というもの、セオドア・グレンの足取りはぷっつりと途絶えていた。死体ゼロ、目撃情報ゼロ、何一つない。シフトを交代するパトロール警官から次々に、どこを担当し、誰に話を聞き、といった報告が届くが、すべて結論は同じだった。誰も脱走犯の姿を見ていなかった。

二人の警官が二十四時間態勢で緊急直通電話（ホットライン）に入る情報を追跡していたが、その電話は逃亡犯の目撃情報で鳴りっぱなしだった。信憑性のありそうなものは今のところ皆無だったが、すべての情報、すべての電話を追跡、確認する必要があった。

「カリーナ、グレンの両親の家を張ってる警官から何か言ってきたか？」

「動きはないわね。ミセス・グレンが今朝、ドーナツとコーヒーを差し入れてくれたみたい」

「やつは自宅には向かわんだろうな。親に不満はないだろうし、必要なものはとっくに手に入れたし。妹の住所をな」

殺人課の大部屋のドアが大きく開き、コージー署長がスーツ姿の男と入ってきた。年齢は四十代半ばから後半、身長百八十センチ足らず、個性的な顔立ち――映画なら毎回、優秀な老指導官か参謀役の警官をつとめそうなタイプ――の男だ。ビールを手に、バーで無駄話を楽しめそうな相手だった。

署長がウィルのデスクに近づいて、クアンティコから来たＦＢＩの特別捜査官、ハンス・ヴィーゴだと紹介した。

「クアンティコですか？　また遠くから来て下さったんですね」ウィルが言った。

「必要とあればどこでも行きますよ」半笑いのヴィーゴの顔を見て、ウィルは細身のコロンボを思い浮かべた。

コージー署長が言った。「フーパーが特捜班を指揮しています。七年前の事件も担当していたから、グレンのことはよくわかってるでしょう」

ヴィーゴはうなずいた。「今回も担当とはありがたいな。こちらはいつでも準備オーケーですよ」

「しばらくはこちらに？」

「ぼくが役に立つならいつまでも」

ウィルは、パトロール警官を調整するディアス巡査を呼び、コージー署長、カリーナとともに間に合わせの特別捜査本部で会った。

「時間を節約するために」ヴィーゴが言った。「過去のファイルは目を通してます。ありがたいことに署長が昨日ファックスの手配をしてくれたので、ここへ向かう機内で読めましたよ。現状報告もね」

「それなら、洩れてる情報はありませんね」ウィルが言った。「グレンはこの二十四時間、なりを潜めてるんです。あなたはプロファイラーですね?」

「そのとおり」

「知りたいのは、やつが次に何をしようとしてるか、なんだが」

「ぼくは犯罪プロファイラーで、霊能者というわけじゃないが、もしよければ、録音した会話を聞かせてもらいたいな」ヴィーゴは目の前のファイルを見た。「セオドア・グレンとロビン・マッケナの会話ですね」

ウィルがCDをプレイヤーに入れ、全員が耳をそばだてた。ロビンの張りつめた声と、グレンの揶揄するような声をもう一度聞いているうちにウィルは腹が立ってきて、昨晩のうちにマリオ・メディナのところへ行っておいて二重の意味でよかったと思った。ロビンは死の願望があるわけではないが、自分のことはそっちのけでほかの人々の安全ばかり気にかけているのだから。

「可能な限り関係者に警告をしました」ウィルは言った。「だがそれは、彼らが毎日二十四時間警護されてるということじゃない。鑑識、担当刑事、検察はすべて厳戒態勢をとってます。

陪審と証人は連絡済み。ですが、やつはすでに捜査に近い二人を犠牲にした。一人は実の妹で、彼女はグレンに不利な証言をした。もう一人はおれの前の相棒です」ウィルはそこで口をつぐんだ。「検察側の重要参考人のロビン・マッケナはビジネスを守るために個人でセキュリティ会社を雇ってますが、こちらも周辺のパトロールを増やしました。ほかの証人も現在、あたっているところです」

ウィルはヴィーゴを見た。「何か新しい情報がありますか」

ＦＢＩ捜査官はうなずいた。「期待以上の出来ですね。すべての管轄区が今回のように系統立っていれば、おそらく三人以上の犯罪者が拘留されることになるでしょう」

「あれはどこかの自警団がやったんじゃないんですか？」ディアス巡査が訊ねた。

ヴィーゴが言った。「どうやら脱走者のうちの一人が、ほかのやつらのあとを追って拘束したらしい」

コージー署長が訊いた。「囚人が仲間を痛めつけていると？　メディアのスタンドプレーかと思っていたが。そのあたりの公式発表は聞いてませんね」

「まあ、吹聴することじゃありませんからね。というのも、その男を再収監する際に、そいつが以前は警官だったと刑務所の連中に知られたくないんですよ。ばれるようなことがあれば、そいつをよそへ移すか、独房へ入れるか、連邦刑務所へ送りこむ必要が出てくる」

同胞の一人が身を持ち崩していたというニュースは身にしみた。といっても、殺人犯の脱走を大目に見るところまでは落ちぶれていなかったようだが。

「グレンについてはどうです?」ウィルが言った。

「刑務所の上層部とかけ合って、脱走犯の私物をすべて押収してきましたよ。日誌や書籍、手紙類です。コンピュータの専門家も送りこんで、やつらがやり取りしたEメールも引きずり出しました。本来、メールのやり取りは許されてないんですが、囚人たちがインターネットに接続してるのはわかってましたからね。弁護士との秘匿特権情報を除いて、すべて手に入ります。しかしその特権情報についても、われわれの法律専門チームが連邦判事に交渉しています」

ヴィーゴはかすかに唇の片端をゆがめた。「その問題ではちょっと窮地に陥るかもしれませんが、現時点で、彼らはすでに権利を放棄していますからね。脱走してから殺人を犯したのは、セオドア・グレンだけじゃないんです。四人組のギャングがサンフランシスコで強盗騒ぎを起こして、店員が二人死んでいます。地理的にせまい町なら、われわれがやつらを管理できると思うでしょうが――」ヴィーゴはいったん口を閉じた。「だが現在、われわれの手もとには、そちらの役に立ちそうなグレンの情報があります。ぼくでよければどんな形であれ、よろこんで手を貸しますよ」

ウィルは、ヴィーゴが無理やり事件に立ち入ろうとしないことに好意をもった。

「それ、ほしいですね」ウィルが言った。

「ぼくが在籍するのは行動支援課で、端的に言うと、ぼくは悪人のようにものを考えるわけです。そして、そいつの次の行動を割り出す。そのためには、過去に目を向けます。なぜ殺し屋はそういう行為をしたのかがわかったら、先々何をするつもりか、予測がつきます。

「みなさんに今さらセオドア・グレンが何者かを話す必要はない。ご存知のとおり、やつは天才と紙一重の企業弁護士で、殺人鬼に変節する前は、エクストリーム・スポーツ——スカイダイビングやベースジャンプといったやつです——を通じて強烈な昂奮を味わっていた。グレンの公判記録は読みましたが、フーパー刑事の証言に同意します。グレンは反社会性人格で、自分の行動に自責の念を感じるという能力が欠落している。自分の望みを阻むものがあれば、また殺すはずです。

「たいていの連続殺人犯は幻想を実現するために殺します。狩るか、殺すか、あるいはその両方から満足を得る。できるだけ長期間その幻想を追体験する。その殺しの記憶や記念品が、殺すという行為と同じ肉体的、精神的満足をもはや与えてくれなくなると、また殺します。彼らは絶えず犯罪を非の打ち所のないものにしようとして、心の中でその幻想をより美しく、より完璧に作りあげていきます。

「グレンがすぐさま手口を変えたのも、それが理由でしょう」

「漂白剤だ」ウィルが言った。「やつが漂白剤を使ったのは、最初の犯行現場に証拠を残したからだと思ってたが」

「そのとおり。現場を去るや気づいたんです。彼はみごとに研ぎすまされた本能をもっている。だから、逃亡以来足取りがつかめないんです。

「セオドア・グレンは手本どおりの連続殺人犯ではない」ヴィーゴが続けた。「しかし、ぼくのように長いあいだこの手合いを研究していたら、決まった鋳型に当てはまる殺人鬼などめったにいないと、みなさんも気づくはずだ。たとえばグレンですが、連続殺人犯の初期症状の一つしか見られないんです。ご承知のとおり、やつは動物を何匹か殺している。しかし、ぼくはシェリー・ジェフリーズの証言をくり返し読みましたが、グレンは妹の猫を殺した時に、性的、肉体的、精神的充足感を一切得ていない。彼が得た喜びはすべて、妹の反応からなんです。観客がいなければ、やつは決して動物を殺したりしなかった」

ハンズ・ヴィーゴはその話が浸透するのを待った。ウィルは常々、グレンの本質的な欲求は他人を精神的にいたぶることだと感じていたが、ヴィーゴの話で自分の考えが実証されると、グレンがさらに怪物めいて、生々しく感じられた。

ウィルが言った。「それにロビンへの電話も。あれは彼女の反応を聞くためだった」

「ビンゴ。事実、彼は二つの理由から電話をしています。彼女の怯えを聞くこと——彼女の感情の高ぶりを自分と重ねて味わう――と、自分の犯罪の追体験することですね。自分がなぜあの女たちを殺したか、彼はロビン・マッケナに正確に知っていてほしかった。責任は彼女にあるような言い方をして、確実に彼女を傷つけたかった。ロビンの行動のせいで、もしくは怠慢のせいで、被害者の女たちはロビンに〝選ばれた〟ということにしたかったのです」

「どんな場合でもロビンですね」ウィルは言った。

ヴィーゴがうなずく。「何か引き金となるものがあって、事の最初からグレンは彼女に取り憑かれていたと思われます。おそらくは、ご存知のとおり彼女に手が届かなかったせいでしょう――ほかの女性のようにデートに応じてくれなかった。あるいは外見に関することかもしれない。それだって数限りなくある可能性の中の一つにすぎないわけだが、とにかくその何かがグレンの妄執を呼び起こし、そのために彼女の周辺で人殺しが起きるようになった、彼女の反応を見るために。服役中にその妄執はふくれあがり、彼を夢中にした。

「まずグレンは、復讐を遂げようとします、法廷で宣言したとおり。みなが共謀して彼の自由を否定した。やりたいことをする力を取りあげようとした。そいつらには罰が必要だ。最初は妹、簡単だからです。すぐに怯えるし、責め苦を与えることもできる。だがグレンは用心していたので、手早く始末した。それでも近所の猫を連れてきて、殺す前にシェリー・ジェフリーズを恐がらせずにいられなかった。これは偶然でしょう――妹の家に来た時に、近所で猫を飼っているとは知るはずがなかったわけですから」

「チャンスを見つけるや、ひっつかんだわけだ」とウィル。

「グレンはぼくがこれまで遭遇した中でもっとも頭が切れる殺人鬼の一人ですが、彼はナルシストであり、それは、こういうタイプの殺人鬼にとってアキレス腱になることが多い。やつは自分が聡明だと知っており、捕まるようなことがあるとは思っていない」

ヴィーゴはぶあついファイルの束をとんとんとたたいた。「グレンがどういうふうに犠牲者を殺したか。まず、肉体関係を結んだ。合意の上で。やつは女性から見て魅力があり、カリスマ性があり、威嚇的ではない。ごくごくノーマルです。ふつうの男性の一人。被害者は全員、グレンが見せたいと思っている彼の虚像しか見ていない」

ロビンを除いて。

ヴィーゴはウィルの心を読んだかのように、まっすぐウィルを見た。だがロビンのことには触れずに言った。「グレンはベサニー・コールマンを、彼女のベッドに拘束して殺した。皮膚を切り刻んで。切り刻むことに喜びを感じていたからではなく――グレンはそれを感じることができません――顔に浮かぶ反応を見るために。やつは彼女の反応を感じた。

「屁理屈をこねているように聞こえるでしょうが、グレンがなぜああいう行為をしたのか、理解してもらう必要があります。フーパー刑事、きみは報告書の中でも裁判の最中にもその点に触れている」ヴィーゴは続けた。「セオドア・グレンは、現実のどんな感情も感じることができないのです。少なくとも、みなさんやぼくが感じるようなごくふつうの人間の感情を。グレンは、感情がどのように作用するのか、自分が同じ状況に置かれたらどのようにふるまうべきかを知るのに、ほかの人間を観察しなければならない。彼の背景を掘りさげていけば、おそらく十代の頃に性的なのぞき嗜好が見つかると思います。彼はほかの人間がセックスで喜びを得ているのを見たものの、自分は同じ感覚を味わえなかった。他人を観察して、どう反応すればいいのかを覚えた。おそらくは両親から。妹とその恋人もあり得ます」

「ぞっとするわ」カリーナが言った。

「ほとんどの人間には例のないことです。ふつうは他人の、それも近しい人間の性生活など見たいとは思わない。だがグレンは、自分がどう反応するべきかを、ともかくも知らなければならなかった。書類上では彼の背景についてじっくりと目を通しました。彼についてわかっているのは、ごくふつうの平均的な上流中産階級の家庭に育った。両親は一見したところ、穏やかな結婚生活を四十年以上営んでいる。子供たちに特にしつけが厳しかったふうでもない。幼児虐待、性的虐待、心理的虐待、すべてありません。何か挙げるとしたら、グレン家はあまりに子供たちに甘かったとは言えるでしょう。だが、甘やかされた子供が自動的に連続殺人鬼に成長するわけではない。

「グレンはけた外れのやり手でした。学校でも、仕事でも、遊びでも。どんなことでも極限まで自分を追いこむのです。そして、殺人の衝動のきっかけとなる何かが起きた。殺すという行為から喜びを得たからではありません。彼は感じられないのだから。遺体があった場所も、誰かが発見できるようになっていた。誰かの目にとまるように。その反応が見たいわけです。狼狽を。恐怖を。苦痛を。それがグレンの生きがいなんです。七年前に見過ごされたのは、その点だと思いますね。

「遺体が発見された時、セオドア・グレンはまだ部屋の中に潜んでいたか、あるいはその知らせが被害者の家族や友人に届いた時にその周辺にいたか、どちらかでしょう。まちがいなく居たはずです。彼が殺すのは、殺害の喜びのためではなく、残された人々を苦しめるためなのです」

ウィルは拳を握りしめた。証拠が示しているのは、グレンがアナ・クラークを殺した――グレンはトリニティに殺ってはいないと主張したが――ということだ。仮に、グレンがバーにいるウィルとロビンを観察したあとでそこを去ってロビンのアパートメントに行き、アナがいるのにびっくりして彼女を殺した、としたら？　そしてそのままロビンの帰宅を待つ。ロビンがアナの遺体を発見した時、やつはそこにいたのだろうか？

「いいですか、刑事さん？」

全員がウィルを見ていた。ＦＢＩが何の話をしていたのはわからなかったが、ウィルはとりあえずうなずいた。

「つまり、すべては過去に関係がありそうです――といっても時間は七年前、彼が投獄された時で止まったわけではない」

カリーナが口を開いた。「でも、グレンがブランディの家から立ち去るのを証人が見てました。遺体は次の日、警察が発見したんです。グレンはその時、そこにいなかった」

「それは鋭い指摘ですね。同時に、わたしに説を裏付けてくれる」

「どういうふうに？」ウィルはこめかみを押さえながら訊いた。

「グレンは、ブランディの死を聞いた時の、特定の誰かの反応が見たかった」

ウィルはすでにコージー署長に話した。ＦＢＩにも知らせる必要があった。「最近聞いた話では、グレンはロビン・マッケナを追ってたようです。殺人があった頃、ストーカーまがいのことをしていた」

「筋が通りますね。さっき、グレンは彼女に取り憑かれてると言いました。それが昨日のロビンへの電話になった。グレンは服役中、ロビンの空想にふけったはずです。あの会話から、七年前の事件は彼女が焦点だったとうかがえます。犠牲者はみな彼女と関係があった――友人であり同僚であり。グレンはロビン・マッケナを苦しめて、どんな反応をするか見たかった」

「裁判でも、ロビンはグレンにとって、もっとも不利な証言をする証人でした」

「すると、グレンの気持ちはよけいに複雑だったわけだ。一面では彼女に取り憑かれ、別の面では責めていた。グレンはそのことは自覚してなかっただろう。自分の妄執ゆえに彼女を責めたとも考えられるが、グレンはそのことは自覚してなかっただろう。おそらくは、なぜ彼女が心に居座ってるのか、なぜ彼女に執着してるのかも理解できていなくて、すべてを引っくるめて彼女のせいにしていたと思うね」

「グレンは、ロビン・マッケナが恋人とセックスするところを見ていたと言ったら、あなたはどう考えますか」

「その恋人が生きているなら幸運だと思うね」

ウィルはそんな答えが返ってくるとは思ってなかった。「なぜです？　その関係――ロビンとほかの男の――のせいでグレンが彼女を追うことになりませんか？」

「そのとおり。そして、ロビン・マッケナを苦しめるのに、彼女と一番親密な関係にある男を殺すことほど効果的な方法はない。そいつを愛しているかもしれないんだ」ヴィーゴはフォルダを指で弾いた。「ミズ・マッケナは証人に立った時に、最初からセオドア・グレンが好きではなかったと言った。同僚たちとはちがって、グレンとは一度も出かけなかった。二人きりになることもなかった。ごくたまに、異常人格に敏感に反応する人間がいる。単に人間の心を読むのがうまいのかもしれない。まあ、このグレンのケースは感情の欠落を読むということになるわけだが」ヴィーゴはそこで口をつぐんだ。「それで？」

ウィルは言った。「事件当時、おれがロビンとつき合ってたんです」

「だと思ったよ」

ウィルは片眉を上げた。

「ぼくも人間の心を読むのがかなりうまいほうでね」ヴィーゴは半笑いを浮かべて言った。

「それがぼくの仕事なんだ」ヴィーゴはまじめな口調になった。「きみは二重にも三重にも警戒する必要があるぞ、フーパー刑事」

「ロビンとはもう会ってませんよ」

「そいつは関係ないな。きみは、やつには決して手の届かないロビンの一部をものにした。そこにきみの弱みがある。さらに、今はもう関係がなかろうと、きみに何かあれば、そのせいでロビンが苦しむのはわかっている。最後に、やつを刑務所に送りこんだのはきみだ。忌憚のないところを言わせてもらうなら、フーパー刑事、きみの命はロビン・マッケナよりはるかに危険な状態にあるかもしれん」

ウィルはヴィーゴの話を聞き流した。彼は警官であり、自分のことはむやみに心配していなかった。「署長の話では、役に立ちそうな情報があるとか」

「刑務所当局には、あらゆる往復書簡のコピーがある。例外は弁護士との秘匿特権情報だ。全部をまとめた中から十九人の女性をピックアップした。言葉は悪いが、一種のファンクラブのようなものだ」

「ファンクラブって」カリーナが口をはさんだ。「十九人の女性があの怪物を崇めてるの?」

「それはサンディエゴ郡に限った話でね。国内全土では二百人以上の女性がグレンに手紙を書いている。ただ、グレンがその誰かを利用しようとするなら、彼が今この街にいる——少なくとも昨日はいた——ことを考えあわせれば、まず地元の人間を選ぶ可能性が高いと考えた」

「やつはまだここにいますよ」とウィル。「あいつには計画がある。シェリー・ジェフリーズやフランク・スタージェンの殺害は、そのほんの一部にすぎない」ウィルはヴィーゴを見た。

「あなたが話してくれたことは、おれたちが七年前に導きだした答えとほぼ同じです。ちがうといえば、グレンが残された人間の反応を何らかの形で共有したがってるというあたりですか。しかし、それも筋が通ってる。特に、昨日やつからロビンに電話がありましたからね」

「さっきも言ったように、ここの警察は実に抜かりがない。ぼくが手を貸すまでもなければ、サンフランシスコに戻りますよ」

ウィルは首を振った。「いや、ここにいてもらいたいですね。そういうつもりで言ったんじゃないんです。第三者の冷静な目、にごりのない展望は、こういう複雑な事件では大歓迎だ」

ヴィーゴはうなずいた。「さっきの十九人だが、逃亡者をかくまいそうな可能性を考慮してランク付けにしてある。可能性が高いのは六人。彼女たちの名前と住所はわかるが、手紙の中には数年以上前のものもある。十九人全員に当たってみる必要があるだろう。だが、危険性の高い六人については、法執行機関の誰かが早急に話を聞くことが肝要だ」

「どうやってリストを作ったんです？」

「彼女たちは白人の独身女性で、年齢は二十歳から六十歳。全員が自分の名前で資産を所有しており、そこそこの専門職に就いている。グレンが文盲の女性に惹かれることはないだろう。その人物にはすでにテストが行われたと思う。おそらくは法的手続きの代行か何かをすでに頼まれたはずだ。彼女は命令に従い、グレンが満足できる結果を得た。だがこっちは、グレンがいったいどんなテストを課したのかわからないので、最近の彼女たちのどんな動きに目をつけるべきかは見当がつかない。誰も連邦記録には残っていないが、リストを渡すので、地元の逮捕記録をチェックしたほうがいい」

「グレンは本当にそういった女の一人と一緒だと？」コージー署長はそう言いながらディアス巡査にリストのコピーを渡し、チェックするように言った。ディアスは出ていった。

ヴィーゴはうなずいた。「まちがいなく、彼女たちの少なくとも一人とは連絡をとりますね。二、三人のあいだを回っていたとしても驚きませんよ。ただ、やつは用心に用心を重ねるでしょう」

「その女性が、チャンスがありしだい警察に通報するようなことはないって、どうして断言できるんですか?」カリーナが訊ねた。

「殺人犯とコンタクトをとるような女性は、必ず四つのカテゴリーの中の一つに当てはまる。第一カテゴリーは、怒りを表して地獄でくたばれとののしる女性」

「わたしはそれね」カリーナが言った。

「第二は、宗教的もしくは霊的なタイプで、殺人鬼のために祈る。そいつが神を見いだし、許しを請い、悔いて、悔悟の念を示すよう勇気づける。第三のタイプはいわゆるミーハーだ。有名人の記念になるものを集めて、自分のサインのコレクションを一つ増やすか、あるいは売り払うか。このタイプは文通を続けて知られざる事実を探りだそうとする。なかには反社会性人格が見え隠れする者もいて、囚人に自分を重ねる場合もある。だが概して、このタイプの女性は暴力的ではない」

「で、最後のタイプは?」とウィル。

「過去に虐待を受けていることが多い。その大半が、権威の象徴としての男性によるものだ。彼女たちはその虐待を心の中で正当化する。彼女らなりの理由付けによると、自分たちは虐待されるだけの理由があるわけだ。もしあれが、これが、それができたなら、その時は虐待されずにすむ。ドメスティックバイオレンスに遭う主婦によく似ている。彼女らは虐待者の中に長所が見えるんだ。なかにはばりばりのキャリアウーマンもいるんだから、おかしなものだ——聡明で、外見からはまさか殺人鬼と親密な友情を育んでいるとは思えない。だが彼女らは情緒的にかなりひずんでいる。世間の悪を救済したいと考えていて、手始めに、何であれ殺人鬼が望むとおりにしてやるわけだ。そいつのことを理解していると思いこんでいる。彼女らは思いやりがあって、ほかの人間なら目もくれない側面を殺人鬼に見つけ出す。だが彼女らと話をする時に、頭が悪いとか扱いにくいとかの先入観をもたないほうがいい。自分なら救えると思っている男を守るためなら、どんなことでも言いかねないし、しかねないからだ。彼は無実だとか、彼は誤解されているなどと考える場合もあれば、彼がそんなことをしたのにはそれだけの理由があると言い出すこともある」

カリーナがあきれたように首を振り、ウィルが口を開いた。「グレンはすでに人を操ることに長(た)けている。誰であろうとまず、あれは冤罪だったと納得させられるでしょう」

ヴィーゴは賛成した。「魅力的で、とてつもない金持ちだという事実を考えあわせると、こういう女性にはどの角度からでもアピールするだろうな。このタイプには、いわゆる家庭的な外見の女性が多い。信頼する人間からそう言われていることもある。だが、肉体的な外観は主要な指標ではなくてね。情緒的な未成熟さと、事前の虐待——精神的なものでも肉体的なものでも——そいつが鍵になるんだ」

「欲についてはどうです?」ウィルが訊いた。「グレンが金を隠匿してることはまちがいない。助けてもらうのに、やつが彼女らに金を払ってるとしたら?」

「ことはそう単純ではないが、全体像の一部ではあるな。その女性にとってははした金とも言える金額で、ちょっとしたものが手に入ると思ってるのかもしれない。グレンはこの数年のあいだに金を動かしている」

ウィルは背を伸ばしてすわりなおした。「やつの金は委託されてるんじゃ」

コージー署長が口を開いた。「それは一部だけで、全額ではないんだ。裁判所命令による損害賠償に必要な資金だけが委託になっている。やつには膨大な資産と、処理が可能な有価証券がある」

ヴィーゴが口をはさんだ。「うちの財務の専門家がやつの金の動きを追ってるところだ。二十五万ドル以上の金額がやつの法律事務所に支払われているね」

「しかし、やつは自分の代理人をしてるのに」

「グレンは調査をさせて報告書をととのえるために会社を雇ってるんだ。前例のないことじゃない」ヴィーゴが言った。「自我の中の誰かが考えつくのさ、金は、犠牲者の遺族や州や自分の死後に両親の手に渡るよりも、代理人に与えるほうがまだましだってね。なぜなら今、グレンが処刑されたら、すべての資産から損害賠償を差し引いたものが、両親のもとにいくからね」

「子供を二人とも失ったせめてもの慰めね」カリーナが言った。

ドアにノックの音がして話が中断し、ディアス巡査が入ってきた。「刑事、六人の女性を逮捕記録と照合した結果です」

「それで？」

「一名だけ該当者がいました。ジェーン・プラマーです。十年前にドラッグで逮捕され、執行猶予がつきました。それから九年前はわざと逮捕されて、これも執行猶予でした。逮捕した警官と話したのですが、問題は彼女ではなく恋人にあったみたいですね。ただ、彼女は死ぬほど怯えていて口を割らなかったようです。そいつは六カ月食らい、彼女は執行猶予でした」

「男の名前は？」

「ハビエル・ロドリゲスです」

「今はどこに？」

「死亡してます。過剰摂取で六年前に」

「どう思います？」ウィルはジェーンの記録に目を通しながら訊いた。「みごとに人畜無害、ロドリゲスが過剰摂取で死んでからこっちはきれいなもんだ」

「かっこうのカモだろうね」ヴィーゴが言った。「おそらくは罵詈雑言を浴びるような関係をすでに一度くぐっている。まちがいなく調査が必要だ。それから、われわれの対象についてさらに掘りさげられるか見てみよう」

「ちょっといいですか」カリーナが言った。「その女性たちがグレンに脅された可能性があるのはわかりました。ただ解せないのは、グレンはこういう事態にどうやって備えておくことができたんでしょう？　だって、彼が地震を起こしたわけじゃない。チャンスを利用しただけです。あなたの話だと、グレンはずっと前から何か企んでたようですが」

ヴィーゴがうなずいた。「目のつけどころが鋭いな、キンケード刑事。ぼくは、やつがずっと脱走を企んでたと思ってる。ただ、サンクエンティン刑務所からじゃない。グレンは法律事務所を通じて三回移監を申請し、すべて却下された。だが二カ月前、やつは刑務所内のちんぴらにこっぴどく叩きのめされて、再度申請した。この嘆願は同情的な裁判官のせいで保留になっている。もし、グレンが脱走を企んでいたとすれば、おそらくはこの移監の時に、外部の手を借りて実行するつもりだったと思う。大ばくちではあるが、サンクエンティンからの脱獄よりははるかに可能性が高いだろう。

「セオドア・グレンがひじょうに裕福であるのは言うまでもない。やつの財政状況は注意深く観察されているが、やつは弁護士だ。そして、法廷制度で働く人々の大半は、ただ危険信号を見逃さないよう注意するだけだ。やつはおそらく、逮捕された場合に備えて財政的な対策を整えていたと思う。かなりの金額を隠していてもおかしくない。そしてぼくの推測では、その女たちの一人が資金プールの鍵を握っている」

「ネット犯罪対策班にダグを呼んで、グレンの法律事務所の財政状態を追ってもらえるか、聞いてみよう」ウィルはメモをとりながら言った。

カリーナがまた質問した。「だけど、あいつはどうしてブランディ・ベルを殺したあとで逃げなかったの？　なぜ危険を冒してジェシカとアナを殺したのかしら」

ウィルが答えた。「スリルのためだろうな。まんまと逃げおおせるはずだった。おれたちの失態をおれたちに思い出させたかった。居眠りしてるフランクの写真を撮るなんて——傲慢もいいとこだ。自分の知性のほうがおまわりに勝ると思ってたんだろう」

「それならどうして裁判の時に、写真を使わなかったんでしょう？」ディアスが言った。

「自分のアリバイが吹っ飛ぶのに？」ウィルが首を振った。「七年前、やつはおれらより一歩先んじてた。犠牲者に選んだのも、大衆からそれほど同情を引きだせない女たちだった。社会はストリッパーも売春婦も同じようなものと見てたからな。そしてやつがミスを犯した時、運はやつについた。鑑識が証拠を汚染したせいでね。だがあいつは自分が危うく逃れたことを知って、漂白剤を使うようになった。犠牲者を苦しめるためだけでなく、うっかりあとに残したかもしれない証拠を隠滅するために。やつはおそらくもっとたくさんフランクの写真を撮ってると思う。誰のためでもなく自分のためにね」

「そのとおりだろう」ヴィーゴが言った。「ただ、最後の一点はちがうな。グレンは常にその写真を利用しようと思っていたはずだ。ぼくも、やつはもっと隠し持ってると思うね。ただ、それを利用するチャンスが訪れる前に、きみがやつにストップをかけたのさ」

カリーナが言った。「たしか、あいつはアナハイムで盗難車を乗り捨ててたわよね。グレンに手紙を書いてた女性の中に、オレンジ郡周辺の人はいるかしら？」

ヴィーゴはうなずいて、ファイルを見た。「三人いるな」

「彼女たちも当たったほうがいいかもしれないわね」

「名案だな、刑事。オレンジ郡支局に電話して、今日中に当たらせよう」

「こっちはサンディエゴの十九人に着手する」ウィルは言った。

「もう一つ、考慮しておいたほうがいいことがある」ヴィーゴはそこで口をつぐんだ。

ウィルはうなずいて言った。「もうすんでます」

ヴィーゴが片眉を持ちあげた。

「セオドア・グレンがアナ・クラークを殺してないと記者やロビンに言ったことについて、おれが信じてるかどうかですね」

ヴィーゴがうなずいた。

「実は事件のファイルを見ているところです。もし別の殺人者が野放しになってるなら、そいつを見つけださなければならない。だが正直言って、これもやつの罠のような気がする。メディアには、グレンが犠牲者に漂白剤を使ったことは一切流さなかった。実際の裁判で、初めて表沙汰になった」

「グレンがもし真実を言ってるなら、その時は誰がアナを殺したにしろ、それは事情を知っている内部の人間の仕業だということになる」

「わかってます」ウィルは居心地悪げに体を動かしながら言った。

アナ殺害についてグレンが実際に無実なら、ウィルの知っている誰か——おそらくは信用している誰か——がアナを殺したことになる。

「しかし、なぜ？」

「それは」ヴィーゴが静かに言った。「ぼくにもわからん。とにかくロビン・マッケナと、グレンの起訴に関わった全員とまず話がしたいな」

「いいですよ。おれが一緒でもよければ」

「お願いするよ、フーパー刑事。実のところ、絶対にアナ・クラークを殺してないとぼくが信じられるのは、きみだけでね」

18

ロビンは水曜日の午前中を射撃練習場ですごし、それから店に行った。入り口を監視しているマリオ・メディナの部下に会釈する。名前は覚えていないが、ロビンの店で一番大柄な用心棒よりさらに大きく、彼を雇うだけのゆとりがあれば、すぐさま雇い入れていただろう。たったのひと睨みで、よこしまな意図を抱くやつらが逃げだしていくほどだ。一目散に。

「相棒はどうしたの？」マリオは店に常時二人貼りつけてくれているのを知ってたのでそう聞いた。

「見まわってます」図体の大きい男は言った。

それでじゅうぶんとすべきだった。

セキュリティを強化したおかげで気持ちはずいぶん楽になった。先手をとっているような気分。もはや犠牲者ではなく、みなが思うとおりの強靭で自立した女性。

仕事に集中しようとオフィスに戻ったが、前の晩にウィルとキスしてからというもの、彼を――というより、自分がウィルを置き去りにした日のことを――心から閉め出せずにいた。

あの日、アナが死んでいるのを発見したあと。店は閉まっており、ロビンは自分のアパート

メントに足を踏み入れたくなかった――その中でアナがどんな目に遭ったかを考えると、とうてい戻れなかった。ロビンは行くあてもなく、話をする相手もいなかった。ウィルが命綱だった、力だった。

ロビンが警察での供述を終えると、ウィルは海辺にある自分のテラスハウスにロビンを連れ帰った。警察のバスルームでざっと洗っていたが、シャワーは浴びてなかった。たとえ目には見えなくても、まだ全身がアナの血にまみれているような気分だった。もう二度とあのにおいが鼻から消えることはなく、口にあの味がしなくなることはなく、あのぬるぬるした感触が両手からなくなることがないような。

「シャワーを浴びるといい」ウィルが言った。

「一人にしないで」ロビンは救いようのないような人恋しい気分で懇願した。怯えてもいた。怯えさせられるのはいやだった。

ウィルがそっとロビンの髪を撫でた。「そんなことするもんか。できるものならきみが見たことを消し去ってあげたいよ。おれがすべてを変えられたらいいのに。本当に大変な目に遭ったね」静かに唇が触れた。かすするように。慈しむように。

「一緒に来て」ロビンが言った。

ウィルはためらいを見せた。それは一瞬ではあったが、ロビンは自分を愚かしく感じた。すがりつく女。「仕事があるのはわかってるわ、大丈夫よ」

「ちがう、そのせいじゃないんだ。ただ——本気なのか？」

ロビンはうなずいた。

ぶかぶかの服が脱がされた。着ていた服は証拠として押収されてしまった。アナの血の海に倒れこんだからだ。ロビンの体も両手も顔も、血に染まっていた。自分が何の上に倒れたのかわかってなかった。もがきながら起きあがって明かりをつけるまでは。

そして見たのだ……

ロビンは泣きはじめた。「頼むよ、ロビン、泣かないでくれ」ウィルの手のひらが涙をぬぐい去った。やがて彼も服を脱ぎ、二人は手をとりあってシャワーを浴びた。ロビンはむせび泣き、ウィルが体をこすった。「もっと強くこすって。まだそこら中血まみれだわ」

「もう大丈夫だよ」

「お願いよ」

ウィルは力まかせにこすり、ロビンの肌は赤く、湯がしみるようになった。髪は三回洗った。体を洗うのにウィルの石けんを使ったので、ロビンはウィルと同じにおいがした。それで心が少し落ちついた。ウィル・フーパーに包みこまれていれば、身を寄せて生きていける。ロビンはずっと、二人がもっているものともっていないものについて考えてきた。ウィルはロビンがストリッパーだと知っているが、それでもこれまでに会ったどの男性よりも深い気づかいと思いやりを示してくれた。そこには何かがあった。今までの人生にはなかった何かが。

二人はベッドに入った。ゆっくりと、情熱的に、悲劇によって一つになった二人は周囲をとりまく悪意から美しいものを紡ぎだした。そしてロビンは眠りに落ちた。目覚めてみると、彼女を抱いていたウィルがいなかった。

「どこに行くの？」

「合流しなきゃならん。鑑識がアナとセオドア・グレンを結ぶ証拠を見つけたんだ。地方検事はすでに令状を請求してるらしい。おれはやつの連行に立ち合う必要がある」

ロビンは身を起こし、全裸の体にシーツを巻きつけた。「わたしも連れていって」

「それは無理だよ、わかるだろう」

「アナを救うのに、わたしにも何かできたはずだと思わずにいられないのよ」涙はすでに枯れ果てていた。

「きみは知らなかったんだ」

「知らなかったって、何を？」

ウィルはズボンに足を突っこんだ。「アナがグレンと関係をもってたって。アナは、おれたちがブランディ殺害のあとでまとめたターゲットのリストには載ってなかった。やつはアナを張ってたはずだ。ビッグ・ベアから早めに帰ってくると知ってたんだ」

ロビンは目をぱちぱちさせながら、ウィルがシャツのボタンをとめるのを見ていた。「アナはグレンと関係をもったりしてないわ」

「何でやつが手口を変えようとする?」ウィルはかぶりを振った。「おれはあのひとでなしに尋問した。やつのゲームはわかってる。セックスした相手の女を殺すことがお楽しみの一部なんだ。一種の逆妄念か。ふつうは拒絶が引き金になって、グレンのような男のエゴが動き出すんだが。ストレス要因がそいつを殺人モードへ追いこむんだ。だがグレンに関しては、自分を信頼する相手を殺すことにスリルを覚えてる。問題は単に被害者だけじゃない。誰が被害者を見つけるかも大事なんだ。やつの望みは、きみがアナを発見することだった」

ロビンはかぶりを振った。「ちがうのよ。アナは絶対グレンとセックスしたりしない」

「どうしてそう断言できるんだ」

「そうなんだもの」

「どうして」

「アナはレズビアンなの、わかった?」ロビンは腹を立てて言った。「十三歳になったばかりの時に実の父親にレイプされた。それが誕生日プレゼントだったの。父親の性的虐待は続いて、アナは二年後に家出した。警察に保護されて家に戻ったけど、彼女は怯えきっていて、父親に何をされたかなんて一言も言えなかった。そして虐待はそのままさらに半年続いたのよ」

「悪かった」ウィルの声音には、アナという少女と、彼女がくぐり抜けてきたトラウマに対する心からの気づかいが感じられた。そういうところも、ロビンが恋に落ちたさまざまな理由の一つだった。ウィルの思いやりは無限だったが、それが憐れみになることはなかった。

「アナはまた家出したの。その時は頭を働かせて、年を偽り、にせのＩＤも手に入れて、〈ＲＪ〉で働きはじめたわ。ＲＪが彼女を雇った時、未成年だとわたしにはわかったけど、ＲＪは聞く耳を持たなかった。捕まるようなことになった時、自分は知らなかったと言い抜けられれば、彼はそれでよかったわけ」ロビンは目を閉じた。「アナは本当に怯えてた。だけど舞台はしっかりつとめてたわ。ストリップをしてると、男に君臨してるような気がするって言ってたことがあった。父親と一緒だと、そんなこと絶対できなかったのに。店にもう一人レズビアンの子がいて、アナとその子は親しくなった。アナはここへ越してくる時にわたしに言ったわ、実はレズビアンなんだけど、かまわないかって。わたしは問題ないって答えたの」

「両刀使いの可能性は？　彼女は若かった、たぶん――」

「あり得ないわ」

ウィルはロビンを凝視した。「絶対に？」

「絶対に。彼女はセオドア・グレンに対して、わたしが最初に示したのと同じ反応を見せてたもの。アナが男と寝ることはあり得ないし、ましてやグレンとだなんて、絶対に考えられない」

ウィルの表情が強ばるのがわかった。何を考えているのだろう? どういうこと? これがそんなに重要な意味をもつのだろうか。

「ロビン、本当のことが知りたい。きみはセオドア・グレンと寝たことがあるのか?」

ふいに殴りつけられたような気がした。「寝てないって言ったでしょう。わたしがやつをどう思ってるか、知ってるはずよ」

「ずっと昔にそういうことがあったんじゃないか? やつの以前の恋人が次々にターゲットになってるから認められずにいるとか。やつはアパートに、アナではなく、きみがいると思ってたのかもしれない。アナはビッグ・ベアに行くってみなに言っていた。ところが彼女が帰ってきて、動揺したグレンは代わりにアナを殺した」

「わたしは一度も彼と寝てません」

ウィルはじっとロビンを見つめたが、その目は、きみを信じきれないと告げていた。

ロビンはベッドから出た。生まれて初めて、自分の裸を恥ずかしく感じた。ウィル・フーパーに差しだした心は、ずたずたに引き裂かれた。

「おれがどうしてきみを信じきれずにいるか、わかるか」ウィルが静かに聞いた。

ロビンはぶかぶかのジーンズと小さすぎるトップをつけた。目の奥が熱く、今にも涙がこぼ

れそうだったが、この男の前では泣くまいと決めていた。二度と泣くものか。

「わたしがストリッパーだから？」

「ちがう、やつの手口のせいだ。あいつは決して――」

「くそ野郎、ウィル・フーパー」

ロビンは海辺のテラスハウスから走りでた。

「ミズ・マッケナ？」深みのある男の声がインターコムから聞こえてきた。ボディガードだ。

「はい？」

「トリニティ・ラングが会いたいと言って来ています。約束はしていませんね」

ロビンは眉をひそめた。記者と話すのは好きではなかったが、トリニティ・ラングは裁判の時に公平な扱いをしてくれた。活字メディアとはちがって、被害者はストリッパーだとしつこくくり返すこともなく、彼女たちもほかの被害者と同様、純粋に正義を受けるに値するはずだという姿勢がうかがえた。

だが、どうして、記者がロビンに会いたがるのか？　警戒心がつのった。特に今は。

「何が目的なの？」

一瞬ののち、声がした。「完全にオフレコだそうです」

オフレコ。トリニティを信じていいものかどうかわからなかったが、好奇心がうずいた。

「わかったわ、奥に案内して下さい、ありがとう」

ロビンはオフィスの中で自分の感情を封印すると、〈奥の間〉のバーでトリニティを迎えた。

トリニティは笑顔でボディガードに礼を言った。「こちらでは、とんでもなくセクシーなスタッフを抱えているのね」

「お客さまには五感全部で楽しんでいただきたいですからね」

「会うことにして下さってありがとう」

「まだそうと決めたわけではないわ」

トリニティは開きかけた口をいったん閉じた。そしてうなずいた。「会うだけの価値はあると思うわ」

「いい意味でも悪い意味でも、あなたには何の価値もないの。ただ、名の通った記者の中であなただけが、わたしの友人たちを売春婦のような扱いにしなかった。今回は、その心づかいに応えたわけ。でも、わたしはマスコミと話はしないし、引用されるのもごめんだわ」

トリニティは大きく息を吸った。「先日の夜、セオドア・グレンがうちに来たの」

ロビンは倒れる前に腰を下ろした。ウィルはそんなことは言ってなかった。「何があったの？」

「あいつは部屋に押し入ってきて、わたしをベッドにくりつけた。生きた心地もしなかったわ」

「当然だわ、相手は殺人鬼よ。あなたはずっと裁判を傍聴していた。あいつはわたしの友人に何をしたか、知ってるわね」

トリニティはうなずいた。「あいつはわたしに、ベサニー、ブランディ、ジェシカは自分が殺したと認めたわ」

ロビンはまばたきをした。世界が傾き、何もかもがぎらついて見えた。「それで、アナは？」

トリニティがかぶりを振った。「アナは殺してないと、言い張ったわ。断固とした調子でね」

「あの男を信じちゃだめよ」押し殺した声がふるえる。胆汁を飲みくだした。

「ふつうなら信じないわ、でも……」

ロビンは記者を睨みつけた。「あなたがこれを記事にしないなんて、わたしには信じられない」

「あなたのことを書くつもりはないわ。被害者のことも。でも、わたしの身になってちょうだい。殺人犯が目の前で、三人の殺害を認めながら、四人目は否定したのよ？　そんなことをして、いったい彼に何の得があるの？」

「新聞に記事が載るわ。あいつにとってはチャンスなのよ。時間稼ぎをして、計画してることを実行に移すつもりなんだわ！」

「だけど――」

「そしてあなたはそれに乗るのね?」ロビンは苛立っていた。「あなたがそれほど愚かだとは知らなかったわ、トリニティ」

記者の顔がこわばった。「愚かなままでいるつもりはないわ、ロビン。自分が何をしてるかわかってるつもりよ」

「そうかしら?」

「あいつはウィル・フーパーを狙うつもりよ」

「メディアに警告しましょうか」ロビンは皮肉っぽく言いながらも、恐怖に胸を刺し貫かれていた。ウィルが死ぬようなことになってほしくない。「それはすっぱ抜きでも何でもないわ。あいつはスタージェン刑事を殺した。自分を逮捕した片割れを殺ったのだから、ウィルを狙うのも当然でしょうね」

「ウィルの場合は個人的なことよ」

「殺人はいつだって個人的なことじゃない?」

「どうしてあなたがわたしに質問するの?」

「どうしてあなたはセオドア・グレンの行動に乗るの? わたしはあの男を知ってるわ。あれほど人を操るのがうまい人間はいない。あの男はそういった歪んだゲームの上にのさばっていくのよ」

「あいつは、あなたとウィルのことを知ってるわ」トリニティが静かに言った。

そうだ、見られてたんだ。あの夜、バーの中で。

昨晩のウィルの言葉が脳裏によみがえった。

ウィルから、グレンが二人を観察していたとは聞かされたが、その情報をどこから手に入れたのかは訊ねなかった。これで話の筋が通った。反吐が出そうな、ねじれて、汚らわしい話の筋が。

ロビンが口を開いた。「ウィルにその話をした？」

トリニティはうなずいた。

「ほかには？」

「誰にも」

「本当に？」ロビンは立ちあがると、お気に入りのレポサドをショットグラスに注ぎ、瓶を戻した。なめらかで風味ゆたかなテキーラが五感をうるおしていく。

「ウィルにも二人だけで話したの。公式記録には残したくなかったから。とんでもないミスをしでかしたのかもしれないけど、でも、わたしはウィルが好きなの。この件で彼を傷つけたくなかった」

「何を欲しがったの？」

「ウィルが？」

「グレンよ」

「あいつの望みは、誰がアナ・クラークを殺したか探りだすことよ」

ロビンはカウンターを拳で殴りつけた。「自分がアナを殺したくせに！」ロビンは叫んだ。

背中を向けて頭を下げ、両手を膝に置いた。深呼吸をくり返す。わたしったら、いったいどうしたの？　セオドア・グレンは思いどおりにわたしを壊しつつあるのだろうか。ああ、神さま、わたしを苦しめるためにウィルが狙われるようなことがあったら。どうしてこんなことに？　グレンの誘いを拒絶したから？〈ＲＪ〉で一度もグレンのちょっとしたゲームに乗らなかったから？　それとも、彼女にはグレンが何者で、何を企んでいるかが正確にわかっていて、巧みに彼を避けて通ったからだろうか。

本当に人を殺すとは思っていなかったのだ。

あんなことが起こるまでは。そして、考えざるを得なかった。どうしてもっと早く気づかなかったのか。阻止する手段を探さなかったのか。

「あいつはあなたが欲しかったんだと思う」トリニティが静かに言った。「あの時あいつが言った言葉の中で、あなたとウィル・フーパーの関係が嘘じゃなかったとわかって初めて、腑に落ちたことがあるわ」

　ロビンはぎゅっと唇を引き結んでトリニティを見つめた。

「ウィルには言ってないの。言うつもりだったのだけど、グレンがあなたたちを観察してたって話したら、何だか動揺したみたいで」

「彼に言ってないことって、何なの？」

「あなたが次に狙われるはずだった、でも、あなたはあいつと出かけるのを拒否した。そしてあいつは怒りくるった」

　その言葉が心に浸透した。ロビンは立っていられず、のろのろとスツールに腰を下ろした。

「グレンは嫉妬していたと思うの」トリニティは静かに言った。

「嫉妬？」

「ウィルに対して。あなたがグレンじゃなくてウィルを選んだから。だから、あいつはその代償を支払わせたがってる。あなたなのか、ウィルなのか、正直なところ、わたしは精神科医じゃないからわからない。でも、あいつがあなたたち二人に取り憑かれてるのは、話をした時にはっきりしたわ。それでお願いがあるの、ロビン」

「お願い？　わたしに何ができるっていうの？　わたしはセオドア・グレンと話す前に撃つわよ」

「グレンはアナ・クラークを殺してないと思う」

ロビンはトリニティに懇願した。「あいつの言葉なんて一言たりとも信じないで！　あいつは殺人鬼なのよ。どうして聞く必要があるの」

「わたしは公判記録も、すべての証拠もくり返し見直してきた。アナはプロファイルに当てはまらないのよ。グレンと関係をもったことがないの」

「連続殺人犯はしょっちゅう手口を変えるのよ」ロビンが言った。この数年で、連続殺人犯にまつわる本ならいやになるほど読んだ。なぜアナが死んで自分が生き残ったのかを知ろうとして。なぜセオドア・グレンはまず彼女の友人を殺したがったのかを知りたくて。納得のいく説明はなかった。彼女が殺人犯のようにものを考えられないからかもしれない。

「あなたの証言に、アナは母親に会いにビッグ・ベアに行ってるはずだったというのがあったわ」

「そのとおりよ」

「一週間、アナは向こうにいると思っていたのね」

「ええ」

「だのにアナは、たった二日で帰ってきた。どうして彼女はあの夜、部屋に戻ったの？　どうしてあなたは知らなかったの？」

ロビンはもう長いあいだ、同じことをずっと疑問に思っていた。

「アナがどうしてわたしに電話しなかったのか、わからないの。だけどアナは一人でいるのがきらいだった。お母さんの到着が遅れたから、ちょっとだけ家に戻ってきて、週末にまた行くつもりにしてたのかもしれないわ。ちょっと複雑な母娘でね、あの当時はわたしもよくわかってなかったのよ」

「でもあなたは、〈ＲＪ〉の人間はみな、アナが一週間出かけていると思っていたはずだって証言してるわ。秘密でも何でもなかったわけね」

「何が言いたいのか、よくわからないんだけど」

「アナはもともとのターゲットじゃなかったのよ」

ロビンは記者を凝視した。

「あなただったんだと思う。だから、あなたを殺したかったのは、セオドア・グレンじゃなかったと思うの。グレンがアナを殺してないといった時、わたしは彼を信じたわ。ほかにも敵がいたの、ロビン？　ほかに誰があなたの死を願ったのかしら？」

19

FBIとのミーティングは、ウィルの携帯電話が鳴ったところで散会した。最初は、画面にロビンの店の番号が出ているのを見て驚いたが、すぐに、何があったんだと心配になった。

「フーパーだ」

「グレンが記者の家を襲ったって、どうして話してくれなかったのよ?」ロビンが詰問してきた。

「トリニティのことか?　おれは——」

ロビンがたたみかけた。「グレンがトリニティにわたしたちの話をしたことも！　グレンがアナ・クラークを殺してないって吹聴してることも。わたしに何も教えてくれないなんて、信じられないわ！」

「ロビン、落ちついてくれよ。そっちに行くから、この件については——」

「何を話す必要があるの?　あいつの言うことなんて信じてないんでしょ?」

ウィルはごくりとつばを飲んだ。自分が何を信じているのかわからなくなっていたが、事実を見つめる必要はあったし、現時点では、グレンはどうもアナ殺害に当てはまらないように見えた。アナの死についてグレンが無実だと公表する準備はできていなかったが、コージー署長からは、ヴィーゴ捜査官と極秘でこの件を掘りさげる許可が出ていた。ヴィーゴはもし何かまずいことになれば、非難の矢面に立つこと——身代わりとしてメディアの前に姿をさらすことも含めて——に異存はなかった。このことで、ヴィーゴは一挙にウィルの〝いいやつ〟リストの上位に進出した。

「そうなの、あなた、あいつを信じるのね。どうしてそんなことができるの、ウィル？」

「ロビン、会って話を——」

ロビンが電話を切った。

ハンス・ヴィーゴが寄ってきた。「何か問題でも？」

「ロビン・マッケナだ。どうやら、グレンはルームメイトを殺してないという可能性は受け入れがたいようだ。くそ、なんでトリニティは最初にロビンのところに行ったんだろう」

「答えを探してるんだ。ロビンがなにか大事なことを知ってると思ったのかもしれない」

「知りませんよ。それでなくても彼女はじゅうぶんトラウマを抱えてるのに」

「あとでロビン・マッケナと話す必要がありそうだな。本人が重要だと自覚しないまま、大事なことを知ってる可能性もある。もし、グレンが本当にアナ・クラーク殺害に関しては無罪なら、すべきことが山ほどあるぞ」

「内密のうちに」ウィルがつけ加えた。

「そのとおりだ」ヴィーゴが一瞬口をつぐんだ。「きみはジム・ゲージについて、何を知ってる?」

「まさか――」

「グレンが有罪じゃないなら、証拠収集の知識とアクセス権のある人間を調べる必要が――」

「ジムのことはおれが保証します。彼はおれの相棒と三年間つき合ってた。おれにはとてもジムに殺人ができるとは思えない――おれが知るなかで、一番ものに動じない人間だと思う」

「おそらく、彼にはこの件に加わってもらう必要が出てくる。だが彼には、一切口外してもらったら困るんだ。それからきみは、例の記者と話したほうがいいな」ヴィーゴがつけ加えた。

「もしあのまま口を動かし続けていたら、悲惨な状況のど真ん中に身を置くはめになるぞ」

「同感ですね。しかし、グレンがおれたちをいたぶってるだけだなんて考えないで下さいよ」

「そうは思ってないさ。だが、やつにいったいどういうメリットがあるのか、それが見えなくてね。ぼくらが、誰か別の人間がアナ・クラークを殺したようだという事実を受け入れる、すると、それぞれの犯罪現場の詳細を知ってる唯一の人間は、少なくとも、三つの犯罪現場の一つに参加した誰かということになってくる」

サラがセオドアに朝食をつくった。サンクエンティン刑務所に送りこまれて以来、最高の食事だった。サラは料理でも外見でも、あのぱっとしないジェニーより格段によかった。これなら慣れてもよさそうだった。

サラにカラリングをさせられるだろうか。ブロンドの髪を暗赤色に染めるのだ。

「あと一日、二日は静かにすごすつもりだ」

「いつ出発するの？」

「なぜだ？」

「聞いてみただけよ、荷造りがあるから――」

「知っておくべき時がきたら知らせよう。今はとにかく、おれの金が必要だ」

「ちゃんと言われたとおりにしてあるわ」

「パスポートは？」

サラはうなずいた。「あなたが教えてくれた外国の口座番号と一緒に、貸金庫の中よ」

「パスポートと口座情報をとってこい。コンピュータをもってるな？」

「ええ、階下に」

「おまえが出かけてるあいだに、おれは金を移動をさせてその痕跡を消しておく。おまわりがそれに気づく頃には、おれたちは南米の空の下だ」

「向こうで見つかったらどうなるの？」

どなりつけたい衝動をかろうじて抑えた。ばかな女め。平静を装って言った。「金があれば自由はそれなりに手に入るものでね。まあ、そこはおれがやる」

「もちろんだわ」

「パスポートと口座情報を手に入れたら、おれのところに持ってこい。それからもう一つ仕事がある。重要だぞ。手紙を届けてくるんだ。ただし、絶対に監視カメラに姿を捕らえられないこと。できるかな？」

サラはためらいもせず、うなずいた。「いつ、どこへ？」

セオドアはにやにやしながら立ちあがった。ばかな質問をした女への怒りは忘れていた。

「こっちへ来い」

まだサラを殺すべきか、やめるべきか、決められずにいた。彼女ののどを切り裂きたいというさし迫った欲望もない。殺すとしたら、単なる目的達成のための手段だ。だが、生かしておくかもしれない。彼女が逃亡犯の隠匿と教唆の容疑で警察に捕まった時、その苦境を伝える新聞記事が目に浮かぶようだった。彼にとっては格好の暇つぶしになりそうだ。その頃にはおそらく、ゆたかな富で居心地よく、南米をあちらこちらと渡り歩いているだろうから。

当然、一緒に連れていくつもりはなかった。人生のお荷物だ。

セオドアは激しく彼女にキスして、両手を乳房に置いた。目を閉じて、ロビンがここにいると想像する。朝食のにおいのせいで、ロビン・マッケナがウィル・フーパーと一緒にいるところを初めて見た時のことを思い出した。フーパーの家のキッチンだった。ぐっと拳を握り、呼吸が速くなった。

サラが彼の下で息を飲んだが、セオドアはまったく気にしなかった。サラじゃない。ここにいるのがサラであるはずがなかった。

彼女をテーブルの上に押し倒した。もう何年も前に、ロビンがとったのと同じ体位だ。セオドアはロビンの恋人役で、あの時のウィリアムとまったく同じことをした。

彼は海辺から見ていた。双眼鏡を開いた窓のほうに向けて。二人はお互いに夢中だった。着ているものは半分しか脱いでいなかったが、どちらもそれに気づいていなかった。ロビンは自分の上の刑事を押しさげて、テーブルの上にあお向けに倒れた。グラスが床で砕けた。

セオドアはコーヒーマグをテーブルからはたき落とし、磁器が砕け散った。

刑事はロビンの上でずり下がっていき、口で性器を愛撫した。ロビンの背が弓なりになって、長い髪がテーブルの端まで広がった。

サラのドレスをめくりあげて顔を隠した。彼女の顔を見たくなかった。見られなかった。ここには彼のためにロビンがいるのだ。ロビンが背を弓なりに反らして、めちゃくちゃにしてと懇願してるのだ。

ロビンは刑事を引っぱりあげると、男のものを自分の性器に導いた。硬く、早く、激しく。突かれるたびに二人の下でテーブルが動いた。

セオドアは女の手を脈打つペニスにあてがった。女は察してそれを受け入れた。

「テディ！」ロビンが叫び声を上げた。

彼は首を振ってテーブルを見下ろした。ドレスがずれて、ロビンの顔はサラに変わっていた。目を閉じ、開いて、自分がどこに、誰といたのかを思いだした。彼は挿入したまま萎えた。

「ああ、テディ、愛してるわ」サラはぐにゃりとしたペニスで絶頂を迎えた。

彼女を殺したかった。彼女のせいで幻想は打ち砕かれた。満足を得られないままいらいらしていた。

彼は女を押しやると、ドアに向かって歩いた。

「言われたことを片づけてこい。それから次は、やってる最中は口を閉じとけ」

20

ロビンは午後にまた射撃練習場に戻った。ハンクは驚きながらも何も言わなかった。ありがたい。説明する気になれなかった。今はまだ。

　いいいいいいいいいいいい、ほかに誰があなたの死を願ったのかしら？

　誰だろう？

　続けさまにターゲットを撃ち、弾倉を空にした。紙のヒト形に大きな穴が一つできた。胸のところに。

「ちょっとしたコツを教えようか」

　マリオ・メディナが背後に来ていた。銃をよこせと片手を差し出す。ロビンはグリップを向こうに向けてマリオに自分の銃をわたした。マリオは再装填して言った。「なかなかの腕前だ。だが、〝3のルール〟というのがあってね」

　マリオが別の紙製ターゲットをセットした。

「いいか、発砲すれば必ず、わずかなりとも銃は上に引っぱられる。その自然の勢いを生かすんだ。きみはいい腕をしてるが、ターゲットは動かないと決めてかかってる。低めに狙って、銃の勢いを自分の動作に組みいれてみろ。視線はターゲットの目から離さないこと。そうすれば、そいつがどっちに動こうとしているかすぐにわかる」

マリオは三発連射した。足のつけね、胸、頭のど真ん中を撃ち抜いた。

「わたしの撃ち方でも、ターゲットはやっぱり死ぬわ」

マリオはうなり声でいちおう賛同した。「だが、弾丸を全部使いきってしまうぞ。こいつは十五連発だ。ということは、五人は倒せる」

「わたしは一人倒せればいいのよ」

「そういうことか」台尻を向けて銃をロビンに返した。「店から出たんだな」

「見てのとおりよ」

「きみは死の願望があるのか?」

「いきなり何の話なの?」

「きみは黙って店を離れた」

ロビンは口を引き結んでマリオを睨みつけながら、子供のような気分だった。

「きみに死の願望があるなら、それはスタッフが危険にさらされるということだ。そいつは願い下げだ」

「死の願望なんてないわ。どうしてわたしがここで練習してると思うの？　どうして銃器携帯

許可証をもってると思うの？　どうして眠れずに――」ふいに口をつぐんだ。「あなた、なぜここにいるの？」

「なぜなら、きみがばかなことをしてるからだ。ぼくはばかな人間を守るのは好きじゃない。当面、きみから目を離さずにいるつもりだ」

「うちの従業員から目を離さずにいてもらいたくてあなたを雇ったんだけど」

「店のほうは人数が足りてるさ」

マリオは一歩前に出ると低い声で言った。「許せないのは、きみが一言も言わずに店を抜け出したことだ。射撃場に向かうとアシスタントに電話をするだけじゃじゅうぶんとは言えない」

ロビンはふるえていたが、マリオが気づいてないことを祈った。「わかったわ」

「互いに了解したということかな？」

ロビンはうなずいた。「一人で店を出たのはばかだった。そういうことでしょう。そろそろ帰るわ」弾倉を空にして、レンジマスターのチェックを受けた。「いずれにせよ、わたしには仕事がある。あなたのルールに従うわ、マリオ。フェアでしょ。その代わり、毎日二十四時間貼りついてもらう必要はないわ。ロフトか店を出る時には電話して、あなたが来るのを待つから。でも、プライバシーは守りたいのよ」その必要があるの。

「きみは人生で何を重視してるんだ？」

ロビンは顔をそむけた。「それは問題じゃないわ」

マリオは無理やり彼のほうを見させた。「おれはユーモアだな、口が堅いんだ」

「どうしてこんなことしてるの？」

マリオはにっと笑った。「誰でも秘密をもつ権利はあるんだよ」

「それじゃわからない」

マリオは口を一文字に結んで言った。「そうじゃなきゃ困る」

ウィルとカリーナは、二人の刑事と一緒に六人の女性のリストに当たっていた。最初のジェーン・プラマーは二十九歳で、銀行の窓口係だ。十年近く前に、ドラッグで二回、執行猶予を受けていた。職場は、ダウンタウンのアパートメントから徒歩圏内だ。「グレンはこうやってお金を手に入れるつもりかもね」カリーナが言った。

「やつはすでに手にしてると思う」とウィル。「だが、銀行内部の人間が身近にいるのは便利だろうな。金（かね）の痕跡を消すとか？　ＦＢＩが尻尾をつかんでくれるといいんだが。そういうことに関しては、こっちには及びもつかない情報源があるからな」

「パトリックが復帰してたら、リンクを見つけてたでしょうね」カリーナは悲しげに言った。

ウィルはうなずきながら、彼女の腕をぎゅっと握った。八カ月がすぎ、キンケード家にとっ

て、パトリックの昏睡も以前よりは話題にしやすくなったかと思ったのだが、それは彼らを一種の感情的な虚空に追いやってしまうようだ。だが、カリーナの言うとおりだった。パトリックなら、グレンの財政状態を徹底的に洗い出してくれただろう。サンディエゴ警察にはほかにも優れたネット犯罪対策班の刑事がいたが、やはりパトリックは最高だった。

ウィルとカリーナが銀行にきた時、ジェーンはちょうど昼食を食べに行こうとしていた。

「ミズ・プラマー」ウィルはバッジを見せて言った。「少しお話をうかがえますか」

ジェーンは顔をしかめた。大柄な女性で、よれたような茶色の髪をうしろで貧弱なポニーテールにしている。肌はすべすべでしみ一つなかったが、三重にくくれたあごのせいできれいな顔が台無しだった。シンプルな金の十字架が唯一のアクセサリーだった。「なぜですか?」

「いくつか質問したいことがあるんです」

彼らはすでにほかの行員たちの注目を集めていた。支店長が今しもオフィスから出てこようとしている。「コーヒーを飲みに行きましょうか。角にスターバックスがあったわ」

ジェーンはあわてたようにうなずいた。「いいわ」そして一緒に歩いた。

ウィルがコーヒーを買いに行き、三人は屋外の、ほかの客に話を聞かれない場所にすわった。

「ジェーン、わたしたちはあなたがサンクエンティン州立刑務所のセオドア・グレンに宛てた手紙をもってるの」

ジェーンは眉をひそめた。「それが犯罪なの？　わたしを逮捕するの？」

「いいえ、殺人犯に手紙を書くことは罪じゃないわ。彼が刑務所から脱走したのは知ってる？」

「ニュースを見たわ」

「土曜日の夜以降、彼から何か連絡があった？」

ジェーンは困惑したように首を振った。「だいぶ前からペンフレンドではないの」

いいいい、ペンフレンド。ウィルは蔑みの表情を浮かべないように気をつけた。「サンクエンティンにおおぜいペンフレンドがいるのかな？」

「数人ね。スコット・ピーターソンとケアリ・スタイナー、それからコーリンガのエリック・メネンデスに書いたわ。みんな返事をくれた。わたしは毎月、手紙を書いてるの。刑務所に入ったら見向きもしない人が多いけど、わたしは彼らが気の毒で」

ウィルは警告のまなざしをカリーナに向けた。カリーナはこの女を揺すぶって正気を取り戻させたがっているように見えた。ウィルはとっておきの生真面目な顔をして言った。「最後にセオドアから手紙がきたのはいつ頃かな？」

「一年前よ。とってもすてきな手紙だったわ。それは美しい筆跡をしてるの。上訴裁判の準備が忙しくなるから、もう書けないと思うって。でも、できれば彼のことを覚えていて祈ってほしいって」

「それからもう連絡してこようとしない？」

「わたし、嘘なんてついてません、刑事さん」

「きみが嘘をついてるなんて言ってないよ、ジェーン。セオドア・グレンはきみに、何か違法なことを頼んだりしなかっただろうか？　銀行のことで？」

「絶対にありません！　なぜわたしにそんなことを言うの？　わたしがもう何年も何年も前にドラッグで逮捕されたからなの？　きれいさっぱり、足を洗ったんです。主に出会ってから、ドラッグには触れてないんです」

「グレンが自分の罪について話すことはあったかな？　彼は――」

「彼が何をやったとあなたたちが思ってるか、わたしは知ってるわ」ジェーンが割って入った。「彼は有罪かもしれない。でも、みなと同じように彼も許しに値するはずよ。誰が生きて、誰が死ぬかを決めるのはわたしたちじゃありません。審判を下すのは神さまだけだわ」

　ウィルは歯を食いしばった。「ジェーン、きみのペンフレンドは脱走してからすでに三人の人間を殺した。看守と、実の妹と、引退した刑事だ。グレンには良心のかけらもなく、警察が止めるまで殺しつづけるはずだ」

　ジェーンはため息をついた。「それがあなたのような人たちの問題なのよ。あなたたちに見えるのは全部、他人の悪いところだけ。ある人間がみんなの罪を詫びようとしている可能性なんて考えつかないのかしら？」

「もちろん」ウィルが言った。「手はじめに、奪った命をまず返すことだな」

「わたしはセオドアに会ったことも話をしたこともないのよ」ジェーンがぴしりと言った。「失礼していいかしら？」

「もし彼に会ったら――どんな形でも連絡があったら――電話がほしい」ウィルは名刺をわたして立ちあがった。

二人で車に戻る途中、カリーナが言った。「気楽にいけってわたしに言いながら、あなたがのど笛に噛みついてたじゃない。いつから証人になってくれるかもしれない人に噛みつくようになったの？　これじゃ、わたしはこれからいつも悪い警官をすることになりそうね」カリーナはウィルの反応を和らげようとしていたが、彼はまだ怒っていた。

「おれは、とにかく我慢ならないんだ、カリーナ。許しには全面的に賛成だ。だが、セオドア・グレンのような殺人鬼は永らえる必要はない。さっさとくたばることが唯一の値打ちなんだ、くそったれ。あいつが処刑（フライ）される時は立ち会いたいもんだな」

「電気椅子はもう何年も前に廃止になったわ」カリーナが言った。「残酷で異様な罰よね」

二人は十分ばかり運転して、ダウンタウン郊外の静かな町に来た。リストの次の名前はサラ・ローレンス。手入れの行き届いた家は、中産階級地区に建っている。

カリーナはノートに目を向けた。「サラ・ローレンス、三十歳、五年前に自宅を購入。登録住所はここ、登録者は彼女」

「家庭って感じがしないな」煉瓦の小道を歩きながらウィルが言った。

ノックをすると、小型犬が吠えるのが聞こえた。だが誰も玄関に出てこない。周辺を歩きまわって、一台用のガレージをのぞき込んだ。車はない。

「どこで働いてるんだ？」

「ＦＢＩもつかんでないみたい。〝保留〟って書いてあるだけだわ」ウィルはハンス・ヴィーゴ捜査官の携帯電話を呼び出した。ヴォイスメールが応答した。「ウィル・フーパーです。サラ・ローレンスの最新の住所に来てる。家は不在で、職場が未記入なんだ。ちょっと調べてもらえるかな」電話を切ると、カリーナに聞いた。「次は？」

「レモングローヴのドーラ・ハルバーソン。そろそろ行きますか」

ドーラ・ハルバーソンは七人の孫がいる五十九歳の女性で、有名人からサインをもらうのが第一の趣味だった。俳優、政治家、そして殺人犯も。

「時間の無駄だったな」サンディエゴに帰る車の中で、ウィルはぶつぶつと文句を言った。

「もう一度サラ・ローレンスの家に行こう。戻ってるかもしれない」

激しい渋滞のせいで、ローレンスの家の前に車を止めたのは六時過ぎだった。十年前のトヨタが庭にとまっていた。「よかった。この無駄な仕事を終わらせて、本来の警察の仕事に戻りましょう」

「機嫌が悪そうだな。それにローレンスの車はシビックだぞ」

「警察に入って十二年。殺人課刑事になって二年だけど、殺人マニアに病的なほど関心を持つ女性にこんなにたくさん会ったことはなかったのよ」

「ハルバーソンおばあちゃんは、本当に自分のコレクションに満足してたぞ」ウィルがカリーナをからかう。「チャールズ・マンソンにテッド・バンディ、アーノルド・シュワルツネッガー……」

「何の助けにもならないわ」

二人は玄関まで歩き、ウィルがドアをノックしてから後ろに下がった。犬が吠えた。前の相棒のフランクが、ドライモップと呼んでいたたぐいの小型犬だ。

ドアを開けたのは身なりのきちんとした四十歳くらいの女性で、ビジネススーツを着ていたが、はだしだった。キャンキャンと吠えたてる白と黒の毛が長い犬を、女性はかがんで抱きあげた。

「何かご用でしょうか？」

ウィルは自分とカリーナが警官であることを示した。「サラ・ローレンスさんですか？」

女性は首を横に振った。「ステファニー・バーです。サラは大家ですわ」

「ミズ・ローレンスもここに？」

「いいえ」

「お友だちですか？」

「いいえ。そうじゃありません。借家人です」

「ミズ・ローレンスから家を借りるようになってどのくらいです？」

「一年ちょっとです」

「ミズ・ローレンスと連絡はとれますか？」

バーは眉をひそめて、カリーナとウィルを見比べた。「どういうことでしょう？」

「申し訳ありませんが、それはお答えできません。ですが警察沙汰を起こしたわけではありません。ミズ・ローレンスの昔の知り合いについて少しお話をうかがいたいんです」

バーは疑うような目つきをした。「少しお待ちください」と言ってドアを閉めた。

「あまり協力的じゃないわね。どうしてこの家は借家として登録された記録がないのかしら？もしサラ・ローレンスが別の場所に住んでるなら、彼女名義の家がもう一つないと」

ドアが開き、ミズ・バーは網戸をほんの少し開けてカードをよこした。「賃貸料の小切手を送る住所と、緊急時用の電話番号です」

住所はサンディエゴのダウンタウンにある私書箱で、電話番号の市外局番は六一九のサンディエゴだった。だが、市内局番が携帯電話の通信会社であることにウィルは気がついた。

「ありがとうございます。ミズ・バー」カリーナが言った。

「ミズ・ローレンスがどこにお住まいか、ご存じですか?」ウィルが訊ねた。

バーは首を横に振った。「聞いたことがないんです。ごめんなさい」

「ここが貸家だというのは、どうやって知ったんです?」

「一年ほど前の『トリビューン』紙の広告です」

「お時間をとらせて申し訳ありませんでした」

車に戻るとウィルが言った。「ということは、サラ・ローレンスはセオドア・グレンに手紙を送ってた住所の家には、もう住んでないってことか。なぜだ?」

「ディアスとホワイトが担当してる三軒のなかに幸運がめぐってくることを祈るわ」カリーナはぼやいた。

カリーナの運転で署にもどるあいだ、ウィルは車からサラ・ローレンスに電話をかけた。

「留守番電話だ」そう言うと、メッセージを残す寸前で電話を切った。

「なんなの？」カリーナが聞いてきた。

「わからない。何か引っかかる。ミズ・ローレンスが実際に住んでる家をさがしてみよう。もしかしたら電話番号からわかるかもしれん」

「現金支払い主義でない限りね」

「クレジットカードを使った可能性もある。突破口が必要だ。それにもしクレジットカードを使ってないなら、どうしてだ？　どうしてプリペイド式の携帯電話が必要なんだ？」

「そのとおりね」

「もしグレンに操られてる人間がサラなら、おれたちが行くことをわざわざ教えたくない。この情報をＦＢＩに連絡して、ディアスが何をつかんだのか見て、それからチームを編成しなおそう。グレンの痕跡がここ三十六時間とぎれてる。おれはいらいらしはじめてるし、グレンもおそらく同じだ」

「で、次は誰だと思う？」

「それがわかればな。だがジュリア・チャンドラーがサンディエゴを離れてくれたのは、はっきり言ってかなりうれしいよ。彼女がミスター・チャーミングのリストの上のほうにいたのはたしかだからな」

　セオドア・グレンが車をとめたところから丘をのぼれば、海岸近くの崖にジュリア・チャンドラーの高そうな家が建っている。セオドアは車から降りて、人目につかないように歩いた。パトカーも、ほかのセキュリティも見あたらなかった。

　何かがおかしい。

　セオドアは裏から家に近づいた。太陽が沈んでいくところだったが、この美しい瞬間もセオドアには関係なかった。家には明かりがついておらず、ポーチのライトだけがついていた。誰もパトロールをしていないという自信はあったが、誰かが見張っている時のことを考えてさりげなく家に近づいた。遠くからだと変装は身やぶられないだろうが、至近距離だと地方検事補のチャンドラーは気付くはずだ。

　銃は手にしっくりとなじんでいる。

　ポーチの階段を上がり、家の周囲をひとまわりして、一部にだけカーテンのかかった窓から中をのぞいた。警報装置のパネルが点滅し、不意をつかれてどきりとした。しばらくパネルをのぞき込んでいたが、何かに反応したふうではない。おそらくドアや窓はすべて、通信回路に接続されているのだろう。

　家に誰もいないのはすぐにわかった。地方検事補は逃げ出したのか、彼が殺しに来るのを恐れて？

かしこい女だ。セオドアはまさにそのつもりだったのだから。しかし、なぜ彼が殺したがっているかは、地方検事補が考えているのとまったくちがう。まるで彼女が自分の仕事をしたせいで、殺人リストでは高くランク付けされたかのように。

シェリーは、裁判で裏切ったから殺さねばならなかった。あのおまわりは愚かだったし、セオドアは愚か者を軽蔑していたので殺した。ロビンを証言台に立たせた判事も、すでに死んでなければ殺していただろう。心臓発作だったとオンラインの新聞アーカイブには書いてあった。

鑑識課を吹き飛ばすことも検討していた。そこでは証拠を集めていた愚か者たちが、アナの体でセオドアのＤＮＡを見つけたと主張した。確かに見つかったのかもしれない。だが、それは誰かのでっち上げた。それもわからないほど愚かなのなら、彼らもまた死に値する。とりわけあの傲慢な課長のジム・ゲージは。

鑑識課を吹き飛ばすなら、壁続きの警察署にかなり近づくことになる。やり遂げられるという確信はなかったが、検討はしていた。爆弾はまちがいなく作れるだろう。問題はどうやって侵入するかだった。

ウィリアム・フーパーは死ぬ運命だ。彼を逮捕したからだ。まるで新しいナイキのスニーカーについた犬の糞みたいに彼を見たからだ。ロビンを奪ったからだ。

そしてロビンがそれをさせた。あのくそおまわりに完璧な体を触らせた。なれなれしく。やつのために服を脱ぎ、近づき、ファックさせた。

手に持っていた箱がぐしゃりとつぶれた。見下ろしたセオドアは自分の怒りの激しさに驚いてまばたきをした。これほど感情的になったことはない。いつもはコントロールがきいた。感情はないに等しく、こんなことはきわめて稀だから。しかしロビンが感情をもたらした。心の高ぶりを。ロビンに会うためだけにすべてを焼き尽くすような激情を。

自分を嫌うロビンをどうこらしめようか、ずっとあれこれと考えていた。あの女は検察側の証人になった、好きになってくれなかった、体を触らせなかった。ロビンはくそったれのストリッパーだ！　なのに、いまだ彼を軽蔑している！

ウィリアムとロビンはもう乳繰りあっていないのかもしれない。しかしまだ何らかの感情がある。セオドアは人の心を察知するのにたけていた。法廷でウィリアムは確かにロビンを守っていた。やつはおまわりで、〝守り、尽くす〟という自分の仕事にプライドを持っていた。高潔で忠実。

ウィリアム、ウィリアム、ウィリアム……シェイクスピア。

セオドアは笑みを浮かべた。『ロミオとジュリエット』。薄幸な恋人たち。ロミオはジュリエットが死んだと信じて自殺した。ジュリエットは目ざめてロミオが死んでいるのを見、自分の胸に剣を突きたてた。

もしロビンが死んだと思えば、ウィリアムは理性を失った行動をするだろう。おそらく無茶なことを。

あるいはウィリアムが死んだか怪我をしたとロビンが考えれば、もっと簡単に彼女が手に入れることができそうだ。

可能性はいろいろある！　それならウィリアムへのプレゼントもよりいっそう甘美なものにできそうだ。

セオドアはジュリア・チャンドラーの家のドアを蹴り開けた。ジュリアを撃ち殺し、遺体の上に箱を載せておくつもりだったが、ぜいたくは言えない。ジュリアの人生にはそれほど魅力を覚えなかった。それに彼女は個人的にセオドアを軽蔑しなかった。

警報装置のパネルが激しく点滅しはじめた。電話が鳴った。

すぐに誰かがここへやってくる。

セオドアはキッチンテーブルの上に箱を置いて家を出た。曲がりくねった丘の道を足早に駆けおりて、路上に止めた車を見据えながらせまい谷へ向かう。車の近くまで来るとサイレンが聞こえた。

警察の車が通りすぎるまで隠れて待ち、最後の二百メートルほどを全速力で走ってそこから離れた。アドレナリンがどっとあふれ、笑みが浮かんだ。

ハンドルに勢いよく手を置いて運転席へと飛び乗ると、にやにや笑いながら、制限速度を守って車を走らせた。

箱の中味を見た時の、ウィリアム・フーパーの表情を見られないのが残念だった。

切り刻まれた暗闇（上）

2009年5月10日　初版第1刷発行

著　者　アリスン・ブレナン
翻　訳　崎浜祐子、宇治田郁江
翻訳協力　アールアイシー出版株式会社

発行者　斎藤広達
発行・発売　ゴマブックス株式会社
〒107-0052　東京都港区赤坂1-9-3
日本自転車会館3号館　電話　03-5114-5050
http://www.goma-books.com/

印刷・製本　中央精版印刷株式会社

フォーマット、カバー・デザイン　福田和雄

Goma

落丁・乱丁本は当社にてお取替えいたします。定価はカバーに表示されています。
©Goma-books 2009 Printed in Japan
ISBN978-4-7771-5113-4
※ゴマブックス株式会社と「株式会社ごま書房」は関係会社ではありません。